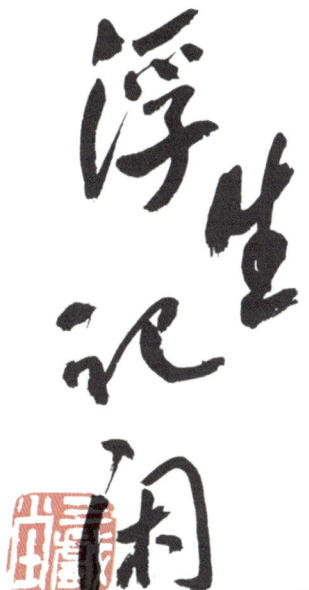

范伟国 著

图书在版编目（CIP）数据

浮生记闲 / 范伟国著 . — 宁波：宁波出版社，2019.9
ISBN 978-7-5526-3631-4

Ⅰ.①浮… Ⅱ.①范… Ⅲ.①随笔 – 作品集 – 中国 – 当代 Ⅳ.① I267.1

中国版本图书馆 CIP 数据核字（2019）第 182767 号

浮生记闲 FUSHENG JIXIAN

著　　者／范伟国
封面题签／贺圣思
责任编辑／王　苏
装帧设计／唐雪冬
责任校对／虞姬颖
出版发行／宁波出版社（宁波市甬江大道1号宁波书城8号楼6楼）
印　　刷／宁波白云印刷有限公司
开　　本／889mm×1194mm　1/32
字　　数／251千
印　　张／9.75
版　　次／2019年9月第1版
印　　次／2019年9月第1次印刷
标准书号／ISBN 978-7-5526-3631-4
定　　价／80.00元

序一

士子之心与诗人之志
——读《浮生记趣》

□ 袁志坚

来宁波日报报业集团工作之初,就听说范伟国先生大名。他是从宁波日报社走出去的大记者,在人民日报社工作,任职于北京、重庆、上海多地。

2018年,范伟国将一本书稿交给宁波出版社,将他做的微信公众号"天地孤旅"的文字结为集子,题曰"浮生记趣"。我有幸参与编辑工作,并为他的情操、情怀所感动。他是一个有担当的新闻人,字里行间可见士子之心;他又是一个有趣味的生活家,日用常行不失诗人之志。

范氏先辈文正公留下千古名篇《岳阳楼记》,金圣叹赞为"一肚皮圣贤心地,圣贤学问,发而为才子文章"。其中的忧乐观、悲喜观就是"圣贤心地,圣贤学问";而优美景语、激昂情辞就是"才子文章"。范伟国承继了前贤的"古仁人之心",这颗心便是程颢所言"仁者以万物天地为一体",或是阳明所言"大人者以万物天地为一体"。在《在命运中抉择》一文中,范伟国感慨人生无常,体悟空华水月,不是悲怀动北琴,而能顺势安己心,"退则独善其身,进则做点实事,不负初心,先忧后乐,已经很可以了",这显然是受了文正公影响。《星空》则发出了晚上散步,举

◎ 2003年5月,本书作者在重庆磁器口宝善宫抗战时期的国民教育遗址前留影

目长天之际的自我反问:"你有多久没仰望星空了?"他是在与星空对视,也是在与万古对话,追寻终极意义,向往无上境界。超越时空,物我齐一,方可修身体仁,反求诸己,跳出此时此地的利害,范伟国深谙此道。

身为记者,他的心与百姓生活息息相关。《贫困》一文,写了自己于2003年在重庆武隆、2014年在河北蔚县的见闻。当地农村的贫穷落后,让范伟国叹息不已:"改革开放已40年了,贫困并未远离我们,而环境污染却有加剧的趋势,想起了一句老话:办任何事情,不能忘了基本国情!"这句话可谓忧心忡忡、振聋发聩!今年是改革开放40周年,我们一方面要歌颂美好成就,另一方面却要面对不足,艰难困苦,玉汝于成,不能忘了过去自己有许多不容易,不能忽视今天有同胞依旧不容易。范伟国这份深情背后,有见识,更有责任;有体验,更有思考。他理解贫困,因为自己也经历过贫困,吃过苦,特别是到农村插队时受过"再教育","在底层更清晰地看清了生活的真相"。即使对自己今天的生活感到知足,但是,他不是一个盲目的乐观主义者,更不会患上历史健忘症,所以,他写了《选择》一文,呼应女儿"怼"他的一句话:"如可选择,谁会要吃那样的苦来为幸福做注脚?"他正视蹉跎岁月中的荒诞与真实,因此,他记住了阿兰·博斯凯的这首诗歌:"我们曾经信仰过,/不过随后,我们停止了信仰的圣歌。/我们曾经希望过,/不过随后,我们不再受希冀的折磨。/……"

一个心怀天下的人,一个以天地万物为一体的人,是典型的知识分子,是明德、亲民的君子,是有肝胆、致良知的士人。范伟国的文字,尽管短小精微,但是纵横捭阖,博古通今,跳跃着一颗炽热的士子之心。退休之后,花甲还乡,他写下了《生活家》一文,立言为证:"当生活家,追求诗意的生活,是我现在的'小目标'。"范伟国本来就以读万卷书、行万里路为理想,退休之后开始身体力行,专心寻觅生活的乐趣。尤其是"看惯了尔虞我诈,看透了人情冷暖,看清了归程黯淡,但还是要相信人世美好,人心向善"(《硬茧》),心底留有真诚和柔软,才会感受到生命的美好意义。《浮生记趣》记载了他近年的行踪:西行新疆,南行西沙,凤凰古城、桂林漓江就不算远了,四明山更是展痕处处。这一年中读书也不少,做过批注、写过读后感的有《随园诗话》《人间词话》《袁中郎随笔》等,还编辑出版《诗词岁月》台历,一天一首诗词,把每一个日子都过成诗。

范伟国赏画、摄影、听音乐,每有所感都随手记下。尤其是和孙女悠悠一起做游戏,他童心焕发,爱心如涌。童心、爱心乃是诗人之志,无拘无束,一任天真。他以行动证悟:"年龄的增长无法抗拒,而心灵的老化可以预防。这预防,就是保持童心,或者说保持童心的一角。"(《童心》)"保持自己心理年龄的年轻,或者说,在自己的心灵留一稚嫩柔软处,安放你的童真。"(《少年感》)"万里归来,依然少年。这八个字似乎是对一个四海漂泊、沧桑饱经之人的最好褒奖了。"(《少年》)他回到了故乡,也回到了本性之中,这样归来的一个"少年",并不孤单。他用诗人之志感受了真正的快乐,因此,可以欣然回答范文正公之问:"微斯人,吾谁与归?"

一年的微信图文,汇成一册348页的精美图书。范伟国说,做公号、出书,都是分享生命的乐趣。我想起陶渊明《五柳先生传》里的话:"常著文章自娱,颇示己志。忘怀得失,以此自终。"晏如自足,忘怀得失,当个生活家,可不是"小目标",而是大格局!

(2018年12月19日)

本书作者按:宁波出版社总编辑袁志坚先生,是2018年5月因出书才认识的朋友。真应了"白头如新,倾盖如故"的老话,与袁君有相见恨晚之感。读了袁君的三部诗作,钦佩诗人纯净明洁之心地;前几日收到袁君的书评,更为他真诚待友、精心为文的情感所打动!与这样的朋友同行,人生增添了许多亮色,真好!现征得作者同意,特将本文作为随笔集《浮生记闲》的"序一"发表,特再次感谢!

序二

归来依然少年
——《浮生记趣》读后

□ 严凤菊

老而怀少年之心,本不容易,何况作者是个曾经曲折、胸有沟壑的人。但读了《浮生记趣》一书,就会明了作者的心路历程。

书中第一篇随笔《最值得珍视的褒奖》即开宗明义:人可以老,而应该有童心,生活平淡琐碎,时有烦心事,没一点眼界,没一点度量,不行。又说:老了,依然有童心,依然行善,依然有趣,这是多么令人神往的事情呀。在《少年感》一文中说:"青春不再,容颜易老,任何人都拉不住。……我们的心态却受自己掌控!我们能做的是:保持自己心理年龄的年轻,或者说,在自己的心灵留一稚嫩柔软之处,安放你的童真。"

这种念想的产生,自有它的铺垫。在《友人点评之唱和》和《星空》二文中,作者都提到1981年4月某日在天童寺,"有夜碧空如洗,月光似水,大雄宝殿前的偌大平台如铺银镶玉一般纯净。一人独立,翘首四望,银盘皎洁,古木森森,庙堂肃穆,鸟声沉寂。忽然想起李白'今月曾经照古人'句,不禁怆然黯沉,悟自我渺小,悟流年短暂"。这感悟不是消极地看破红尘,而是摆正个人与大千世界的位置,以更高的格局应对凡人小事。那年作者正届而立。

书中《回眸》一文又说，在1990年旅行者1号探测器于距离地球60亿公里的地方回眸拍摄的照片中，地球仅是一个亮点。而在这个点里，每个人都在那里过完一生，集合了一切欢喜与苦难。因此感叹，作为微尘中微尘的个人，有什么放不下呢？在《放下》一文中，作者又对此做了阐述。2010年作者第三次到南疆喀什，到达海拔4500米的红其拉甫口岸界碑，感叹："站在这西北角之巅，在巍峨而连绵的高山前，个体太渺小，生命太短暂。突然间觉得，在心里什么都放下了，什么都算不了什么了！"

人生难得是放下，往事的缠绕，当下的烦扰，未来的困扰。一旦放下，就轻松了，就年轻了。"竹杖芒鞋轻胜马""一蓑烟雨任平生"，书中有一篇《快乐》，就演绎了这种心态。说的是一次久雨初晴，作者骑着电瓶车去老房子取物。快到目的地时风雨大作，淋成了"落汤鸡"。夫人劝其不要骑车改坐地铁回家，他口中诺诺，照骑不误。半途又是瓢泼大雨，被淋得透湿，却说高兴得很："有多久没这样痛快地淋一淋了。雨急风大怕什么，打湿了就换一身衣服。……享受久而未遇的快乐！"老顽童之态，跃然纸上。

有了年轻的心态，俯拾皆可成趣。《浮生记趣》，乐趣多多，令人艳羡。首先当推与文字结缘的乐趣。作者当记者30多年，已把写作当成了信仰。只看从2017年春节始在公众号天天发一篇，接连发了六七十篇，一年中新写了170多篇结集成书。作者在《动笔》一文中说："真正的生活，除了吃穿得精致之外，除了感官的艺术需求之外，是不是还有倾诉的需求？是不是还有表达的需求？"写作，使他拥有生命的更高意义；众多读者的好评与互动，自然更增加了人生的交流乐趣。

当然，这与他文章的精彩是分不开的。试以《丁香》为例："年年跃马长安市，客舍似家家似寄"的作者，对京城古朴幽静的夕照寺会馆情有独钟，特别是"寺花"丁香。丁香"花虽小，并不卑下，管自怒放，娇艳耀眼，暗香袭人。大有'只管耕种、不问收获'的味道"。寥寥几笔，丁香的形态气质都有了，也有了意境。然后宕开一笔，时令已是四月下旬，已过花季，"满树满眼的丁香花恐怕看不到了吧"，用"恐怕"一词，语势婉转又设下悬念。于是一院一树去找,正为找不到而颇感失落时,峰回路转——终有一枝,还在墙角盛开,"淡红地毫不娇艳地绽放"。尽管已是美人迟暮,在众花纷谢之时,独留一枝开在墙角,也是令人欣喜。所以,作者说"谢谢你,最后的丁香,为我而留的丁香"!文已至此,似可收尾,而作者又以外文歌曲"夏日里最后一朵玫瑰"的伤

◎ 1982年在京城

感作反衬,直抒胸臆:"是的,时光无法挽留,青春过去不再,但只要阳光照耀,只要生命尚在,花朵依然盛开,哪怕只有一朵也要怒放!这是对黑暗的抗争,这是对世俗的蔑视。为你赞美,丁香花!"一篇短短的千字文,读者似觉花儿的暗香浮动,又感受到作者蓬勃的热情。

让人感动的,是作者的至情。父亲去世多年后,为安抚负疚之心,于2016年5月专程去包头的昆都仑河畔砂石场精神寻亲;后又独自一人去内蒙古大青山深处的营盘湾煤矿探寻父亲50多年前的足迹。《直面》中的一段话讲得好:"父辈的遭遇,我们无法改变;父辈的苦难,我们无法替代;但父辈的心境,我们理当体味。"半个多世纪过去,昆都仑河畔依然乱石遍

地，营盘湾小街还是尘土弥漫，这是在春季五月，仍有被世界遗落般的荒凉。作者不敢想象这"千山鸟飞绝，万径人踪灭"时的境况。

然可贵的是，作者既有文人情怀，又有平民意识。《平民》一文中，他说："能融入世俗的快乐中，就是正常的人，也是远离抑郁的人。""自己将自己与世俗隔开了，高雅也许高雅，落落寡合也必然是郁郁寡欢了。""只有真正放下的人，才能从平淡的生活中找到快乐"。立夏，他想到的是挂蛋和称人的快乐；七夕，他感受妇女穿针乞巧的兴味；冬至，则是大锅烤大头菜的红火和菜锅里放年糕求"年年高"的乐趣。耐人寻味的是《市井》一文，他为裱画去了一趟鼓楼，在那里"看着如织的人流，看着嬉闹的孩童，看着无忧无虑的少男少女，心情不由得也灿烂了起来……市井是治疗抑郁的良药。倘佯在人流之中，目染着街市的缤纷，品闻着美食的香味，感受着欢笑的力量，心情也在阳光起来"。宁波人大都去过鼓楼，大都觉得并不起眼；可是在逛过南京路、荡过王府井的作者眼里，它却是一幅充满浓浓生活味的风俗画。透过雨丝，他预见晴天；处身寒冬，他看到红枫。

何为少年呢，我想，这就是吧。

（2018年09月27日）

本书作者按：严凤菊大姐是资深语文教师，又是文学创作者。30多年前，她的短篇小说发在宁波文学月刊《文学港》的头条，我的一篇小小说附其骥尾。而真正见面，却是在2018年的年中。严老师对我的随笔常有点评，褒奖有加，未谋面时已写了《老实巷少年》的长篇评论文章（已载《浮生记趣》一书），这次又写了《归来依然少年》的长文，对我的文章做了比较深入的剖析与品评。文中虽多夸赞之辞，但呵护之心可掬，借此再表衷心感谢。现作为本书的"序二"发表，既是与各位的分享，也是对自己的鞭策。

封面文章

竞 渡

鄞州区委宣传部负责人前几天赠我一本名为《鄞州》的册子和一方木镇纸，把玩之余，发现小册子首页是"羽人竞渡纹铜钺"的照片和介绍，半方镇纸的图案也是"羽人竞渡"。自认为对家乡宁波的文化比较熟悉，怎么会不知道"羽人竞渡纹铜钺"这一物件呢？这引起了我的好奇。

钺，确切来说是大斧，本是刑具，后演变成权力象征物，如同西方的权杖。商朝开始有了青铜钺，仍保留了原始石钺的特点：刃部弧曲宽阔，两角略微上翘。在河南安阳殷墟的妇好墓中，出土了四件青铜钺。其中一件大铜钺，刃部宽37.3厘米，重约9公斤，钺中铸有铭文"妇好"。妇好是殷王武丁的妻子，也是中国最早的女将，这大钺正是她权力的象征。

鄞州的这件铜钺得来纯属偶然，为这个区的甲村郏家埭第三

◎羽人竞渡纹铜钺

生产队社员在石秃山旁边的农田中开挖河道时掘得,时间是 1976 年 12 月。"那天我们在淘河,突然听到有人说挖到一件金灿灿的铜器,然后大家聚过去看,发现这件铜器表面光滑锃亮,做工精致,上面还有纹饰。"当时参与淘河的云龙镇石桥村村民黄友明这样说。与铜钺一起被发现的还有剑、矛、泥质红陶罐等物,发现处为距地表 2.5—3 米深处。

"这个铜钺出土时是黄颜色的,还有光泽。村民淘河时发现后,就上交到了文管办,后来一直珍藏在区文管办库房。2008 年宁波(鄞州)博物馆建成开放后,才在宁波历史陈列主题展厅展出。"鄞州区文物管理委员会办公室主任金琪军这样介绍说。藏在深闺人不知,这就难怪我不知道了。1991 年 10 月,经浙江省文物鉴定委员会鉴定,羽人竞渡纹铜钺为一级文物。

昨天(5 月 7 日)上午,我特地到宁波博物馆观瞻。这件铜钺底色金黄,予人贵重厚实的感觉,暗示着不凡的来历。这"风"字形铜钺的上方刻了两条龙,昂首相对,居高临下;下方以弧框为舟,舟上 4 人一排,双手持桨奋力划船,动作整齐划一,高高头冠上的羽毛迎风飘扬。

在这铜钺的展柜前伫立许久,我似乎听闻到猎猎的风声、哗哗的水声、高昂的号子声、激越的助威声,先民们力争一流的风采跃然眼前。

我的思绪也随之飞扬:这铜钺的主人是谁?这双龙代表了什么?这羽冠是日常的衣饰还是节庆的礼服?这铜钺怎会在鄞州的土地上现身?这远古的物件与现今的生活有着怎样的关联?

我仔细看过妇好的铜钺,饰的是"双虎扑噬人头"纹。她是殷王武丁的妻子,应是王后的身份,纹饰仅是双虎。想来双龙纹饰的等级应该高于双虎吧,那么这铜钺主人的等级起码是"王"吧。在商周时期,谁是鄞州及周边这一块土地的"王"呢?

《山海经·海外南经》记载:"羽民国在其东南,其为人长头,身生羽。

一曰在比翼鸟东南,其为人长颊。"那么,这铜钺上的先人,是羽民国的国人吗?《山海经》是中国志怪古籍,大体是战国中后期到汉代初中期的楚国或巴蜀人所作。古人认为该书是"战国好奇之士取《穆王传》,杂录《庄》《列》《离骚》《周书》《晋乘》以成者"。当时交通闭塞,书写不便,很多事情都是口口相传,作者会不会将戴着羽毛高冠的人错以为是头部很长、身生羽毛的怪人呢?

羽民国是否存在这事暂且不论,可以肯定的是鄞州这一带的先民有戴羽冠的风俗,亦有划船竞渡的喜好。流传至今,这铜钺出土地的云龙镇"龙舟竞渡",已经成为在浙江乃至全国都有影响的民间风俗活动。历史,竟是这样一脉相承。

如将目光投向更深远的时空,距今六千多年的余姚河姆渡文化遗址出土了多件"双鸟纹象牙蝶形器"。这象牙蝶形器中间,由五个大小不等的同心圆构成了太阳纹,外圈上端刻出象征着太阳光芒的炽烈的火焰状纹,两侧为作圆眼钩喙伸脖昂首相望之态的双鸟纹。制作器材的高贵,制作工艺的精良,作为贴身挂饰的用途,无不体现出先民对"太阳鸟"的崇拜,也就是说,是对神的一种崇拜。而从羽人竞渡纹的铜钺中,可看出商周时代江南这一带的先民已经从对神的崇拜,开始转为对人或对自身的崇拜了,已经认识到自身的努力或可改变现状以取得更好的生活!这是人性觉醒的先声吧,这是多么划时代的进步。

羽人竞渡,我十分喜爱这奋力拼搏、力争上游的画面,它体现了鄞州这一带先民的精神风貌,也揭示了甬人善于经营、肯刻苦努力的遗传因子的来历。

竞渡,竞渡,看我宁波人新的风度!

(2019年05月08日)

目录

序一：士子之心与诗人之志 / 1	
序二：归来依然少年　／ 5	
封面文章：竞　渡　／ 9	

登　高	001	寒　夜	032
轮　回	003	掸　尘	034
江　雪	005	冬　春	035
话　机	007	沙　漏	036
为　难	009	速　看	038
信　仰	011	守　岁	040
钱　湖	014	静　心	042
蜗　居	018	寂　静	043
聪　明	020	围　城	045
佛　系	022	午　后	047
湖　说	024	三　问	048
共　享	027	将　将	050
雪　天	029	凡　人	053
浮　生	030	翅　膀	055
		颜　施	057
		杯　底	058
		买　菜	059
		赏　春	060

耕　读	062
观　察	063
改　变	065
花　说	067
樱花诗	069
春　雨	071
偶　然	072
少　年	073
艾青团	075
星　星	076
清　明	079
戒　得	080
桑　叶	082
积　善	083
山　丘	087
对　话	088
营　销	090
杏　花	091

升　华	093
养　书	094
青春万岁	095
地　铁	097
卜　居	099
现　状	100
对　联	101
快　乐	103
淡　抹	104
山　行	105
角　落	107
文　脉	109
行　善	111
园　圃	114
凌　波	115
合　欢	116
客　尘	118
删　除	120

水 则	122
心 静	124
专 一	126
知 趣	128
祈 祷	130
记 忆	132
夕 阳	134
逆 风	136
消 暑	137
拱 桥	139
古 桥	140
乞 巧	142
中 元	144
挑 夫	146
纯 色	148
微 凉	149
白 露	150
南 屏	151
摄 影	154
故 乡	156
来 路	159
角 色	161
祭 祖	163
意 象	166
长 桥	169
变 通	171
闲 适	173
秋 思	174
养 生	176
重 阳	178
忘 情	179
潇 洒	182
拜 谢	184
三 戏	186
孤 儿	188
传 承	191

薪　火	193		示　弱	234
市　场	196		话　梅	235
欣　喜	199		微　笑	238
偶　像	201		养　心	240
扁　舟	204		守　岁	241
秋　实	207		伸　脚	243
一　幼	209		乡　亲	247
坚　持	211		娱　乐	249
知　人	214		平　淡	251
说　痴	216		心　安	253
推　究	217		箱　子	255
修　志	219		讲故事	256
落　雪	222		作　文	271
开　年	224		特别报道：用眼睛写新闻	287
饺　子	225			
标　价	228		跋	293
创　造	230			
雨　声	232			

◎ [明] 佚名《岩壑清晖》之一

登 高

元日须登高,我和家人去了市郊的鞍山。

鞍山,是后来的简称。我在当地的洪塘公社插队落户的时候,乡里人管这里叫"马鞍山",只因山形如马鞍一般。

这里应该是离宁波市区最近的山峰了,有江南现存唯一的北宋木建筑结构的"保国寺",游客趋之若鹜。

虽说只有十余公里,从家里的北窗看去,都能遥遥相见,却因琐事缠身,后又多年漂泊,竟有近40年没来了。当初我与妻子尚未成亲,因表弟丁宁在这里实习前来游玩，于是留下了数帧照片。于今回想，无限感慨。

古人登高之作，往往伤怀悲春，大抵也是哀叹时不我待吧。自编的《诗词岁月》一书，以2018年的365天为时间顺序，一天一诗，一天一画。元旦这一天选的就是这篇登高诗词的千古力作——唐代陈子昂的《登幽州台歌》："前不见古人，后不见来者。念天地之悠悠，独怆然而涕下！"

陈子昂登台远眺时，只见茫茫宇宙，天长地久，不禁深感孤单，悲从中来，怆然流泪。因之此诗境界雄浑，刚健苍劲，慷慨悲凉，一扫齐梁浮艳纤弱之风，开唐一代新的诗境，遂为千古传诵。有人评曰："胸中自有万古，眼底更无一人。……此二十二字，真可以泣鬼。"

同一时代的大诗人李白亦有登高的力作："平林漠漠烟如织，寒山一带伤心碧。暝色入高楼，有人楼上愁。玉阶空伫立，宿鸟归飞急。何处是归程？长亭更短亭。"（李白《菩萨蛮》）

在上海时，常去浦东的金茂大厦。站在高楼之巅，俯瞰浦江两岸，有种飞越与超脱的感觉。车流如织人似蚁，众生碌碌谋微利，我亦营营在其中，万家灯火何处是？

还是杜甫写的登高诗《望岳》提气："岱宗夫如何？齐鲁青未了。造化钟神秀，阴阳割昏晓。荡胸生层云，决眦入归鸟。会当凌绝顶，一览众山小。"

（2018年01月02日）

轮　　回

◎ 河北蔚县翠屏山畔所见。2015年春，在当地义务植树

一个人在一生中，往往会有一段旅程，从终点又回到了起点。这"轮回"，并非是宗教意义上的意思。

姜育恒《驿动的心》，很早就跟着哼唱会了。只因这歌词，似乎写的是我："曾经以为我的家，是一张张的票根，撕开后展开旅程，投入另外一个陌生。这样飘荡多少天，这样孤独多少年，终点又回到起点。"

我50岁时，从宁波到北京，又从北京到重庆。在重庆待了五年，又来到上海。以上海为中心，四方奔波了十多年，才回到宁波。在国内的三个直辖市转了圈，算是一个大圈了吧。

其实，人生还有更大的一个圈。

元旦重游保国寺，为什么感慨无限？只因洪塘这块土地，是我曾经日夜想离开的地方。

18岁那年，不会洗衣，更不会烧饭，从来没干过农活，一个男孩就孤独无援地到这里插队落户。刚到的半年，住在教育户马师傅家里。他家没有多余的住房，我只能睡在厨房的一角，隔壁就是猪厩，有声有味做伴。

后来有了自己的宿舍，猪粪臭倒是没有了，"双抢"的体力活有多少累也不去说它，只是收工回家后，还得撑着累垮了的身子，升火煮饭烧菜喂肚子，这才是我最恼火的事。

于是，北望马鞍山，南望宁波城，天天想着回家。

回家，自然没有人拦着。铁路在洪塘乡设了停靠站，五角钱一张票就能走了，三刻钟就能到家了。那里有亲人，有热菜热饭。可我劳作一年才收入一百来元（还不是现金），当时的这五角钱，可能比我现在的五百元更有价值吧，于是不舍得用。最要命的是，自己努力想表现得更优秀一点，想争取早一点被招工到城里去，更想被推荐上大学去。于是，自觉地自虐着。

终有一天，称心如意地进了城，虽然畜产品收购站羊兔生产辅导员这岗位，比在农村当知青好不了多少。

挥挥手，告别了住了五年的知青宿舍"三间头"；挥挥手，告别了两分四厘的自留地和三百五十多亩的集体土地。却不知道，这是和数百万的人民币在挥手作别！

曾有一段子说，一北京人卖掉了四合院凑足了去美国的路费，在那里苦干半辈子挣了数百万美元回来。却不料，他当年卖掉的四合院，已经价值近亿了。

我不也是这样吗？奔波了大半辈子，也就挣这么一点工资，只是在宁波市区有了个住的地方。要是留在农村，这"三间头"60平方米的宿舍不就是你的财产了吗，拆迁了至少赔你一个"三居室"吧。这两分四厘的自留地，要赔偿的话，也值不少钱吧。集体土地征用了，又能分到上百万吧。我的一位初中同学，下乡后与当地的农民结婚了，不仅早就儿孙绕膝，而且赔到了三套住房，资产大概过千万了。天天唱戏旅游上馆子，这小日子要多滋润就有多滋润。

你撕掉了那么多的票根，还不如人家原封不动。

从终点又回到起点，人生就是这样的一个轮回。

（2018年01月03日）

江 雪

长江下游一带,这两天大雪纷飞。这个时候读唐代柳宗元的《江雪》,可能会有更深的感悟。

这诗仅二十字,应该是"十六字令"外的诗词的最短篇章了。但这二十字,信息量极大。千山是雪,万径皆白,飞鸟绝迹,人踪湮没。而在这漫天浑白的空间里,却有孤舟一老翁披蓑戴笠地垂钓其中。

舟钓,常见;雪钓,亦不少见。然大雪中的独钓,极少见。

诗的最后一字"雪",是点睛之笔。它把高山与小路的背景,江水与小船的环境,垂钓的老翁,连接成了一个有机的灵动的图景。

但作者想要表达的,并不仅仅是画面上的景象,而是他苍凉孤寂的心境。

◎ [元]吴镇《芦花寒雁图》

这种空灵的境界，我欣赏。

没做过考证，大概是从屈原《渔父》开始的吧，渔翁，成了古诗歌中经常出现的形象。在文人的想象中，渔翁的生活恬淡闲适，潇洒旷达，于是成了历朝历代名士清流的精神寄托。

江上一叶舟，出没风波里。在各种机械和工具匮乏的古代，单靠人力与老天搏斗，是很累人的一件事。宁波有俗话说，人间三样苦，撑船打铁磨豆腐。为何？一是要起早落夜，二是凭力气干活。

自然，古代的诗人们是不会去干这种力气活的。他们在岸上看着渔翁驾帆驭浪，乘风而行，自是沉浸在十分快意的自我陶醉的境界中。

常在风浪中出没，打鱼人活得比较洒脱倒是真的，不像读书人那样患得患失、优柔寡断。沧浪之水清，可以濯吾缨；沧浪之水浊，可以濯吾足。说得何等透彻！

（2018年01月05日）

◎ 花盛即衰

话 机

虽然千不舍万不愿,终究还是将家里的几个座式电话机扔进了垃圾箱。固定电话作为工业文明的主要象征之一,正在式微。

小时候所知道的,社会主义物质生活的象征是:"楼上楼下,电灯电话。"于是,这成了六十岁上下的人在年轻时的终极梦想。

由于母亲是私营四明电话公司的职员,我家就成了宁波最早拥有电话的一批家庭之一。这自然是老板促销的主意,并不是家庭富裕的象征。

现代工业产生的器物,只有达到了大规模生产的阶段,它才有利润。有文章说,早年在上海,煤油灯起初是白送的。白送灯给人的是美孚公司,故而这煤油灯在老一辈人的口中,又称"美孚灯"。人们将这灯一用,果然比蜡烛、比菜油灯盏亮了许多,于是用完了这灯瓶里的油,就去买新的煤油了。

将电话装在职员家中,也是这个道理吧。这有广告效应,有示范效应,有促销效应,你总得打几个吧。将欲取之,必先与之,不得不佩服这资本家的生意经。

公私合营后,这一福利没了。这摇把电话成了我儿时的玩具,装模作样地拿着话筒喊上几声,在没有回应的场景中无聊地放下了。现在想来,这"玩具"太超前,也超豪华了。

电话的普及,是随着改革开放而来的。70年代末,宁波的电话号码才五位数,由于容量有限、扩建要钱,老百姓装电话的初装费就是好大的一笔钱。但家里有电话,是身份与地位的象征,市民纷纷去登记排队。

电信局的人于是神气得很,有的甚至趾高气扬了。前不久在一场婚宴中遇到了一位女士,她说:你们都不认识我了?当时有好多人不是求着我要号码吗?她还沉浸在昔日的梦幻中。

到80年代后半期了,宁波的电话号码才六位数,升七位时还大张旗鼓地宣传了一番,说是跨进了"国内一流城市行列"云云。谁承想,这风骚没领多久,固定电话就被移动电话取代了。这时代真令人目不暇接!

宁波的邮政电信部门曾在市区中心东门口的最好地段有过很宽敞的门面,前年底去订报时,已是一副破败相,似乎准备装修。我以为,又是开邮政储蓄银行之类的了。这几天开车路过一瞥,那店面竟开了家酥饼店,招贴上打的是"宫廷味道"。不由想,这老板很牛呀,居然在这租金奇高的地段开糕饼店!又一想,人家也是做过市场调研的,你是书生,懂个什么?转而再一想:不说固定电话,单是移动电话,从模拟到数字,从2G到4G,都升级换代几次了。据说,明后年都要5G了。而这大众还是好"宫廷"这一口?

真有些想不明白。

(2018年01月07日)

为　难

　　为难，对较真的人来说，是人生的常态。这世上让人为难的事情，太多了。对我来说，目前是，书到扔时好为难。

　　没有统计过，这家里到底有多少书，反正两个房间的七八只书橱都塞得满满当当的了。这中间，还因为两个城市之间的工作调动，还因为多次的搬家，送掉与扔掉了不少。

◎［清］邹一桂《花卉八开》之七

坐在书橱围起来的中间，于我而言，是种极大的精神享受。这中间的大多数书，不说通读，基本都是翻过的。看着书脊上的名字，自会想起书中的内容，神游其间。

当你的眼光掠过"史记"这两字，就会想起那个时代的群雄并起与战火纷飞；当你注目于四大名著的其中一部，众多的人物就会涌入脑海，你方唱罢他登场；当你翻开唐诗宋词元曲的任何一篇文字，或金戈铁马或风花雪月或小桥流水，让你流连忘返。这些，自然都在收藏之列。

自己早年看过的西方文学书籍，虽已陈旧，也难割舍。儒勒·凡尔纳的科幻小说《海底两万里》曾让我第一次生动而翔实地了解海洋，更了解人性。法国小说家雨果最后一部长篇小说《九三年》，给我上了一堂人道主义的启蒙课。还有（法）罗曼·罗兰的《约翰·克里斯朵夫》、（俄）托尔斯泰的《安娜·卡列尼娜》也得在保存之列呀。

朋友赠送的书籍，当须保存。这是他们心血的结晶，也是我借鉴与学习的范本。有的书，还是作者与我共同经历的记录。

自然，还有拙著也得敝帚自珍，虽只有两三本，在寸土寸金的书橱也占一点位置呢。

痛苦的是，有的书籍是肯定没有时间再去翻看了，如大仲马的《基督山伯爵》、阿加莎·克里斯蒂的数部长篇侦探小说，都得清理下架了。收存了多年的《南风窗》《新周刊》也得送进废品店了。那么，还有那么多的文学期刊怎么办呢？《收获》《当代》《十月》，特别是《译林》，这里面的长篇翻译小说曾陪伴我度过了多少个在异乡的长夜。

断舍离，真正做起来，好为难！

（2018年01月12日）

信 仰

亲情，是种信仰。

这信仰，与生俱来，无可替代。

今天，是母亲去世三周年的忌日。

我去扫墓，没带香烛，也没带鲜花，带上了去年出版的《海上语丝》一书。

我感谢母亲，给了我健康的身体；我感谢母亲，给了我不笨的头脑；我更感谢母亲，给了我向善的心灵。

我用六十几年的人生历程，向她证明，我没有辜负她的期望；我还将用今后岁月的努力来证明，我一定让她含笑九泉。

生命，是什么？千百年来，多少人这样发问。

这血肉之躯分解开来看，不过是一堆细胞的组合体。据说，物质向下分解到量子层级，以目前的科技水平已到了极限。因为你借助任何工具的观测，都已经对它的存在产生了干扰。

以前在《译林》中看过一篇科幻小说，说是细胞进化到有意识的阶段后，能自主地组成生命体，通过不断的自我提升，智商超过了人类。我相信，这一天是可能到来的。生生不息，才能无穷。人类，只是进化的结果，不可能是进化的终结。

于是，我对生命的存在与进化充满了敬畏，我对诞生我生命的母亲有着至高的崇敬，我由此也将亲情视为信仰，要让善良的心灵代代延续。

《圣经》说，上帝吹了一口气，人便会行走了。民间俗语说，三寸

◎ 80年代时的母亲

喉咙一口气。有这气，便活着；没这气，就死掉。于是人死，就叫断气。

这气又是什么？气，从何而来，又到哪儿去？我找不到这生命之谜的答案，也许人类的认知水平还没达到这一层级。有手机之前，我们怎么知道这天空中充满了种种信息，现在依靠网络，五光十色的图片音乐文字甚至动态的视频蜂拥而来，就差触摸的感受了。

但我知道：这气，就是生命；这气，就是活力；这气，也就是灵魂吧。我之所以能成为我，全在于父母亲给了我这口气呀！

"身体发肤，受之父母，不敢毁伤，孝之始也。立身行道，扬名于后世，以显父母，孝之终也。夫孝，始于事亲，中于事君，终于立身。"《孝经》的这段话，在我历经沧桑之后读来，更觉贴切。

如果用一个字来概括中国文化传统的话，"孝"应该是最妥帖的了！

父母不在了，何以尽孝？那就好好活着，尽量延续父母赋予你的生命。

生活并不容易，上有老下有小，你好好活着，是义务也是责任！

好好活着，也是修行。有这样一段对话："有人问慧海禅师：和尚修道，还用功否？答：用功。问：如何用功？答：饥来吃饭，困来即眠。问：一切人总如是，同师用功否？答：不同。问：何故不同？答：他吃饭时不肯吃饭，百种须索；睡时不肯睡，千般计较。所以不同。"

好好吃饭，好好睡觉，好好活着，也就是对亲情信仰的坚守吧！

（2018年01月13日）

钱 湖

自去年春上由沪返甬定居后，或踏春，或消夏，或品尝湖鲜，或访故问旧，东钱湖去了好几趟，有些观感不吐不快，写出来供方家一哂。

我与东钱湖很有缘分。

三十多年前，为《宁波日报》采写了通讯《莫枝镇上三花争艳》，报道了东钱湖畔的改革初声——集体经营的"试试看饭店"打破大锅饭之局面，一领宁波饮食行业风骚，食客到莫枝都到这家店品味尝鲜。此稿在年终被评为《宁波日报》好稿，并被推荐评上了"浙江省好新闻"。

二十多年前，在杨古城先生的陪同下，在东钱湖畔踏勘了尚在乱墓杂树荒草丛中的石人石马，撰写了《请保护珍贵的南宋石雕》一文，刊发在1994年8月5日的《人民日报》第九版。此文是中央级报刊对东钱湖南宋石雕的首次长篇报道，引起了中央和省市的重视。现在石雕移地保护，成了当地一景。

东钱湖是宁波的后花园，将其从当时的鄞州区域中整体划出，单独设立度假区，自是妥帖之举。经过数年不断的开发与整治，东钱湖的整体面貌也发生了根本性的变化，令人欣喜。但如何让东钱湖这颗宝珠放出璀璨光芒，还有不少文章可做。依我看来，关键是要留住人间烟火味。钱湖比之于西湖，似乎就少了这几分烟火味。

曾开车环湖走了一圈，湖边的零乱分布的破旧民居拆迁了，这自是好的。但光剩下整齐划一的堤岸，一长段一长段的岸边连个坐坐的长椅都没有，更别说是停车与喝茶的地方，这就有些不妥。有报道说，杭州在调整西湖边上的两把长椅之间的距离。说是这长椅太近了，会影响对方的观景与交谈。人性化的考量在西湖到了如此地步，而钱湖边上的好多路段却难觅座椅。你说，这差距？

路过湖边一处银杏叶拍摄地，旁边总算有了停车位，但不多，挤得满满的，有的只好直接停在公路边了。似乎没有吃茶点的地方，游人们大都带了干粮，席地就食，很有几分狼狈。

湖边的马路，不应是单单让车辆快速地通过，更应让人能移步逗留，静静观景。小客车都一晃而过，那怎么让人流连忘返呢？如果在交通上人车有矛盾，则应该车让人，西湖边的许多马路就只供游人行走或改成了单向车道。

去过东钱湖的美术陈列馆，馆址占据了好长一段的湖岸。我在心里为决策者点上一赞，宁波人对文化设施重视了呀。可是进去一看，依然是光溜溜的湖岸。在西湖孤山，那可是移步皆景呀，浓浓的人文气息与湖光山色浑然一体。文化积淀是需要时日的，但更需要前瞻的眼光。

去过钱湖边最知名的景点小普陀，一进停车场就收费十元。十元钱，在有钱人的眼里可以忽略不计，对工薪阶层来说，就是一顿快餐钱。西湖景点都不收费了，而钱湖却锱铢必较。你说，这差距？

◎钱湖远眺

景区是要搞经济核算，但要算大账。重庆主城被长江与嘉陵江分隔成好几块，后来融资造了好几座大桥，过桥一次十元钱。收费不但妨碍桥面畅通，还阻碍了人与物的流动，2002年时的重庆市政府下决心取消收费，群众奔走相告，江水不再成为天堑。据说单是重庆城区汽车销量增长而增加的税收，就足以抵消过桥收取的费用。

去过湖畔的田螺山景点，湖光潋滟，山色清雅，只因没有休憩的地方，就留不住人。我转了一圈，只拍了几张照，也快快地走了。其实，这湖区环境的整治，也得有堵有疏，不是清一色的整齐干净就好了，该有餐饮的地方还是要有酒馆茶楼，否则文人墨客何以抒情？长江边上没有岳阳楼、黄鹤楼，这些千古名篇的灵感到哪里去找？

浦东新区开发时，从陆家嘴到世纪公园这一带只准建摩天大厦，而这大厦只能用来当写字楼。建成之后一看，因了有潍坊小区在，有"八佰伴第一百货"在，有浦江边的几栋民居在，张杨路东端一带才灯红酒绿。而世纪大道从张杨路到世纪公园一带的周边，除了剧场演戏时有人群进出外，在晚上杳无人影，四周冷清一片。

半个月前，重访钱湖旁的第一重镇莫枝镇（据说，这里改称东钱湖镇了。现在有的官员随意改地名，殊不知一个地名沿袭了上千年，有许多文化与传统的积淀包含在里面，你随便一改，将这些积淀一笔抹杀了，而新地名经得起历史的检验吗？）。沿镇上的新街旧巷走了一遭，虽有了几栋新房子，但从新旧相杂的镇貌看，从车马冷落的市面看，似乎还比不上二十几年前的气象。

在老街上转了一圈，找不到专门经营东钱湖湖鲜特色的饭店，找不到专门经营东钱湖特色农产品的商店，银行与手机店铺倒是比比皆是。当然你进到饭店，还是有几个湖鲜菜可点，可吃来全然不是当年的风味了，厨师是川粤鲁菜全能，你能指望他烧出地道的东钱湖菜吗？一声叹息在心头!

柳永的《望海潮》是写西湖的千古名作。他如此咏叹:"东南形胜,三吴都会,钱塘自古繁华。烟柳画桥,风帘翠幕,参差十万人家。云树绕堤沙,怒涛卷霜雪,天堑无涯。市列珠玑,户盈罗绮,竞豪奢。 重湖叠巘清嘉,有三秋桂子,十里荷花。羌管弄晴,菱歌泛夜,嬉嬉钓叟莲娃。千骑拥高牙,乘醉听箫鼓,吟赏烟霞。异日图将好景,归去凤池夸。"你看,这西湖,不单有"三秋桂子,十里荷花",更有"烟柳画桥,风帘翠幕,参差十万人家"。"羌管弄晴,菱歌泛夜,嬉嬉钓叟莲娃",这湖上,白天晚上都有笛曲和歌声飘扬,吹笛的渔翁、采莲的姑娘嬉戏而乐。达官贵人,千骑而来,饮酒赏乐,啸傲山水,何等兴旺的景象!难怪金人要渡江而来,一睹这奢华富贵之地。

柳永的词曲难免有所夸张,却也生动地描绘出:宋代的西湖,很有人间烟火气味,看来还比现在更闹猛呢!神话中常有仙女下凡的故事,一些平民百姓不是做梦都想做神仙吗,为什么仙女们却要下凡?苏东坡先生道出了秘密:高处不胜寒。有人间烟火气的地方,才是热闹,才有繁华,这才是连神仙都羡慕的地方。许仙之忠厚善良,是白娘子动了凡心的主因,西湖的繁华富丽可能也是诱因之一呢。

营造一个好的旅游度假环境,硬件自然要打造得如诗似画,而这人文软环境,要留住人间烟火气,也要有人文味、人情味。上海世博会上,众多游客在动态的《清明上河图》前久久凝视,回味宋代人的市井生活,不就很说明一些道理吗?

(2018 年 01 月 15 日)

◎女儿范萌和她的外婆

蜗 居

人生运程,如同海之波涛,时有起伏。

1978年的夏天,我处于人生低谷期。当时,宁波市区的主要马路——中山东路拓宽。我居住的老实巷24号这一墙门,由于紧挨着这条主马路,也在拆迁之列。

这可苦了我,半年前才花费好大财力而精心布置的婚房,成了过眼云烟。更头痛的是,住哪儿去?要你去住的房子是有,在城乡接合部,几无配套设施。要想仍旧住旧址附近的房子,必得等待一年以上。这期间的居住事宜,自行解决。

自行解决,说白了就是投亲靠友。宁波市区当时没有短期租房,长期住旅馆于我是天方夜谭。只有投亲一途,屈指一算,我父亲当年只身来甬,在这里没有任何亲戚;我母亲家的上一代人丁不旺,而她兄妹都在外地,亦无亲可靠;只有到我丈母家想办法了。

丈母家的居住空间,也很逼仄窄小。楼卜西厢,直通三间房,进去是过道间,中间一间稍大,里边是一小间。家里五口人,下有三兄弟。

丈母很是豪爽,我一开口,立马答应。有个兄弟在东北支边,就让两个兄弟挤到里间拼床而眠,将过道间让给了我们。

这过道间，大约十平方米吧，能放下一床一桌一椅一书架，拉上布幔也自成小天地，总算有了安身之处。

这房子离马路近，重车一过，屋床皆摇，权且当作睡在摇篮里；木板墙面年久开裂，入冬后寒风吹"哨"而入，静夜就作乐曲听。

痛苦的是，没有地方看书。床边看书，怕影响里外的家人睡眠；去厨房看书，一是昏暗，二虑电费开销太大；去单位看书，又担忧怀孕的她有事叫不应（家庭电话当时还属奢侈品）。于是，天天早睡早起，早早去单位了。那年的年终还评上了"宁波市废旧物资公司先进工作者"，可能有天天早到的因素吧。

与丈母他们一起居住，自然好处多多。丈人是长途客车驾驶员，三天两头的有优质农产品带回家，可以大饱口福。丈母出手大，烧出来的菜肴量也大，可以放开肚皮吃。更重要的是老婆回了娘家，口味对路，饭量大为上升，有益下一代。

天气热了，就在明堂（类似北方四合院中的院子）中扛开一桌。青菜猪蹄（当地称为"清水蹄"）、葱烤鲫鱼、咸菜煮笋等等摆了满桌，引来邻居倾慕的眼光。小舅子会拿出大碗，倒上自酿的杨梅烧酒，与我对饮。一时大口喝下，逼出一头大汗，不由浑身通透，大呼过瘾过瘾！

丈母对我高看一眼，常说："阿拉阿国讲营养。""阿拉阿国要吃小炒！"（小炒：方言，小锅现炒的热菜）于是，专门为我烧些"韭菜芽炒肉丝""鳝丝豆瓣糊刺"等时令菜。

就这样，夫妻俩在丈母家住了近一年，女儿出生了才另觅住处。近四十年过去，这段蜗居小间的日子，于今想来，倍感温馨！

昨天（十二月初一），是丈母去世两周年忌日，特发此文，追思缅怀。

（2018年01月18日）

聪 明

这里说的"聪明",是指小聪明。

年末岁初,工薪阶层的家庭大多都有几笔银行的理财产品进出。

春节前银根较紧,理财产品的年预期收益率在广告上大都标明在5%以上了。但要知道,你购买理财产品的钱并不是当天就能作数,起码要放上两三天才"起息"。而这产品到期的日子大多会是在周五周六,这样你当天不能用钱,至少得等到星期一才能到账。掐头去尾地一弄,实际收益率早就降到5%以下了。

现在的银行多过米铺,同行竞争激烈,要这样的小聪明来争取客户,似乎情有可原。但大家都是聪明人,看穿了也就掉价了。也因为银行多过米铺,现在的客户有的是挑选余地。机关算尽太聪明,这诗的下半句就不用再说了吧。

我对某一数字很喜爱,更喜欢叠数,有时去办银行卡,就会问银行的柜员能否挑一张尾数符合我口味的卡片。以往的经验是,被一口回绝!有的还会加上一句,我们是挨着次序来的,怎能让你随心挑。大家都是聪明人,话说到这个份儿上,我也就闭嘴了。

最近去一家银行(名字就不说了吧,免得成托儿)买理财产品,到了某一数额,人家主动提醒我可以升级卡的档次。于是去升级,想不到的事出现了,人家主动问我对卡的数字有什么要求,而且在最大限度上(最后的六位数)满足了我的需求。对银行来说,这不过举手之劳,并不多支出一分钱;而于我,心情却被调试得很熨帖。这张卡,我想我会用很长时间吧。这是小聪明用对了地方。

这说的是银行,不过是举例而已。

将"聪明"与"用功"这两者做一取舍,年轻时,我肯定会取"聪明"来用。聪明多好呀,耳聪目明,一点即通,玲珑八面,才思敏捷,倚马千言。而现在,我会舍"聪明"而取"用功"。岁月流转,时势变幻,阅世一多,就看出:靠聪明一时得到的学识与本领,往往是浅薄的、浮躁的;而真正下苦功做的学问或产品(作品),才经得起时间的打磨与考量。

成功不可能一蹴而就,百年老店是靠用心用功来立世,绝不是凭一时一事。网上看到古代药店的一副对联:但愿世间人无病,宁可架上药蒙尘。有这样的济世胸怀,才是真正的大智慧。

(2018年01月24日)

◎周天立的手工陶艺作品《稚拙》

◎［明］佚名《岩壑清晖》之二

佛 系

新名词现在层出不穷，"佛系"一词在去年底风行于网络。

从资料看，佛系这词源于2014年日本国的某杂志，是种"怎么都行、不大走心、看淡一切"的生活方式。它有三句"口头禅"：都行，可以，没关系。

佛系这种生活方式，是经济高速发展的产物。在体量日益庞大的城市面前，在令人瞠目的发展速度面前，个体显得更为渺小。在时代潮流的裹挟下，人们几乎无法改变什么，大多只能随遇而安，就有了这种一切无所谓的人生态度。

随着现代科技的日新月异，生活的安逸则唾手可得，一部手机在握，万物尽在掌中。努力，进取，拼搏，奋斗，这之后的结果，不还是生活的安逸吗？

几年前看过一篇短文说：有富翁见一渔民在海边打盹，问，为何不捕鱼？渔民说，捕鱼干吗？富翁说，卖了赚钱呀。渔民说，赚了钱干吗？富翁说，可以休闲享福呀。渔民说，我现在不就在享福吗？富翁无言。

这富翁也许只知道赚钱与享福这两件事，无法反驳，所以无言。而这世上并不只有赚钱与享福这两件事，更多的是在过程中也即在行进中的快乐与幸福。

人总是要死，但你肯坐着等死吗？你知道，自己终要告别这个世界的，你所拥有的不过就是上天给你的几十年时间，但你总得干点什么。雪泥鸿爪，你总想要在这世上留下点什么，哪怕只是生儿育女，让自己的生命延续或有所寄托也好。这应该是一个正常人的思维方式吧。如果都像佛系人物那样，什么都无所谓，什么都懒散不作为，这世界早就坐吃山空了。特别是男儿，立身于世，总要有所作为。李清照，一位弱女子，都这样豪迈地吟唱：生当作人杰，死亦为鬼雄！

很欣赏辛弃疾的《破阵子》这首词："醉里挑灯看剑，梦回吹角连营。八百里分麾下炙，五十弦翻塞外声。沙场秋点兵。 马作的卢飞快，弓如霹雳弦惊。了却君王天下事，赢得生前身后名。可怜白发生！"

烈士暮年，雄心不已！

（2018 年 01 月 25 日）

湖　说

钱湖说，我本一溪流，筑堰而成湖，疏浚以行船。

钱湖说，我本一汪水，清自可涤缨，浊亦能洗足。

钱湖说，农夫用我灌溉，渔翁借我谋生，文人托我抒怀。

千百年以来，百姓环湖建村，晴雨耕读，渔樵唱晚，这东钱湖端的是江南鱼米之乡的经典。

借改革东风，边地宁波迅速崛起，竟成了沿海开放城市的先锋一员。东钱湖的身份也由此步步高升，从旅游名胜地到城市后花园，又从城市后花园升级为城市客厅，据说还要升格为"城市副中心"。

这钱湖之水，从未像今天这样金贵。这钱湖之事，也从未像今天这样受人关注。怪不得我这样退居江湖之人也来多嘴了，前几天写《钱湖》一文，说钱湖与西湖相比，少了人间烟火味。但，这自是极委婉的说法了。

千百年以来，一代代的农夫、渔民、商人开发与保护了这一汪湖水，青山长翠，碧水环流，五谷丰登，鱼虾丰盛。可现在，这一片湖山得到最好的利用了吗？是真正用来为老百姓服务的吗？

一大片极佳的湖山成了高尔夫球场，这是平民敢问津的地方吗？一家五星级的宾馆占据了一大段极佳的湖岸线，说是拆了古村落搞起来的，这宾馆的价格是市民承受得了的吗？在朋友圈上看到，一家民宿一间房一天的价格七百多元，谁住得起这样昂贵的"民宿"呢？杭州西湖旁的望湖宾馆，好像是四星级酒店，也才这个价格呢。

听说东钱湖畔办起了养老院，颇有点高兴，一打听，要入住，先得交55万人民币的使用权费，每月的基础服务费说是要2500元，算上伙

◎《加拿大风光》之一（范萌摄）

食费、水电费等，一个人一个月没有五六千元是过不去的。看来，这不是工薪阶层能养老的地方。

开发东钱湖，建设宁波城市客厅，也有个公私的问题。这里说的"公"，是天下为公的大公，是百姓利益的大公；说的"私"，是小团体或者少数人的私。站在公的立场上，开发东钱湖，应该让更多的群众有所得：得湖光山色之佳，得出入居住之便，得湖山产出之利。

现在呢，新贵暴富者鲜衣怒马，尽享这"城市后花园"的种种风光；原是这湖山的世代传承者却集居在所谓"公寓"之中，少有亲近山色湖水的机会了。

有人说，不搞招商引资，就没钱开发建设。我就有点想不明白，苏东坡建苏堤，白居易修白堤，王安石挖湖筑堤，没有招商引资，也不知怎么就搞好了呢。开发建设是需要资金，为什么不能用别的地方赚来的钱来装修一下这"城市客厅"呢？

听说原莫枝镇的西街要拆迁了，这次能不能多为平民百姓考虑些利益，多搞点有人间烟火味的项目，多恢复点这古镇的历史风貌呢？

但愿这《湖说》，不是白说。

（2018年01月26日）

共 享

共享,即共同享用,何其好也。

"共享",作为新生事物,近来迅速地出现在交通领域。如共享自行车、共享电瓶车,甚至出现了共享小汽车。

毫无疑问,这"共享"能风行,是切中了百姓生活的痛点。

上海地铁近20条线路的密度已可比肩国际水平,但百密一疏,总有鞭长莫及的地方,这就产生了"最后一公里"的难题。

所谓"最后一公里",是说市民借助地铁系统上下班,无法直接到达目的地。很多地方的地铁站与市民家或单位的距离超过了一公里。这一公里,走路太远,叫出租费钱,还不一定招呼得到。政府部门于是以小区(单位)与地铁之间的循环交通车来破解这一难题,但成效不大。于是,黑车出现了,残疾人车出现了,多次治理打击并不见效,只因为有市场需求在。

共享自行车的出现,让这一难题迎刃而解。至少在报纸与电视上,讨论这"最后一公里"的事少了。我在上海三林的临时住处,与11号线的三林东地铁站有700多米的距离，拎着东西出去与回来，确实不便。现在骑共享自行车，五分钟就到了目的地。有段时间要从三林去陆家嘴金融城上班，从住处到6号线的华夏西路站有一公里多，走着去太远，坐小区公交车太慢；坐上地铁到世纪大道站转2号线东昌路站下，还得坐"金融城3号线"的公交车才能到，而这公交车在高峰时挤不上，在非高峰时又间隔时间太长。有了共享自行车，这两头的难题都破解了。

可现在好事不大好办，说风凉话的人多，看笑话的人多，扶持的人却不多。一是，"共享"打破了原有的行事格局，给一些管理部门增加了很多额外的工作量，他们就不大满意。二是，一些国人的素质又不大高，到处乱停乱放，确实影响了一些地方的市容与交通。三是，有人存心损坏车辆。看了个微信，有些好好的车辆被人故意拆解得一塌糊涂，真有点心痛。

当然，也有"共享"自身的问题。这共享是烧钱的事，需要资本前来风险投资。而资本是逐利的，为了逐利，资本又是排他的。表现在共享自行车这件事上，就是疯狂地投放自行车，尽最大可能地扩大市场占有份额，让别的共享车"无地自容"。

这就让共享自行车的总量大大地超过了市场的需求，这过度的扩张让好事变味了。上海市中心的一些繁华路段已经禁止共享自行车停放，一些小区也禁止共享自行车进入。

新生事物共享车的出现，是对市容管理的新挑战，是对懒政、惰政的冲击。对群众出行有帮助的事，一味地禁止，不行；一味地放任，自然也不行；让资本肆无忌惮地兴风作浪，更是不行。应该有科学合理的规划，应该有准入与退出的制度，应该有套更切合实际的管理办法，才能让好事真正办好，让百姓共享美好生活。

（2018年01月29日）

雪 天

  宁波城区下了场比较像样的雪,今天纷纷扬扬地飘了一天。

  年味越来越浓了,乡下亲戚杀了年猪,中午就有十几公斤的土猪肉送到家了。

  看着,看着,却发愁了……这一大块一大块的肉,不分解进不了冰箱呀!

  室外,雪花飞舞;室内,暖气正浓。没办法,拿出在乡下冬泳的勇气,开着电瓶车咬牙冲进了雪幕中,到农贸市场找人帮忙去。雪迷双眼,风寒彻骨,让我体验了严冬野外劳作的滋味。好久好久没有这种感觉了,养尊处优惯了。

  想起了唐代白居易写的名诗《卖炭翁》,这样的盛世,这样盛名的诗人,居然写出这样同情底层百姓、抨击官府腐败的诗篇,真值得千百年后的我们钦佩与致敬!

  试问今日有几人?不要说赋诗写文章了,能给环卫工、保洁员、快递哥送一句问候,递一杯热茶,就很不错了。

  感谢今天上门调换键盘的电脑工程师,感谢今天菜场里帮我斩肉的师傅,我更感谢在雪天里坚守岗位的各位。

  生活的美好,正因了他们的努力!

(2018年01月31日)

◎题图 《钱湖冬捕》(徐建东摄)

明清笔记中,翻阅得最多的当为《浮生六记》一书。

作者沈复,为清代乾隆一朝生人,出身于"衣冠之家",相当于现下的中产阶层。沈复一生从未出仕,或做幕僚,或为商贾,浪迹江湖。这开阔了他的视野,也改变了他的气质,自称"落拓不羁",因而为文也就别具一格了。

《浮生六记》,有两记佚失,殊为可惜。其中的四记分别为"闺房记乐""闲情记趣""坎坷记愁""浪游记快"。四篇之中,有三篇说"乐""趣""快",可见作者的性格取向了。即使"记愁",亦很豁达。

《山村秋色》（陈绍余摄）

作者在这一篇的开首就说："人生坎坷，何为乎来哉？往往皆自作孽耳。余则非也！多情重诺，爽直不羁，转因之为累。"自认倒霉。

喜欢读这书的原因主要是，作者发乎真情，直抒胸臆，形之笔墨，不落俗套。不管是富裕时刻还是落泊时分，都能找到生活的乐趣，化平庸为神奇，真正享受生活。今天能看到的明清散文，记叙大事而冠冕堂皇的多，着眼小事而体味咏叹的少。因为名不见经传的落拓文人写真心说真话，于是这本薄薄的散文小册子也在中国文学史上留下了一席之地。

抄一段"闺房记乐"的文字如下："中秋日，余病初愈，以芸半年新妇，未尝一至间壁之沧浪亭，先令老仆约守者勿放闲人。于将晚时，偕芸及余幼妹，一妪一婢扶焉。老仆前导，过石桥，进门，折东曲径而入，叠石成山，林木葱翠。亭在土山之巅，循级至亭心，周望极目可数里，炊烟四起，晚霞灿然。……携一毯设亭中，席地环坐，守者烹茶以进。少焉，一轮明月已上林梢，渐觉风生袖底，月到波心，俗虑尘怀，爽然顿释。"

拿出来看，这段文字就是一篇游记，短小精悍，颇有意味。整本书，都是由这样的一个个片段、一件件趣事组合而成。只因其有趣，就令人不忍掩卷了。

书名，取"浮生若梦，为欢几何"的意思，这何尝不是作者对人生的感悟？

（2018年02月01日）

寒 夜

近几天,甬城进入了冰箱模式,气温在零摄氏度徘徊。这对家中没有暖气的平民来说,真是严峻的考验。

但冬天总比夏天好,让人总还有一个躲的地方,那就是被窝。于是,就有了"雪夜拥被读禁书"的说法。

朔风呼啸,严寒逼人,我且青灯黄卷,"猫"进被子里再说。70年代插队落户时,就是这样对付过来的。

那时取暖没有电热器,更没有空调。城里人用的是热水袋,省钱的也用"盐水瓶"(打吊针挂水后的副产品);农村里的人使的是传统的铜火炉,烧的是木炭或煤块。我哪有这些设备,只能将床下的稻草铺得更厚点,将白天穿的厚衣服都压在被子上。好在年轻血气方刚,还常常读书到深夜方肯睡觉。其实,还有点感谢寒夜。因为天寒地冻,少了串门闲聊、打牌吃酒的邀约,可以潜心用功地看上几本"禁书"。

当时的"禁书",极少是黄色下流的,大多是十七世纪以来国外批判现实主义的长篇小说,罗曼·罗兰四卷本的《约翰·克利斯朵夫》就是在那个时候看完的。有一部分是国内的传统文学作品,除四大名著外,还能读到"三言二拍"《聊斋志异》《官场现形记》等。这样,在大量阅读之中慢慢打下了古文的底子,又在中外文化的多重影响下,逐步形成了自己杂拌式的世界观。

幸运的是通过一位北京知青,读到了一批内部发行的灰皮书,主要是当代苏联小说家写的小说,如《多雪的冬天》《落角》《你到底要什么?》等等。据说,这是供中高级干部批判性阅读的。

具有批判性阅读的能力，在当时的地市级领导中也少有这样的人才吧，我们这帮中学生更没有这种能力了，反如久旱遇了甘霖，如饥似渴地享受着精神大餐，接受着文明的熏陶。同时，通过这扇无意间打开的窗口默默打量着这域外的世界，对比着自

◎《钱湖民居》（江志勇摄）

己的处境。在我们整年战天斗地还食不果腹的时候，苏联的青年人已经在讨论"杯水主义"的生活了，当时感慨了许久！

现在各方面的条件比过去不知好了多少，可静下来读书的心境竟很难找到了。细细数来，喧嚣的环境氛围、极致的物质需求、回报的快速追求，是影响心境的三大原因。吃一顿好饭，就想让自己胖起来；游一次泳，就想让自己瘦下来；吃几粒药，就想让毛病马上消失；看一本书，就期待自己成为专家；写一篇文章，就期望别人崇拜你；参加一次派对，就希望碰到一位金主。

天下，哪有速成的事情呢？于是不开心，于是不安稳，于是不踏实，唯恐错过了一次新的机会。据说，熊瞎子掰苞谷，掰一个扔一个，它总觉得还有更大更好的苞谷在前头，掰到最后，这一根是不是最好，还真说不准。

时光催人老，明日又立春。还是寒夜好，细读案头书。

（2018 年 02 月 03 日）

掸　尘

◎余姚中村廊桥即景

真不能妄自菲薄，传统文化里也有不少好东西，譬如这过年前的掸尘。

掸尘，又称为扫尘、除尘、除残等。这起源于古代百姓驱除病疫的宗教仪式，逐渐演变成了年底的大扫除。

俗谚说："腊月二十四，掸尘扫房子。"趁着这接连的大晴天，咱家也开始大扫除了，爬高挖低地清除尘埃。

现在的公寓楼比起以前住的砖瓦房打扫起来毕竟方便多了，掸尘的主要任务是擦玻璃窗。

将阳台、飘台的窗帘一一除下，眼界顿时大为开阔：东面，北边，远山隐约；西边，南面，水波荡漾，很有"推窗放入湖山来"的感觉。

［宋］王安石公在《游褒禅山记》中说："世之奇伟、瑰怪、非常之观，常在于险远，而人之所罕至焉，故非有志者不能至也。"

这种去人迹罕至的地方探险，人的一生很难遇到几次。南极、北极，对我们一般人来说，一辈子去一次已经非常不容易了。

生活中常见的，倒是像我等这样"只因窗帘遮望眼，等闲放走好风景"。自己给自己设了障碍，天天浪费这大好山光湖色，殊为可惜。

推而广之地想，生活中是否也有这种自我设障的地方呢？两千多年的封建糟粕，留下了多少垃圾与尘埃要清理呀。

除旧布新，推陈出新，看来是新春之时的应有之义了。

（2018年02月05日）

◎白鹭欢聚钱湖畔（俞飞凤摄）

冬 春

小学课本上说，冬去春来。

有外国诗人说，冬天来了，春天还会远吗？

而生活的教科书说，冬与春，互相交错。

前几天的2月4日，是农历腊月十九，时在三九严寒，而节气，却已是立春了。这不是冬春交错吗？

春之初，时时晨寒料峭，有时乍暖还寒，这不是冬春交错吗？

民谚说：吃了端午粽，还要冻三冻。查日历，今年的端午，都快到夏至节气了，还冻三冻？太夸张了！但也显见，冬与春的纠缠。

绕口令般地讲了那么多，无非是想说，冬天最冷的时候，其实已是春的开始了；而春意盎然之际，并不见得就一路的阳光灿烂了。

天之道，也即人间之道。

有古人说，否极泰来；有哲人说，事物向着各自的对立面转换；有先知说，凡事是过程。

起承转合，周而复始，江河行地，日月经天，这世界就这样运转着。

是故，不以物喜，不以己悲。

（2018年02月07日）

沙 漏

前几天去一家饭馆吃饭,饭馆承诺在 20 分钟内上菜,服务员随手在点菜单上压了一只沙漏。

一时无事,看着这细小的沙粒通过狭窄的瓶颈匀速地流下,看着时间这样有形地点滴流失,体味着"无情岁月增中减"的意境。

年末岁初,总会让人慨叹。

慨叹的,不只是时间的流失、岁数的痴长,还有很多我们视为珍贵的物事的消失。例如,书信;例如,贺卡。

傻傻的还收藏着两大抽屉的贺卡与明信片,朋友的、同事的、采访对象的,五花八门;甚至,还有自己寄给自己的,譬如去年七月在西沙旅游的时候。

生活中的点点滴滴,有的就通过这小小的贺卡记忆了下来,在这严寒的冬夜带来温馨,让你的嘴角漾起微笑。

现在,机器做年糕,机器包饺子,机器裹汤圆,味道差劲了,过年的情调也荡然无存了。早几年,短信贺年;这几年,微信拜岁,手机表情包千人一面,让人索然无味。

有种痛苦是知道太多,只因没有对比就没有鉴别。没有吃过手工制作的宁波小汤圆,也许不是遗憾而是一种快乐,你会觉得这

汤圆就是现在机器制作的这种风味。

想起了当年在农村几家合伙蒸粉做年糕的情景,小孩们奔跑戏闹,姑娘们巧手制作,小伙子奋勇挥槌,这火热的场景才有过年的仪式感。

这一口气数百下地捣米粉,只不过是力气活;在石臼旁边灵巧地翻米粉,才是技术活。百炼钢都要化作绕指柔,百槌之后的米粉更为筋道,这样做出来的年糕在水中浸到夏天也不糊。这时用刚捶好的热米粉捏个团,裹上咸菜肉丝,这一口下去的滋味至今口舌生香。

用今天刚看到的一句名言作结:习惯是如此之轻,以至于无法察觉;习惯又是如此之重,以至于无法挣脱。

过去的,毕竟过去了。

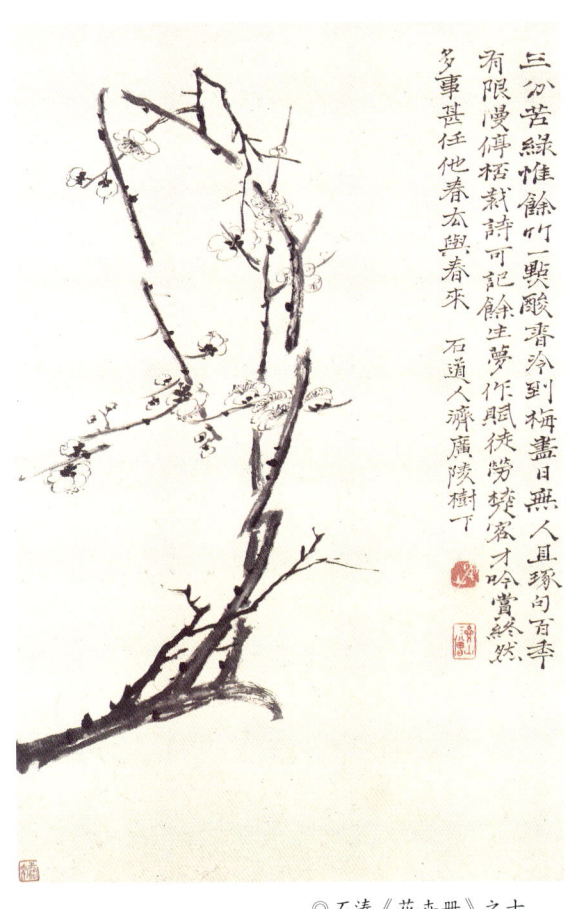

◎石涛《花卉册》之十

(2018年02月11日)

速 看

看微信时,常会看到这样的标题或提示:速看,即删!

何事如此张皇?大概是作者怕自己写的帖子,被网管删了。

有时也点开看看。

就我所看到的大多数的帖子而言,都是噱头,并无什么敏感问题,只是为了吸引读者眼球。

当然,也有些帖子被屏蔽了。因为被屏蔽了,无法看到内容,自然无法判断敏感与否,这且不论。

但"速看,即删"这两个短语能吸引公众的眼球,且经久不衰,这就值得推敲了。

现象,反映了本质,虽然这一反映是曲折的。"速看,即删"能引人注目的背后,毋庸讳言,是一些社会媒体公信力的下降。

在平时,有些媒体着力报道或议论的,并不是读者最关心的东西。有些鸡毛蒜皮的事情,却占据了版面的重要位置或电视广播新闻的重要时段。当重大事情发生时,一些媒体要不时常缺位,要不姗姗来迟,要不言不及义。反倒是马路新闻或者是被宣布为谣言的传闻,成了真实。久而久之呢?

公信力的下降，实质是真实内容的缺位，是真相的缺位。

有位新媒体的负责人说：每当一个热点事件发生后，会产生一批又一批的"10万+"。虽然有这么多的"10万+"，但是我们唯独找不到核心的真相和事实。他总结得好：现在是"广大网友日益增长的对新闻的追求，和新闻的不充分、不平衡之间的矛盾，这个矛盾已经越来越严重"。

为什么会这样？第一，自媒体没有这个能力。第二，自媒体没有这个资质。第三，部分传统媒体的报道责任和主要手段缺失。

报道"责任"或者说"担当"的缺失，这是另外一个话题了。而手段的缺失与改正，倒可以在这里讨论一番。

现在的报道，往往是以点代面的多。采访一两个人，就让他代表了成千上万的个体；采访一两个机构，就让它代言了某一个领域；采访了一个村庄或一个小区，就来论证一个城市的繁荣与发展。这样以偏概全，如何有客观而公正？如何能科学而准确？

有些真实内容的获得，或事实真相的披露，必得在手段上做个提升。以前用过的读者问卷调查，曾经有过的城市居民抽样调查，都是了解读者需求、寻找报道题材的好方法。盖洛普式的民意测验也可拿来一用。只要能放下身段，真实与真相还是不难得到。

现在进入了大数据时代，利用技术手段就能很方便地拿到更多的有关行业、产业方面的数据，就会让采访获得的答案更准确。而且依靠大数据的背景，能更精准地捕捉到读者个性化的需求，以提供更准确的信息服务，从而建立权威的公信力。

到了这时候，恐怕"速看，即删"不再会有市场了。

流言止于智者。而智者的造就，在于信息的及时充分与新闻的客观公正。

（2018年02月13日）

守 岁

过年了!

又是谢年,又是送年,这既热闹也麻烦,这"年"竟为何物?

据民间传说,"年"却是天界之兽。叫声如"年……",故名年兽。

话说,"年"生性凶残,每隔365天就到凡间来捣乱,让人谈"年"色变。

它有次闯入某村,遇见一穿红衣、燃竹竿取暖者,正欲作恶,只见燃竹爆炸有声,火映红衣耀眼,立时惊慌而逃。于是,人们识了"年"性,每逢"年"出时,家家户户贴红联,穿红衣,燃爆竹,以驱"年"走。"年"被赶跑了,人们敲锣打鼓,相互道喜。后来就把这一天当作了节日,就叫"过年";拱手庆贺,就成了"拜年"。

学者们却有另外的说法。据清代段玉裁考证,"年"字的本义为丰收时节,与怪兽毫不相干。"过年",这一民族最重要的习俗,本意就是庆祝、喜悦,绝不是什么"吃人""打怪兽""消除恐惧"。

爆竹习俗,最早记载于南北朝梁宗懔《荆楚岁时记》:"正月一日,鸡鸣而起,先于庭前爆竹,以辟山臊恶鬼。"在中国传统文化中,"爆竹"有事天地鬼神之意,并无有关驱赶怪兽的记载。

春联习俗,起源于桃符。《后汉书·礼仪志》所载,桃符长六寸,宽三寸,桃木板上书降鬼大神"神荼""郁垒"的名字。"正月一日,造桃符著户,名仙木,百鬼所畏。"《宋史·蜀世家》载:后蜀主孟昶令学士辛寅逊题桃木板,"以其非工,自命笔题云:'新年纳余庆,嘉节号长春。'"这便是中国的第一副春联。春联的起源也有敬鬼神之意,

◎《元宵》 周天立

但跟怪兽无关。

过年,最重要的是守岁。在这旧年的最后一天夜里熬夜迎接新一年,因而又名"熬年"。《东京梦华录》载:"除夕……士庶之家,围炉团坐,达旦不寐,谓之守岁。"

古时,年长者守岁,是珍爱光阴;年轻人守岁,是侍奉父母。于是,百姓通宵欢聚酣饮,共享天伦之乐。[宋]苏轼有首诗《守岁》这样写:"欲知垂尽岁,有似赴壑蛇。修鳞半已没,去意谁能遮。况欲系其尾,虽勤知奈何。儿童强不睡,相守夜欢哗。晨鸡且勿唱,更鼓畏添挝。坐久灯烬落,起看北斗斜。明年岂无年,心事恐蹉跎。努力尽今夕,少年犹可夸。"

问"年"为何物,直教人倾情相许。

我曰:"年"为民族的偶像之一。

把生活理想化,把理想生活化,国人将这一宏愿在"年"这一时间段里充分表现出来了:吃,最好的;穿,最好的;和家人团圆,和和美美。然后,尽情游玩。宁肯将一年挣的辛苦钱,花一半在这个时候,这就是"年"的魅力!

有"年"真好,让国人一年有个放纵自我的时光,家家扶得醉人归!

(2018年02月15日)

静 心

退休了，先静心，赏玩琴棋书画诗酒花。

偶尔也醉里挑灯看剑，梦回当年笔耕生涯。

从前快，不到半年搞定了地级报纸的自办发行；从前快，倚马挥笔评时弊，至今翻看不厌旧；从前快，三峡蓄水写新闻，重庆宜昌两地千里一日还。

现在慢，常半日对坐一隅，都不顾阴晴圆缺，且把卷浅笑安然，执一壶闲品慢言；现在慢，吃饭细嚼慢咽，走路四平八稳，开车一看二慢三通过，说话三思之后再开口。

《说文解字》的作者东汉许慎大儒说：快，喜也，从心，夬声。慢，惰也，从心，曼声。看来，这最早的快慢，只关乎内心的情绪。而后来的快慢，却成了速度上对立的反义词。

日子过得太快与太慢都不好，应该张弛有度，动静相宜；应该优雅，淡然，有温度。

千百年前的古人活得潇洒。"洛阳亲友如相问，一片冰心在玉壶。""问君归期未有期，巴山夜雨涨秋池。"回答得何等优美儒雅。"陌上花开，可缓缓归矣。"这仅九个字的温柔"催促"，却又胜过千言万语。

生活，是人生态度的反映。什么样的态度，就会选择什么样的生活。"清夜沉沉动春酌，灯前细雨檐花落"，是一种生活；"吹灭读书灯，一身都是月"，又是一种生活。我却欣赏这样的场景：松下无人一局残，空山松子落棋盘。

（2018年02月18日）

寂　静

今日得空闲,与好友一起,从宁波市区南下 50 公里到咸祥镇游玩。一直有个心愿,想到靠山近海的地方,找个能静心休养的地方。靠山,是想有干净空气与清洁之水;近海,是为有鱼鲜可买,得口

◎仇素莲《白云深处有人家》

舌之福。在这样的地方，圈一个院子，养三五只鸡，种半亩地菜。

这几年，纵横东西，奔走南北，登高涉险，不计寒暑，饱览了大好河山。这并不单单是为了拍几张照片，更多的是在寻找心中的桃花源。

从地理环境、气候条件、交通条件、生活环境、饮食习惯等方面看，闽南一带其实挺合我的胃口。这地方，靠山近海，冬季温暖，高铁可达，民风淳朴，饮食相近，只是圈院子的成本太高。只能想想，也就作罢了。

游人只合江南老，合适的就是最好，从这两条衡量，家乡的宁波就是合适之地。于是，将视线转移到了咸祥。

原同事蔡同英正好出生于这地方，今天就自告奋勇地当了导游。从镇上一晃而过，先到了犊山村。这里有蔡女士亲戚的住房，有可供种菜的土地，也靠山傍河，但似乎找不到感觉。

于是去蔡女士表姐住的芦浦村。山路弯弯地进去，村口迎面就是一棵大樟树，浓荫蔽天，煞是气派。一条小溪穿村而过，流水清澈，琤琤作响，细鱼游弋，顿时心生喜欢。

山村沿溪流两旁而建，房屋多是石块垒成，藤蔓青苔密布，很有些年头了。沿村道溯溪流而上，愈走愈见其古朴，确是个养生的好地方。

只是村庄里人影稀落，"空山不见人，但闻人语响"。半天里，才见一老者从后匆匆而上。一搭话，方知这山上有一水库，他是去巡山看水的。又说，年轻人都去城里了，现在是春节，村里还能看得到人。

看着这青山绿水，看着这院子田地，我们心生羡慕。可拥有这一切的人却不顾不管地进城了。在插队落户时，我可见过不少农民为了宅基地的地界，为了自留地的边界吵得不可开交，甚至打得头破血流！

时光，也就这几十年，昔日视为珍宝的东西，现在却弃如敝屣。这世道……

（2018 年 02 月 20 日）

围 城

◎日湖飞鸟（周天立摄）

《寂静》一文聊到养老问题，颇受同龄人的关注。有人问，你找到桃花源了没有？

我想，桃花源是陶渊明的理想国，随着时代与各人情怀的变化，可能也就有N种桃花源了。至于我的桃花源，从文中可以看出，只是找到了一处选址而已。芦浦，给我留下了很棒的印象，有机会还会再去。但这离安居此处，似乎路还很长。宁波的海岸线那么长，面海靠山的地方多得很，我还要到处看看。

昨天下午，沿途走马观花地还看了好几个村。

看了童村，参观了童第周的故居。此村的"风水"颇佳，单是童第周的五兄弟就个个上了著名的大学，并且建功立业了，这是现代版的"五子登科"了。但现在，村容村貌有些杂乱了。

看了雁村，号称是"宁波的香格里拉"。这里要拉开来说两句：借势宣传，傍名人或名地，应有不错的广告效应，但"过了"反而起不到效果。雁村的自然风光还可以，但与云南的香格里拉比，似乎差得不少，至少"脂粉"搽得厚了点。

其实，著名画家沙耆故乡沙村的风景还不错，紧挨着大水库。有了水，就有了灵气，何况是那么辽阔的水面，这阴晴晨昏的变化就多了。

在咸祥和周边转了一圈，还是芦浦最佳。

正如一位朋友评论的那样："围城！"世居在那里的青年要出去，久居城市楼宇的老人要进来。

你看，这山沟里层层叠叠的树林化不开的浓绿，这山沟里错落有致的溪石浑然天成，这山沟里晶莹剔透的溪水甘甜可口……

如此佳地，自然让人流连忘返！

（2018年02月21日）

午 后

午后的阳光轻轻地打在背上,春意就这样轻盈地来到了身边。

今天的宁波告别了连绵的阴雨,也告别了连续的阴冷,太阳亮出笑脸,蓝天透着晶亮。

我挡不住阳光的诱惑,在日湖边上徜徉。

路旁的茶花盛放着,才不管严寒还未过去,才不管霜冻或将再来。

柳条已经绽芽了,嫩绿的叶尖正在探出小脸。

平静的湖面泛着金光,几叶小舟在湖面上漂荡,时钟仿佛已经停摆,一切都那么的静谧。

如果这是在国外,你也许会一声惊叹,看!外国多好呀。

可这是你的家乡,你也就习以为常,熟视无睹。

殊不知,这也是难得的一刻!

朋友圈却热闹得很。有人晒逆光下的花朵,有人照白云下的楼宇,有人觅到红梅的倩影,有人和孩童在春风中嬉戏,有人在运河边上遗憾摇橹船的缺位。

更可爱的是我的一帮同学,位卑未敢忘忧国,还猫在房间里捧着手机,你一言我一语,为食品安全担忧,为大国崛起出谋划策,可惜负了大好春光!

江山代有人才出,听唱新翻杨柳枝。咱们还是好好地颐养天年吧。

(2018 年 02 月 23 日)

三 问

前不久，本人的订阅号上发过一篇《三情》的文章，为了表述更加完整，今天再写上一篇《三问》。

自认为，当记者，写文章，这"三情"与"三问"是必备的基本功。

这"三情"，是自创的组合词。第一"情"，是社会情况，简称社情；第二"情"，是人情；第三"情"，是风情。

熟悉了社会情况，熟知了人情世故，了解了当地风情，这样，搞采访、写文章，才能行所当行，止所当止，分寸恰到好处。

那"三问"呢？

"三问"，是问禁，问俗，问变。

问禁，是问当地或当时有什么须禁忌的事与物。

问俗，是问当地或当时或此事上，有什么风俗。

问变，是问当地或当时或此事上，有什么沿革。

这"三问"，是"三情"的延伸与细化。

把一地一时一事的禁忌、传统、发展与变化弄明白了，你才能看清自己报道对象的内在，才能提纲挈领地抓住根本。

当记者，搞采访，往往打的是"遭遇战"，你很难知道你的下一个采访任务是什么，你的下一个报道对象是哪方人士。因此必须先做好功课，才能应付自如。

还是说21世纪初的三峡蓄水的报道吧，这是一个全方位的报道题材，可以说，上至天文、气候、历史变化诸方面，下涉水文、地理、人口迁移等课题。为了做好这一报道，在蓄水的前一年，就在了解"三

◎ 2001年4月19日，本书作者在长江边的丰都县清溪村采访

情"、做好"三问"上下足了苦功，提炼出文物保护、污染防治、移民安置这三个关键问题做采访，于此写出了三四十篇的专题新闻，算是不辱使命了！

推而广之地想，这"三情""三问"，应也是公职人员做好工作的基本功吧。曾看到不少的下乡驻村的干部在基层花了不少的精力，采取的扶贫措施却不见效果也不受欢迎，真为他们可惜。

（2018年02月26日）

将　将

《史记·淮阴侯列传》中有这样一段话:"上尝从容与信言诸将能不,各有差。上问曰:'如我,能将几何?'信曰:'陛下不过能将十万。'上曰:'于公何如?'曰:'如臣,多多而益善耳。'上笑曰:'多多益善,何为为我禽?'信曰:'陛下不能将兵,而善将将,此乃信之所以为陛下禽也。'"

用现代汉语来表达是这样的:皇上(汉高祖刘邦)曾经和韩信闲谈(楚汉之争时)各位将领有没有才能,(认为)他们各有高下。刘邦问:"像我自己,能带多少士兵?"韩信说:"陛下不过能带十万人。"刘邦说:"那对你来说呢?"韩信回答:"像我,越多越好啊。"刘邦笑道:"带士兵越多越好,那为什么被我捉住?"韩信说:"陛下不善于带兵,但善于统领将领,这就是韩信我被陛下捉住的原因呀。"

韩信在这里说了"将将"与"将兵"的关系,颇能令人深思。

能将兵,固然重要;而将将,更高出一筹。

将兵,是一种领导艺术;将将,是一种更高级的领导艺术。

有的人,只能将兵;有的人,既能将兵又能将将。

宁波有一个叫"博洋家纺"的企业,它的前身"宁波手帕厂"曾濒临倒闭,当年分配进了两位大学生,其中一位叫戎巨川。戎从普通工人当起,逐年历练后成了集团总裁,并将这家企业打造成了宁波服装行业领军者。

2017年的集团销售额比上一年猛增了30%,戎总这样说的时候,我既为之欣喜,又不感到奇怪,只因他既能将兵又能将将。

在这家集团走了几次,我看企业近几年开创了好几个新品牌,男装、女装、时装都有,有的服装更小众化。见我疑惑,戎笑着说,我们现在搞的是品种裂变,开始做床上用品,发现有人搞服装有一套,就放手让这人去搞。服装做起来了,这中间发现了做女装的人才,这人也有创业的意愿,好,就让这人设计女装、组建销售队伍。做着做着,又发现了做男装的人才,就让他来主持男装营销

这一摊的工作。像"唐狮"这样的新品牌就是这样开发出来的，今后新品牌还会越来越多。

不断在分权，不断在裂变，激发了生产力，调动了积极性，让自己的手下都成了"将军（直属公司总经理）"，而自己也成了"将将"之人。今年得到了百万股权奖励的老总，原来是个书生，现在看上去也文质彬彬，在戎的培养下，在生意场上十分生猛，家纺产品营销额直线上升。

想想自己年轻时创业的不易，戎巨川索性利用三市老街的旧厂房搞起了创业园区。由于扶植有力，待遇优厚，不但外地的年轻人蜂拥而来，自己企业的员工也看着眼红，想到园区创业。戎不但不冷遇或封杀这样的年轻员工，反而鼓励这些年轻人闯出去；在他们一时接不上外来业务的时候，公司还会将相应的业务调剂给他们。戎总这样说，自己有本事，不怕别人追上来；自己有实力，不怕别人对着干。打败自己的，常常是自己。

做企业也好，做事业也好，考量你的，是眼光，是胸襟，是气度。

我说，老总，你这名字起得好呀，包容至巨，海纳百川！

（2018年02月28日）

○贺圣思画

每个人在儿时,大都认为自己不是个凡人。

少年时的我痴迷于法国儒勒·凡尔纳的科幻小说,最爱的是他的三部曲《格兰特船长的儿女》《海底两万里》《神秘岛》。

《海底两万里》这部作品,幻想大胆奇特,情节跌宕起伏,但传播的是乐观主义精神,深信人类无穷的创造力和科学的巨大力量,将会使整个地球变成一个理想的社会。这正切合了新中国一代少年蓬勃向上的心思。

于是,我梦想成为尼摩船长一样的人物,驾驶着鹦鹉螺号潜水艇潜航于海底,周游世界的同时扶危济困。

可惜的是,轰轰烈烈的"文化大革命"把我的读书梦击得粉碎,更把我的航海梦击得粉碎，只给了我一条出路——修理地球！

我是1965年秋读的初级中学，1968年秋应该升读高中或职业中学，结果却在1969年秋被"欢送"去插队落户，接受贫下中农的再教育！

这初中三年的读书时间，被"革命"的狂热浪费了不说，又在农村足足度过了五年多的艰难日子，在1975年初才得以返城务工！

算一下，这是整整的八年的青春岁月呀，这是一段初中加高中加大专的时间呀。没有正规的课堂教育，没有教师的指点与辅导，全凭着自己的良知在黑暗中摸索。

这一路走来，多少比我优秀的人丧失信心了，多少比我努力的人放弃拼搏了，多少比我有才华的人自甘堕落了，有的偷鸡摸狗甚至走上犯罪之路。

也许是我的少年梦救了我，也许是我的家教救了我，我并不聪明，也没多少才华，但我不敢颓废，怕负了母亲对我的期许之心，怕负了外公外婆的抚育之恩，于是老老实实地种田劳作，脸朝黄土背朝天，从刚下乡的三级半工分级别，干到了九级半的相同于全劳力的水平。这同时，又不敢荒废了自己，天天坚持看书，拿到什么书都看，榨取其中的营养；天天坚持写日记，自己激励自己要挺住、要坚持！此中甘苦，谁人能知！

一个人的生命中，有多少个八年？一个人的青春期，能比八年时间长多少呢？生命，开不起这样的玩笑；青春，也经不起这样的试错。

你还记得年少时候的梦吗？至少，我记得。

它像朵永不凋零的花，开在心中。

可惜，永远没有实现的机会了！

（2018年03月04日）

翅　膀

在朋友圈里看到这样一句话:"希望有两份遗产能够留给我们的孩子,一个是根,另一个是翅膀。"

据说这是美国作家小霍丁·卡特说的,真实性如何,没去考证,只觉得此话值得思索。

我的理解是,所谓"根",是要让孩子明白自己是从哪里来,自己家族的根基在哪里。所谓"翅膀",是让孩子一要有想象力的翅膀,思想有多高,才可能飞得多高;二有飞翔的本领,比你飞得更高更远的本领。

对于遗产,林则徐有句名言说得好:"子孙若如我,留钱做什么?贤而多财,则损其志。子孙不如我,留钱做什么?愚而多财,益增其过。"

◎周天立和她的画作

一世为人，不给后代留钱，总要留点什么吧。小霍丁·卡特说的这两份遗产倒在可选之列。

国人很讲究家族传承，祭祀先祖是逢年过节的第一要务，数典忘祖则是为人的一大耻辱。

随着时代风气的转换与生活节奏的加快，越来越多的人只知道活在当下，却不知也不愿知自己来自何方，这种不明不白的活法，实在有点悲哀。

我想，知道自己家族的根在哪儿，可能与发财与赚钱没有多大关系，但能让自己活得明白一点、充实一点；或能以家族历史与先辈历史为鉴，活出新的精彩。

至于"翅膀"这一遗产，有不少的国人倒是讲究。他们讲究的是，把孩子送得多远，而不是让孩子飞得多远。近的送到香港、新加坡去读书就业，远的就送到美利坚和英伦三岛了。至于在那里，能不能学到飞翔的本领，学到什么样的飞翔本领，这就不大关心了，有的恐怕也没本事关心了。

其实，对孩子来说，最重要的翅膀是想象力。一个没有想象力的人，是平庸的人；一种没有想象力的生活，是平庸的生活。音乐、绘画、诗歌，哪一样不需要想象力？数学、物理、化学、天文、地理，更需要想象力！只有具备想象力，才能创造瑰丽多彩的生活；没有想象力，可能我们还在树上。

给孩子插上想象的翅膀，这才是父母最重要的事情。

最怕你一生碌碌无为，还安慰自己说平凡可贵。

（2018 年 03 月 06 日）

颜施

汉语，有的词组倒装。颜施，即施以颜色。

几年前，自己发过这样一条微博：做个好人挺容易。乐善好施，国人的优良传统。或有人说，我穷，如何施？没钱，也可给人六样东西。座施，有座让给老弱妇孺。颜施，必用微笑与人相处。言施，常说鼓励谦让之话。眼施，以善心好意看万物。身施，以实际行动帮别人。心施，待人至信至诚至正。

我现在有点怀疑自己的话了，至少，颜施不太容易。

在欧美国家的电梯里，遇到陌生人，对方大多是微笑，还往往伴一声"哈罗"！让你心里多了一丝阳光。在国内的电梯里，遇到陌生人，你先露出微笑，对方视而不见，毫无反应，让你好不尴尬。我在居住的小区里，就遇到过几次。有时跟进电梯的小朋友微笑招呼，小朋友也不大理睬，也许是受大人的影响吧。

今天上午在市区的一家银行办事，见有一人进来，跟邻人逐一招呼，被招呼者均冷漠相对。我微微颔首，那人竟笑逐颜开。

忽听旁边有人小声嘀咕：这人有毛病！此时，心里一阵悲凉，人与人的隔膜真厚。回应招呼，这是起码的礼貌之举呀。退一万步说，这人真是有病，你给他一个微笑，让他感到一分温暖，这有什么不好？

同船相渡，八百年的缘分；偶遇，也是一种缘分。擦肩而过，也许一辈子再也不会相见；或许相见了，也不会记得曾经擦肩而过。那么微笑以对，微笑而过，不是很好吗？

在这薄情的世界里，你为什么不留下一点温馨呢？

（2018 年 03 月 08 日）

杯 底

　　人生的意义，在人生的两个阶段中，会思虑得更多一点。

　　一是少年，没有经历过人生，于是迷茫、焦虑，想用思考来弄得更明白一点。

　　二是老年，已尝遍生活的酸甜苦辣，知道了事物的起承转合，明白了命由天定、运由自握，也就淡然一笑。当然也有不明白，想不通自己为什么在某一关键时刻，选择了这一条路，而不是另一条。

　　花花世界，纷纷扰扰，有人富，有人贵，这算得了什么，终是过眼烟云。

　　人生，是一场长跑，关键还在后半截。辛辛苦苦，寻寻觅觅，终于空闲了，却也到了生命的杯底。看多了风云变幻，更看清了噱头与幻象。那么，静下来吧，听从内心的召唤，做自己想做的事，过自己想过的生活。

　　不过是偶然到这个世界上，到现场勾了个"到"而已，在这最后的十几年里，你都不能按照自己的意志和思绪生活，那才真是悲剧了！

　　请欣赏飞白译的苏联特瓦尔多夫斯基的哲理诗《到了生命的杯底……》：

　　到了生命的杯底，／在一生的尾声，／我想找一个树墩，／在阳光和煦中，／稍坐几分钟。

　　只愿落叶呈现一片美色，／在斜照的光里，／在向晚的时刻。／尽管一生里全是纷扰，／任它去吧，有何可说。

　　我倾听思绪，／不再有干扰，／用老人的手杖划个道道：／不，无论如何，这也不错——／我偶然到此，勾了个到。

（2018年03月10日）

买菜

这几天,成了"马大嫂(买汰烧)",隔三岔五地跑菜场。

在菜场,分币早已被买卖双方"淘汰"了,这里是角币最后的地盘了,于是总带上一把在身上。

菜场最接地气,春意刚萌,上柜的菜蔬就因时而变,深绿的紫云英、碧绿的马兰、嫩绿的菜薹,十分惹眼。

没想到,付款的方式居然也大变化了。好几家卖菜的柜台边,竖起一块小方牌,贴上了二维码,可用支付宝,也能用微信。

这就是潮流的力量呀!

20世纪70年代时,单位领导在进行形势教育时说,资本主义国家发明了一个坏东西,叫信用卡,让年轻人用钱没感觉,成了"月光族",只能为资本家卖命干。

80年代开放了,中国银行在宁波率先推出了长城信用卡,我是《宁波日报》的财贸记者,近水楼台先得月地办了一张,无奈阮囊羞涩,能用卡的店家也少,这卡派不上多少用场。

但至少我明白了,这卡既不是坏东西,也不是好东西,只是一种工具而已。不是月光族的人,给他十张卡,他也不会月月光;是月光族的,不给他一张卡,照样把钱用得光光的。

可能是最初时的不信任,这信用卡在现今五六十岁的人群中普及得还不广。每到月初,一些大银行的柜台总会多了不少老年顾客,他们也没有什么大业务,就是把单位发到本人储蓄存折里的退休金取出来,数一下再存到存折里面,说这样踏实了。

当然,也有得风气之先者,比如本人。以前,信用卡用得好;现在,支付宝也用得好,微信支付也能用。一部手机在手,什么卡都不用带了,坐地铁都不用卡了,多方便!你看,今天到菜场都可以不带零钱了。

这社会,不管你愿意不愿意,它就这样一步步地在每个角落变化着,在每个方面进化着……

(2018年03月12日)

赏　春

不期然，春来也。

看，这灿烂的玉兰花怒放在宁波日湖畔。

想起了宋代王观《卜算子·送鲍浩然之浙东》中的名句："若到江南赶上春，千万和春住。"

为何？

江南春早。农历正月，北方天寒地冻，这里已是春意盎然了。号称"四明狂客"的唐代贺知章有《咏柳》名篇："碧玉妆成一树高，万条垂下绿丝绦。不知细叶谁裁出，二月春风似剪刀。"这正是眼前场景的实描。

清代高鼎的《村居》一诗也有类似的描绘："草长莺飞二月天,拂堤杨柳醉春烟。儿童散学归来早,忙趁东风放纸鸢。"

江南春美。江南山水本就妩媚,"水是眼波横,山是眉峰聚"。春姑娘再来装点一番,更为动人了。唐人白居易君这样吟唱:"孤山寺北贾亭西,水面初平云脚低。几处早莺争暖树,谁家新燕啄春泥。乱花渐欲迷人眼,浅草才能没马蹄。最爱湖东行不足,绿杨阴里白沙堤。"这是多么美的一幅画。[唐]杜牧的《江南春绝句》写得更美:"千里莺啼绿映红,水村山郭酒旗风。南朝四百八十寺,多少楼台烟雨中。"

江南人美。唐代韦庄如此赞美江南女子:"春水碧于天,画船听雨眠。垆边人似月,皓腕凝霜雪。未老莫还乡,还乡须断肠。"以写边塞诗闻名的唐代王昌龄以曲笔来写江南女子之美:"摘取芙蓉花,莫摘芙蓉叶。将归问夫婿,颜色何如妾。"

然而,江南菜肴更诱人。国人的"吃货"应以东坡先生最为著名了,宣称"宁可居无竹,不可食无肉",其实对食鱼也有嗜好。面对惠崇的春江晚景,他却在念想:"蒌蒿满地芦芽短,正是河豚欲上时。"河豚之鲜天下无,而春天的河豚则是鲜上之鲜了,难怪诱动了大诗人。

春到江南,在田野上蓬勃而起的,有紫云英、马兰头、菜蕻、天菜,各呈深绿、翠绿、碧绿、嫩绿,都是好食材。[宋]辛弃疾诗曰:"城中桃李愁风雨,春在溪头荠菜花。"这野荠菜可是美食,可凉拌,可炒蛋,可做菜团子,能和脾利水明目。所以,游人只合江南老呵!

沉醉在江南之春中,宋祁的《玉楼春》似是为我而写:"绿杨烟外晓寒轻,红杏枝头春意闹。⋯⋯为君持酒劝斜阳,且向花间留晚照。"

春来了,一江春水向东去,自是浩浩荡荡。

(2018年03月14日)

耕 读

◎上海静安寺门前即景

晴耕雨读,这句话早就读过。这话也好理解,就是晴天耕作,雨天读书。

今天琢磨了一番,发现这里面学问深。晴与雨,是客观的变化与存在;耕与读,是主观的选择与能动。你不能决定天气,但你可改变你的行事方式。

这是个"出"与"入"的方法选择:晴天外出劳作,雨天入室念书,走得出去,又能静得下来。

读书,亦有出入之法。有人读《三国》,替古人担忧;读《红楼》,为宝黛掉泪。这就是进得去,出不来了。

读小说,进入作者营造的境界,体会人物的境地心情,这自然是对的。但替代得太深,深陷其中,这就不必了。毕竟是小说家言,毕竟是虚构之作。

做人,何尝不是如此?

范仲淹公曰:"居庙堂之高则忧其民,处江湖之远则忧其君。"其忠君爱民之心可嘉,但入世太深,负累必重。

达则兼济天下,穷则独善其身,倒有可取之处。不为良相,亦作良医,是古来很多读书人的追求。

应该是,以出世之心,做入世之事。也就是说,以超脱的心境对待竞争、对待困难、对待纷扰,全身心地、最大限度地做好应做之事。

名利、胜负、得失,既重要,也不重要,全在你用什么眼光看罢了。

(2018年03月16日)

观　察

随笔类文章，特别是游记，是用脚写出来的。但这类文章，更是用眼睛写出来的。

诚然，写游记需要多跑。要深入到别人没跑到或跑得不怎么多的地方去。但脚到了，眼不到，心不到，还是会与好文章失之交臂。

眼不到，就是作者的观察力有问题。有人形象地说，要用眼睛后面的眼睛看事物。意思是说，要比别人看得更深入一点。

随笔类文章，大都是作者观察事物或现象后，将其反映出来的一种方式或形式。观察力的强弱，直接决定了文章的真实、生动、深刻与否。

观察，是一个词；但包含了"观"与"察"两件事。观，且要察。

"观"的本义："看"；第二义是"景象或样子"；第三义是"对事物的认识与看法"，如乐观、悲观、世界观。"察"的本义："仔细看"；第二义是"调查"，如察其言观其行。

观察，是仔细察看事物或现象。观察力，就是观察事物或现象后，将其反映出来的能力。

摄影，需要观察力；文字记录者更需要观察力，他只能用平面文字去描绘立体的事物。在现场，敏锐的观察力，才是作者手中唯一的武器。

那么，如何提高自己的观察力呢？

自我放松，这是必要前提。杂念的干扰，是对观察最大的障碍；过多的牵挂，必然妨碍对事物的感受。要集中你的知觉、智慧和情感，全身心地投入。

抛开思维的局限。大多数人以推理进行思维，总有一个有意或无意确定的前提或主导思想,然后从这个前提或主导思想出发,进行逻辑推断,最终得出结论。也就是说,很少寻找其他的前提或新的起点。

抛开事物的标签。画家莫奈说:"为了真正看清事物,必须忘掉我们所看到事物的名称。"

学会换位或替入,留意事物的细节,会发现平常看不到的事物的另一面。

法国作家福楼拜对莫泊桑说:"才能就是持久的耐心。对你所要表现的东西,要长时间很注意去观察它,以便能发现别人没有发现和没有写过的特点。任何事物里,都有未曾被发现的东西,因为人们用眼看事物的时候,只习惯于回忆起前人对这事物的想法。最细微的事物里也会有一点点未被认识过的东西。让我们去发掘它。为了要描写一堆篝火和平原上的一枝树木,我们要面对着这堆火和这枝树,一直到我们发现了它们和其他的树、其他的火不相同的特点的时候。"(莫泊桑《谈小说创作》)

宋代王禹偁的《黄州新建小竹楼记》,是笔记文的名篇。真宗咸平元年,王禹偁从京城贬谪到黄冈,到后建了座竹楼安居。文中有段描写很精彩:"夏宜急雨,有瀑布声;冬宜密雪,有碎玉声。宜鼓琴,琴调虚畅;宜咏诗,诗韵清绝;宜围棋,子声丁丁然;宜投壶,矢声铮铮然。皆竹楼之所助也。"从中可见作者观察力的敏锐。

(2018年03月20日)

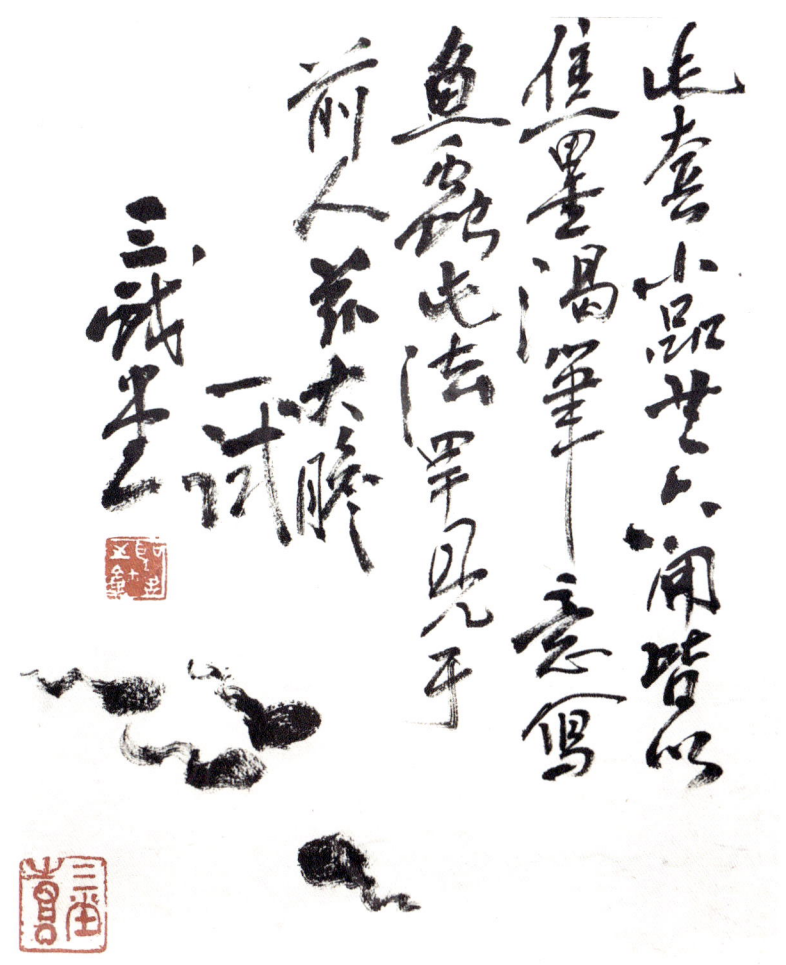

◎贺圣思画

改 变

改变，请从今天起。

改变，请从此刻起。

不需要什么仪式，也不需要什么理由。

你改变不了这世界大的什么，你定能改变这世界小的什么。

最能改变的，就是你自己。

最难改变的，也是你自己。

改变,难吗?难!

难在自己。总想给自己找个什么因头,总想让自己等个什么时机。

等什么?今天,就是最好的开始;此刻,就是最好时机。

心里也明白,只是执着于往日,执着于惰性,执着于完美。

多少年了,没有午睡的习惯,没有睡觉关机的习惯,没有午夜前睡觉的习惯,枕戈待旦,随时准备应付突发的事件。但现在不需要了,却还是如此。"醉里挑灯看剑,梦回吹角连营。"这是执着于往日的悲哀。

多少年了,搜集资料,摘抄剪报,购买新书,整理卡片。品赏了多少好诗妙文,咏读再三,赞叹连连,但坐享前人成果,却不见伏案创作。这是执着于惰性的懒散。

多少年了,莫名其妙地看中了一只股票,屡战屡败,屡败屡战,非要此处跌倒,此处东山再起。这已不可理喻,还说自己越战越勇。这是执着于完美的可笑可叹。

不曾迎风起舞的日子,都是对生命的辜负!

从现在开始吧,春暖花开,不一定面朝大海,照样也能生气勃勃!

附:

[清]彭端淑《为学》(节选)

蜀之鄙有二僧,其一贫,其一富。贫者语于富者曰:"吾欲之南海,何如?"富者曰:"子何恃而往?"曰:"吾一瓶一钵足矣。"富者曰:"吾数年来欲买舟而下,犹未能也。子何恃而往?"越明年,贫者自南海还,以告富者。富者有惭色。

西蜀之去南海,不知几千里也,僧富者不能至而贫者至焉。人之立志,顾不如蜀鄙之僧哉?

(2018年03月21日)

花　说

　　数番春雨后，院里樱花勃发。

　　今早放晴，晨光下，花儿别有一番精神。

　　樱花，原产喜马拉雅山地区，早在秦汉时期就在宫苑内栽培，在唐朝已成私家庭院的普通花卉。

　　樱花，被日本朝拜者在 1000 多年前移植到东瀛。在精心培植下，樱花品种繁衍，花色丰富，又被赋予纯洁高雅的品性。

　　岛国的灾害频仍，生命飘忽无常，悲剧与忧郁的气质在日本人身上格外显著。于是他们爱残月，更爱初绽的蓓蕾和落花。

　　樱花，花期短促，开尽嫣然，风来飘落，纷如细雨。这灿烂时的忘情奔放，飘逝时的逸致坦然，短暂中的盛极而衰，极符合日人的审美，被他们所推崇，也就不奇怪了。

　　咱们老祖宗比较喜爱的是桃花。

　　《诗经·周南·桃夭》可能是最早写桃花的诗篇了："桃之夭夭，灼灼其华……"

　　[唐] 崔护的《题都城南庄》是读者熟悉的写桃花的名篇了："去年今日此门中，人面桃花相映红。人面不知何处去，桃花依旧笑春风。"

　　[唐] 张志和的《渔父歌》大都能朗朗上口："西塞山边白鹭飞，桃花流水鳜鱼肥。青箬笠，绿蓑衣，春江细雨不须归。"

　　[唐] 白居易写过多首桃花诗，《下邽庄南桃花》是其中之一："村南无限桃花发，唯我多情独自来。日暮风吹红满地，无人解惜为谁开。"

　　桃花，桃花，桃花，还是桃花。

桃花也灿烂,桃花也奔放,桃花也多情,而且桃花还能结果。

同是爱花,选择了桃花,这也许体现了中国古人的务实吧。

樱花也好,桃花也好,都是春天的信使,美的化身。盛开之时,自是欣喜;落英之际,亦当释然。《红楼梦》中黛玉有诗道:"今日葬花人笑痴,他日葬侬知是谁?"不免太过悲切。欧阳修的"直须看尽洛阳花,始共春风容易别",也有点矫情了。

花开花落,潮起潮落,天行有常呀!

(2018年03月22日)

樱花诗

有友问,古有吟咏樱花的诗词吗?

用心找了下,有这样几首尚可一读。

"别来几春未还家,玉窗五见樱桃花。况有锦字书,开缄使人嗟。至此肠断彼心绝。云鬟绿鬓罢揽结,愁如回飙乱白雪。去年寄书报阳台,今年寄书重相催。胡为东风为我吹行云,使西来。待来竟不来,落花寂寂委青苔。"([唐]李白《久别离》)

"樱桃花下送君时,一寸春心逐折枝。别后相思最多处,千株万片绕林垂。"([唐]元稹《折枝花赠行》)

这两首,都是借花怀人之作。

[唐]白居易君写的这一首比较开朗了:"小园新种红樱树,闲绕花行便当游。何必更随鞍马队,冲泥蹋雨曲江头。"(《酬韩侍郎、张博士雨后游曲江见寄》)

[唐]李商隐的《无题四首》是名作,不少人对他的这两句诗牢记在心:"刘郎已恨蓬山远,更隔蓬山一万重。""春心莫共花争发,一寸相思一寸灰。"第四首知道的人就不多了吧:"何处哀筝随急管,樱花永巷垂杨岸。东家老女嫁不售,白日当天三月半。溧阳公主年十四,清明暖后同墙看。归来展转到五更,梁间燕子闻长叹。"

[南唐]李煜的词作总是悲切的多:"樱花落尽阶前月,象床愁倚薰笼。远似去年今日,恨还同。 双鬟不整云憔悴,泪沾红抹胸。何处相思苦,纱窗醉梦中。"(《谢新恩》)

与元、白同代的著名诗人张籍,从目前找到的诗词看,是写樱花最多的一位。录其两首如下:"昨日南园新雨后,樱桃花发旧枝柯。天明不待人同看,绕树重重履迹多。"(《和裴仆射看樱桃花》)"东风渐暖满城春,独占幽居养病身。莫说樱桃花已发,今年不作看花人。"(《病中酬元宗简》)

宋代也有几首写樱花的诗可看。

"山深未必得春迟,处处山樱花压枝。桃李不言随雨意,亦知终是有晴时。"([宋]方岳《入村》)

"樱花已熟酥醾放,春去虽忙意尚夸。叶底红圆珠映树,架边香瘦玉开花。有书可读常无暇,对月方闲奈忆家。始悟渭城寒夜唱,饼炉须是小生涯。"([宋]郑刚中《晚春有感》)

近代苏曼殊的诗很有意境,如这一首《七绝·本事诗》:"春雨楼头尺八箫,何时归看浙江潮?芒鞋破钵无人识,踏过樱花第几桥!"

(2018年03月24日)

◎京城夕照寺樱花

春雨

昨天甬城夜雨,晨起推窗一看,落英缤纷一地。

说到春雨,特别欣赏这两句:"小楼一夜听春雨,深巷明朝卖杏花。"(陆游)"春潮带雨晚来急,野渡无人舟自横。"(韦应物)诗句极富画面感,都可以拍上一段小视频了。

句句写春雨,却通篇不见"雨"字的上品之作,当推宋代女诗人朱淑真的《膏雨》诗:"添得垂杨色更浓,飞烟卷雾弄轻风。展匀芳草茸茸绿,湿透夭桃薄薄红。润物有情如著意,滋花无语自施工。一犁膏脉分春垄,只慰农桑望眼中。"语言清丽、体物入微且不说,这诗最后一句的悯农情怀就足以让后人称道了。

春雨贵如油,历来都以称誉的口气来点评它。但对盛开之花来说,春雨却是一场摧残:"知否,知否,应是绿肥红瘦。"(李清照)遍地残红春半去,落花人独立,微雨燕双飞,怎一个惆怅了得?

好像辛弃疾君在数百年前也有这样的愁绪:"千古江山,英雄无觅孙仲谋处。舞榭歌台,风流总被雨打风吹去。斜阳草树,寻常巷陌,人道寄奴曾住。想当年,金戈铁马,气吞万里如虎。元嘉草草,封狼居胥,赢得仓皇北顾。四十三年,望中犹记,烽火扬州路。可堪回首,佛狸祠下,一片神鸦社鼓。凭谁问,廉颇老矣,尚能饭否?"(《永遇乐·京口北固亭怀古》)

还是[唐]王维的《渭城曲》最为隽永:"渭城朝雨浥轻尘,客舍青青柳色新。劝君更尽一杯酒,西出阳关无故人。"

(2018年03月26日)

偶然

这世界上的很多事情，是由一连串的偶然组成的。

今年初，应多年好友史美章先生之邀，我偶然去了趟东钱湖。

在钱湖畔的陶公岛，见到了经营此岛的戴良维先生；偶然邂逅了楼稼平先生，他的父亲是三十多年前直接领导我的《宁波日报》副总编何鲁先生。

应这三位朋友的邀约，我写了篇有关东钱湖开发的文章《湖说》，想到这与旅游有关，偶然地发到了"翰林旅院"的旅游微信群里。

这个群里偶然有位语文老师在，那位语文老师又偶然写了《湖说》的点评。这"翰林旅院"的院长偶然地看到了这篇《湖说》，于是就请作者去聊聊。去的那天，作者偶然碰上那位语文老师的丈夫，就将原送"翰林旅院"工作人员的《海上语丝》一书托他转交给语文老师。

这位语文老师严凤菊是个特认真的人，看了我这本小册子，居然写了上千字的书评，于是就有了昨天（27日）《宁波日报》B2版《老实巷的少年》这文章。

连写了七个"偶然"，似乎印证了"偶然之中有必然"这一说。

因为重情谊，朋友邀请后，我专门去了趟东钱湖。

因为重信义，朋友约稿后，我就特地写了篇《湖说》。

因为重情面，有人约谈后，我就欣然前往还携书相赠。

因为有共鸣，严老师看了《湖说》后做了点评。

因为有同感，严老师搁笔许久后，伏案挥写数天。

严凤菊老师与我素昧平生，至今互不相识，竟为我的一本小册子费心费力地"耕耘"劳作，此为"同声相应，同气相求"，此为文人相重，让我深深感动。

（2018年03月28日）

◎在俄罗斯圣彼得堡

少 年

"老实巷少年"这几天成了我的新头衔,只因了严凤菊老师书评的题目起得好!

万里归来,依然少年。这八个字,似乎是对一个四海漂流、沧桑饱经之人的最好褒奖了。

怎么可能还会是少年呢?只是人们对你的赞许罢了。

你就当作鼓励吧,脸面虽已沟壑纵横,但且将"心"保持在童稚状态吧。

心老了,才是真的无药可治了。

我喜欢苏东坡的《定风波·莫听穿林打叶声》这首词,还常常引用这一句:"回首向来萧瑟处,归去,也无风雨也无晴。"

其实,苏东坡的另一首词《定风波·南海归赠王定国侍人寓娘》也极有味道:

常羡人间琢玉郎,天应乞与点酥娘。

自作清歌传皓齿,风起,雪飞炎海变清凉。

万里归来年愈少,微笑,笑时犹带岭梅香。

试问岭南应不好?却道:此心安处是吾乡。

这里有个缘由,苏东坡有个叫王定国的朋友,王定国有一歌女叫宇文柔奴,眉目秀丽,善于应对。王定国贬官期满,从南边归来。苏东坡去见老朋友时问:"广州那边风土应该不好吧?"柔奴说:"此心安处,便是吾乡。"这让苏东坡深为感动,于是写下了这首词。

诗中的"万里归来年愈少",应是现在流行的"万里归来,依然少年"这句话的出处吧。

万里归来,为何依然少年?诗中也借柔奴之口做了回答:"此心安处是吾乡。"

说了一圈,又绕回这"心"的话题上来了。

千里、万里,岭南、岭北,心安了,便是家乡。

天命之年、耳顺之年,只要心不老,便是童年。

童心、龟欲、猴行、蚁食,据说是养生的不传之秘。

若要做少年,请且持童心。

(2018年03月30日)

艾青团

清明时节倍思亲。早起买菜时，特地去买了糕团与香烛，过几天去祭扫时可以供上。

上供，不是迷信鬼神或祈求保佑什么的，只是对亲人思念的寄托。

清明祭扫用的糕团，在江南有点讲究，大多选用鲜嫩的艾草掺入糯米粉做成扁圆的团子，里面嵌入香甜的黄豆馅儿。

这掺入鲜艾的团子颜色乌青，浙东这边的人称其为艾青团，或干脆称为青团。

青与亲，上供青团与纪念亲人，这两者之间有无内在或特定的联系，没有考证，不敢妄言。但我知道，清明的前一天是寒食节，为纪念介子推，古时的这一天禁起烟火，只吃冷食，这青团可能也就这样应运而生了。

艾草，长得矮矮小小的很不起眼，是多年生的草本植物，以前在泥路旁多的是，现在需求量大了，多是人工培植的了。

艾草，有清香，全草均能入药，有安胎、温经、去湿、散寒、抗过敏等作用，故被称为"医草"。春气一动，百邪亦生，吃些掺有艾草的食物清火解毒，亦是古人养生之一法。

花草，特别是草，能够进入人间的节日，走上人们的餐桌，并被赋予特定意义的，恐只此草了吧。牡丹、郁金香，或以花色取胜；情人节的玫瑰、母亲节的康乃馨，或以花语取胜；傲霜独立的菊花、凌寒斗雪的梅花，或以时令取胜；而艾草，独以药性取胜，也是另有功力呀。

由艾青团，想到了诗人艾青（上网查了一下，这笔名倒和这草名没有关联），也想到了艾青的名句："为什么我的眼里常含泪水？因为我对这土地爱得深沉……"

如何更爱这生我养我的土地，清明时节当慎终追远。

（2018年04月01日）

星　星

　　无论这世界上有多少种爱，无法可比的是母爱；无论这世界上有多少种母爱，无法可比的是一位母亲对自闭症小孩的真爱。

　　虽然至今没有直面过一位自闭症孩子，但我被一位自闭症孩子的母亲的话所打动。

　　这位母亲说，她立志要比她孩子多活一天。为什么？因为自闭症是"人际交往障碍"，医学界、科学界对此束手无策。"没有支持，自闭症患者很难在世界上走下去。"

　　难的，不是比孩子多活一天；难的，是真正走进自己孩子的心灵。

　　皓子，是位自闭症孩子；皓子妈，是我的前同事。隔了20多年，在大半年前的一次聚会中，我才得以和皓子妈见面，才得知她小孩的状况，才得知她为自己孩子所做的努力！

　　很难想象，这么多年，她是怎样才坚持下来的！这就是母爱吧。

　　很难想象，这么多年，她为自己的孩子付出了多少！这是自闭症孩子的母亲之爱吧。

　　很难想象，这么多年，她不仅为了自己孩子，她还为了更多这样的孩子，献身于星宝的事业！这是大写的母爱吧！

　　我不敢多问她孩子的情况，怕搅动她也许不愿回首的往事；我也不懂怎么去"安慰"这样坚强的女性，只有敬佩。我说，我能帮你什么吗？她笑笑说，有你这样一句话就够了。我只能默默地看她的朋友圈，关注着……

　　今天，皓子妈在朋友圈发了这样一段话：

昨日，皓子与60多位工疗车间的工友一起去春游，摘草莓。

回到家，我问："怎么去的？"答："坐大巴去的。"OK，回答得很好。

然后他"平静"地补刀——"这是残疾人车厢"。

听到这句的一刹那，我是恍惚的，虽然自称"我有一颗强大的内心"。

我不知道你这句话来源于哪里，工友，还是春游地的周边人？

但，我"庆幸"你并不懂这句话的含义和分量。

忽而想起，一个月前，一位十年工龄"反恐队员"（有研究说，星儿家长所承受的压力级别，跟反恐队员是一样的）父亲的话题："我不知道哪一天，该怎么告诉我的孩子——你是自闭症。"

虽然这两年，皓子每年参加完"星宝运动会"都嚷嚷："明年不参加了，我要参加成人的了。"甚至说，"我不是自闭症了。"

每当你拒绝参加星宝活动的时候，当我要拿条件跟你做交易才答应参加活动的时候，我的内心是鄙视你的——"残疾人看不起残疾人"。

皓子你不知道，我让你去，不是为了拿第一。

你的出场是给了众多的自闭症家长、给了志愿者，多少的鼓舞和激励啊！

让他们知道，这样的付出是值得的。

但我今天还是纠结，你对"自闭症"的含义是真懂，还是假懂？

这些年我一直试图走近你，走进你的内心，希望读懂你内心的想法，从而能够正确地"辅助"你。而不是因为我数次的"硬着陆"，反而让你的行为出现了偏差。

孩子啊，我要向你学，我要变得没有"羞耻心"，放下"矜持"，勇敢地拥抱"残疾"，因为——那只是一种生命形态。

"那只是一种生命形态！"这话多么通透。

我收回了"点赞"，留言道："觉得自己浅薄了，要好好地想想我

们自己是否正常。"

皓子妈给别人的回复也在继续启发我：自闭症——我们的孩子，是与不是，只是个"标签"，无须纠结。但我们得承认他确实"与众不同"，我们要做的是——怎样去补这块短板？训练也好，辅助也好，抑或心理接受。

皓子妈给我回复说：其实每个人都有"弱智"的部分，只是这个规则和标准是由我们来定，他们就被判"残次品"。为什么自闭症孩子被爱称为"来自星星的孩子"？他们误入地球，跟我们信息不对称，无法交流。

这世界，本是个多元的、开放的世界；自闭症孩子，也是一种生命的存在形态，只不过有短板需要补齐。接受他们，关注他们，关爱他们，是对生命的尊重，也是对心灵的尊重！

众生平等。

（2018 年 04 月 04 日）

清 明

昨今两天皆扫墓。昨天祭拜丈母,今天祭拜老母。

气象预报说,宁波这两天阵雨。老天还是对小民们开恩,昨天上午没下雨,今天早上飘了些细雨,不一会儿就停了。

带了鲜花、水果、糕点,信佛的姨妹自然也带了香烛。

祭如在,在墓边肃立,追思,默念,祈祷……

遥想当年:

倚门盼儿归的时候,老母的眼神应是多么殷切!

目送我离去的背影,老母的内心应是多么落寞!

有道是:"风吹残杏舞絮轻,唤起愁肠千百縈。"心中直是追悔:应该早回宁波几年,应该多陪伴老母几年。可惜,再没有补救的机会了!

"乌啼鹊噪昏乔木,清明寒食谁家哭?风吹旷野纸钱飞,古墓累累春草绿。棠梨花映白杨树,尽是死生离别处。冥冥重泉哭不闻,萧萧暮雨人归去。"([唐]白居易《寒食野望吟》)是啊,再悲痛的哭声,黄泉之下听不到;再真切的心愿,黄泉之中办不到。

那么,从积极的意义来过清明节吧。很赞赏朋友发在朋友圈上的话:清明时节,教我做人:清洁,清廉,清净,无非一个清白;明事,明礼,明法,无非一个明白!清白明白之人,自有清风拂面涤心,自有明月皎洁照心。

(2018年04月06日)

戒　得

真正的人生，是从一个人有自主意识开始的。

有意识的人生，大都分为少年、中年、老年三阶段。

"少年经不得顺境，中年经不得闲境，晚年经不得逆境。"据说，这是曾国藩说的，近日在网上传得很热闹。

"少年听雨歌楼上，红烛昏罗帐。壮年听雨客舟中，江阔云低、断雁叫西风。而今听雨僧庐下，鬓已星星也。悲欢离合总无情，一任阶前，点滴到天明。"这首［宋］蒋捷的《虞美人·听雨》，是我的常读之词。

更精彩的在这里。孔夫子说："君子有三戒：少之时，血气未定，戒之在色；及其壮也，血气方刚，戒之在斗；及其老也，血气既衰，戒

之在得。"(《论语·季氏》)

把玩再三，觉得真是养生之真言。

于我，前两阶段的事可以忽略了，这"戒之在得"倒是必须时时警惕。

人活世上，总有欲望；而这欲望一出，就鲜有止境。没钱时求钱，有钱时求名。利与名都有了，就会去求权当官，一颗心总是不得安宁。这些身外之物，多了又有何益？老了，就要放手，适可而止。这就要时时提醒自己："戒得！"

人生舞台，有的是观众，有的是演员。做观众的，退场相对容易些；当演员的，久在聚焦之中，一旦灯火暗淡，心中就不是滋味。不管是演员还是观众，散场了就要退场，再留恋又有何益？这也是"戒得"的内容之一。

人老了，外界接触少了，思维缺乏碰撞就易停滞。久之，就会从执着变成顽固了。老眼昏花、老态龙钟、老朽无能之际，你老人家还不厌其烦地求，还不厌其多地得，那就很令人讨厌了。抛成见，拒僵化，全放下，也是"戒得"的题中应有之义。

"春未老，风细柳斜斜。试上超然台上看，半壕春水一城花。烟雨暗千家。寒食后，酒醒却咨嗟。休对故人思故国，且将新火试新茶。诗酒趁年华。"（［宋］苏轼《望江南·超然台作》）是的，是的，诗酒趁年华！

（2018年04月11日）

桑叶

小院里,暮色中,数位小孩围着一棵树上下跳跃。噢,采桑叶……

真好,院里竟有桑树,竟有人会想到种上一棵桑树!

念小学二三年级的时候,学校里流行养蚕,我也养过几条。蚕好养,桑叶难找,天天发愁。

学校边的路旁,倒有卖桑叶的小摊,两三分钱能买上一小包,可对付三四天。当时,两分钱能买一只大饼,三分钱就是一根油条,这桑叶太贵了。

于是,到处找。那时的市区中还有一些荒芜的院子,还能找到一两棵桑树。可是,你能找得到,他也能找得到,今天找到了桑树,明天再去采就没有桑叶了。求桑叶而不得的窘迫,至今记忆犹新。

养蚕的乐趣更大些,只因你在见证生命的演化。

先将粘着蚕卵的纸贴胸膛藏起,连睡觉时也揣着。过了几天,就看到了一条条黑黝黝的小虫钻出来,大小像蚂蚁一样,爬动着。

小蚕很快就吃桑叶了,四五天后,不动不食,体色变淡,竟很奇妙地蜕皮了。周而复始地蜕皮四次方能成熟。让人见识了成长的艰难。

蚕在成长的末期,全身透明,口吐丝缕,开始结茧。结茧后的四五天,蚕变成蛹;十来天后,蛹化成蛾,破茧而出。

蚕蛾状如蝴蝶,全身白色鳞毛。交尾后,雄蛾死亡,雌蛾在产下约500个卵后也慢慢死去。生命就是使命,这一点在蚕宝宝身上特别明显。

蚕卵—孵化—成长—结茧—变蛹—化蛾—产卵,这一轮轮的循环,是生命的延续,是生命的绚丽,更是生命的凄美。

养蚕的乐趣更大些,只因你见证了生命的演化。

(2018年04月16日)

积　善

生活有巧合。

现在懒了，过春节不再自己裹汤团了，就去超市买现成的。今年有亲戚送了两袋"王升大"牌的汤团给我，试了味道还正宗。想以后再去买点吃吃，于是拿来包装袋看了起来，发现这个做汤团的厂居然还办了个博物馆，这倒引起了我这个老记者的兴趣。

农历正月还没过，我的一帮文学圈的朋友就热闹了起来，嚷嚷着要聚会。他们找了个地方，我一看，恰巧是王升大博物馆。你看，巧不巧？趁这个机会，也就结识了王升大博物馆的馆主王六宝先生，也就问起了这博物馆的来由。

话说宁波西乡的集士港镇有个小村，夹塘河畔住着十几户王姓人家，以蓄养鸬鹚捕鱼为生，人称"鸬鹚王家村"。十九世纪末，这里出了个鸬鹚捕鱼"状元"王兴儒，他驯化的鸬鹚专捉甲鱼。甲鱼是滋补佳品，农户人家没现金，需用甲鱼治病时，就拿稻米来兑换，王兴儒来者不拒。捕鱼的同时，王兴儒有数亩薄地也雇人耕作，一年之中也有不少稻米进仓，于是就开了家"王兴记米店"。

旧时，米店售米，以升计量。米店掌柜量米，往往将大拇指插在米升子里，每升子就这样多赚了顾客一大拇指的米量。而"王兴记"的掌柜量米时，在抹平米升时，还多留了一只角。久而久之，这家店升准量足、童叟无欺的口碑就传了开来，米店后来也改名为"王升大"。

积善人家，自有后福。米店的第二代掌门人遭土匪绑架，虽然吃了不少苦头，最后还是平安归家；第三代掌门人历经"公私合营""四清""文革",而在 1979 年平安退休。这不能不说,是上一辈人积下的福分在无形中起着作用。

第四代掌门人,也就是馆主王六宝,他出身不好,学历不高,按说有份领工资的工作糊口就很不错了,怎么能做出这么大的事业呢?经商可能也有基因遗传,王六宝天生喜欢做生意,从摆摊起家,积累起第一桶金。祖辈的口碑也起了作用,四乡周边的村民都认定王家做生意公道公平,纷纷光顾。据说他代理"佛手味精"时,在宁波范围的一年销量竟达到了 1800 吨,近乎不可思议。

公私合营后的"王升大"老字号,在 1989 年又回到了王家。王六宝重做米油生意兴旺发达之后,还有意将米食文化发扬光大,于是搜罗农家耕作的器具、制作稻米糕点的用具,办起了博物馆。王六宝说,稻米是国人的主食,宁波河姆渡遗址是稻米种植的发祥地,江南一带的百

◎ 王六宝先生示范如何用升量米

姓又以稻米为主料制作了很多精美的糕点，我们这一代人有义务将米食文化发扬光大。

于是，宁波市民有了口福，王六宝办起了"王升大米食节"，每月主推当地一种名牌糕点，12个月不重样。请看：正月上旬高桥汤团节，二月初二状元细糕节，三月初三青团黑饭节，四月初四松花粉蛋节，五月初五碱水粽子节，六月初六水塔糕节，七月初七灰汁团节，八月十六太婆月饼节，九月初九重阳礼糕节，十月初十王氏擂沙尖节，十一月十一香米油果节，十二月十二揉馉揉年糕节。

弘扬米食文化，让后人记住传统美味，何尝不是件善事？相信"王升大米食节"定会越来越红火。

（2018年04月14日）

外一章

软　文

早两天发了《积善》一文，有朋友说，这是打软广告的节奏嘛！

虽是玩笑之言，于我却有剖白的必要。这"王升大"牌号值不值得肯定？王六宝的事值不值得我去宣传？仅仅是吃了一顿饭或者拿了几包糕点就去写了，这就有软广告之嫌了。我是被感动了才写的。

宁波以商立城，宁波帮以商行世，靠的是公平交易。小时候去烟纸店买梨膏糖，柜台旁就有醒目的"老少无欺"的招贴。"王升大"卖米，不但不克扣，还每升多留一角，为平民多留一口饭。在无利不起早的年代，能长期坚持这样做，我确实有点感动。

宁波河姆渡遗址发掘证明，这里是稻米种植的发祥地，江南一带的百姓早在五千多年前就以稻米为主食，以稻米为原料又催生了很多精美的糕点。但是千百年来，又有谁在认真地研制家乡稻米糕点，又有谁在弘扬家乡稻米文化呢？而王六宝作为一位乡镇企业家，十几年来自掏腰包，还花费了许多精力在做这样吃力不讨好的事，作为一个宁波人，你能不感动吗？如果这也是"软广告"，那也值了！

我问王六宝，你搞米食节，你弘扬米食文化，你知道稻米之神是谁吗？我用的是探询的口气，自己对此也是不甚了了，只知道神农氏尝百草。那么，推开来想，神农氏肯定也尝过稗草，然后将稗草逐代筛选改良培植成了稻谷，这神农氏不就是稻米之神吗？

传统的中国是个泛神的国度，塑造了诸如门神、灶王爷等无数的神明，像汉代刘邦手下的大将纪信还做了宁波城隍神。可奇怪的是，我翻了很多书籍，却找不到中国的稻米之神！后来找到了一条略显曲折的线索，古代以"稷"为百谷之长，因此帝王奉祀"稷"为谷神。神，倒是又找到了一尊，但跟稻米却不大搭界呀。

我们总是在说，日本人学了我们老祖宗的什么什么，或者这什么什么不就是从我们中国传过去的吗？但你得承认，人家确实学得好，也继承、保护（存）、弘扬得好呀！网上有这样一段文字："京都的伏见稻荷是日本全国各地的稻荷神社的本宫总社。这里位于稻荷山的山麓，主要供奉以宇迦之御魂大神为首的诸位稻荷神，是深受京都人爱戴的神社之一，香火最为旺盛。稻荷神是日本神话里掌管粮食和五谷的神明，保佑五谷丰登、生意兴隆。"

日本的稻谷种植，我想，应该也是从中国传过去的吧。在尊崇稻神方面，又是日本人做得比我们周全了。看来，在我们这块国土上，像王六宝这样痴迷于稻米文化的人还是太少了呀。

（2018年04月18日）

山丘

《山丘》,是李宗盛先生写的歌。

据说,歌的旋律早在2003年就写好了,十年后的2013年,歌词才真正完成。三千六百多天的酝酿,积淀了多少情思。

一首诗(歌词)一旦出世,便有各人的解读与欣赏了。

单以词曲论,这首歌算不上特别出彩。只是将人生的过程比喻为翻越山丘,颇有点新意。

但有的歌曲的风行,只关乎于心。真心若在,歌就在,无论男女老少,尽皆吸引。李宗盛的这首歌写出了他的真心情,写出了他的真感悟。

我特别被这两句歌词所感动:"不知疲倦地翻越每一个山丘","越过山丘才发现无人等候"。

这艰辛跋涉的登高路上,只有孤单一人寂寞地行走。"因为不安而频频回首,无知地索求,羞耻于求救,不知疲倦地翻越每一个山丘……"

在翻越的时候,心中还有希冀,不知这山顶的风景如何,不知这山上可有鲜花与美餐。

当你千辛万苦地登上山顶,却是前不见古人,后不见来者,西风残照,咸阳古道音尘绝!这心情怎一个"愁"字了得!

是啊,"也许我们从未成熟,还没能晓得,就快要老了……"

是啊,"多少次我们无醉不欢,咒骂人生太短,唏嘘相见恨晚。"

是啊,"遗憾我们从未成熟,还没能晓得,就已经老了……"

这中间,透露着多少无奈与遗憾,经历了成功与失败后,还有多少失落与遗憾?

越过了山丘,已然白了头,哪有岁月可回头!

(2018年04月19日)

◎贺圣思画

对　话

　　美国小说中，比较喜爱读的是杰克·伦敦的作品。他的中篇小说《荒野的呼唤》，读后经久难忘。

　　名叫巴克的狗，是这一作品的主人公。它，原是米勒法官家的爱犬，经过文明的教化,一直待在美国加州温暖的山谷里。后被卖到美国北部寒冷偏远、盛产黄金的阿拉斯加,成了一只拉雪橇的狗。作家以一只狗的经历,表现了文明世界的狗在主人的逼迫下回到野蛮的过程。

写的是狗,反映的是人。人与人之间,尔虞我诈,弱肉强食,适者才能生存,竞争无处不在,杰克·伦敦把狗眼中的世界、人类的本质,特别是美国社会的现实本质刻画得淋漓尽致。

小说也是杰克·伦敦生活的曲折反映。他出生于美国加利福尼亚旧金山的一个破产农民家庭,做过童工、工人和水手,也当过劫取牡蛎的"蚝贼"。1897年他到阿拉斯加淘金,结果一粒金子也没淘到却得了维生素C缺乏症。40岁时,他以自杀结束了生命。

从1900年(24岁)起,杰克·伦敦连续发表中短篇小说,留下了50部著作,代表作有《马丁·伊登》、《野性的呼唤》、《热爱生命》(短篇小说)、《白牙》(又译作《雪虎》)等,是深受中国读者欢迎的外国作家之一。

有段对话,在电脑上存了很久。

狗问狼:你有房子、车子吗?狼说:没有。

狗又问:你有一日三餐和水果吗?狼说:没有。

那有人哄你玩、带你逛街吗?狼说:没有。

狗鄙视地说:你真无能,怎么什么都没有!

狼笑了:我有不吃屎的个性,我有我追逐的目标,我有你没有的自由。我是孤寂的狼,而你只是一只自以为幸福的狗!

这对话,会时不时地看上一眼。

(2018年04月25日)

营　销

据说，这世界上有两件事最难，一是把自己的思想，装进别人的脑袋；二是把别人的钱币，装进自己的口袋。

前一件事，说的是思想家；后一件事，说的是营销员，骗子不在此列。

我从乡下进城后的第一份工作，是做营业员。但所在的单位是畜产品收购站，只收不卖，好像做了几年营业员，也就卖出过几只种兔而已。因此，对思想家是高山仰止，对营销员自然也十分仰慕。

有段话说得形象而风趣：男生对女生说：我是最棒的，我保证让你幸福，跟我好吧。——这是推销。男生对女生说：我老爹有三处房子，跟我好，这房子以后都是你的。——这是促销。男生根本不对女生表白，但女生被男生的气质和风度所迷倒。——这是营销。女生根本不认识男生，但她的所有朋友都对那个男生夸赞不已。——这是品牌。

看到这里，我觉得，做营销其实也是把自己的思想，或是把思想的另一种表现诸如气质与风度装进别人的脑袋，而不是简单地将商品卖给顾客。

从营销的过程可以看出，有许多顾客要的往往不一定是便宜的，要的是"感觉"占了便宜；有许多顾客往往并不在乎价格在一定幅度范围内的高低，只要他认识到了这一商品的价值或性价比。

由此可见，没有不对的客户，只有不够好的服务；没有最好的产品，只有最合适的产品；没有卖不出的货，只有卖不出货的人。

难的不是营销，难的是不会把"思想"装进别人的脑袋吧。

（2018 年 04 月 27 日）

杏花

春风先发苑中梅,樱杏桃梨次第开。在百花盛开的春天,杏花艳态娇姿,繁花丽色,胭脂万点,占尽春风,自是一位主角。

"裁剪冰绡,轻叠数重,淡着燕脂匀注。新样靓妆,艳溢香融,羞杀蕊珠宫女。"审美眼界超群的宋徽宗对杏花十分倾倒。

杏花是古老的花木,公元前数百年问世的《管子》中就有记载,因此,至少在我国已有两三千年的栽培历史。

杏花既可观赏,它的果肉、果仁又可食用,是平民百姓的朋友;而在传统的十二花神中,又贵为二月花神。

唐代文人对杏花赞叹有加。

"红花初绽雪花繁,重叠高低满小园。正见盛时犹怅望,岂堪开处已缤翻。情为世累诗千首,醉是吾乡酒一樽。杳杳艳歌春日午,出墙何

处隔朱门。"温庭筠的这首《杏花》诗可为其中的代表作。

唐人吴融也有《杏花》诗："粉薄红轻掩敛羞，花中占断得风流。软非因醉都无力，凝不成歌亦自愁。独照影时临水畔，最含情处出墙头。裴回尽日难成别，更待黄昏对酒楼。"

现代人读诗，不免怪罪宋代的叶绍翁。只因他的"春色满园关不住，一枝红杏出墙来"的诗句，"红杏"似乎成了出轨的代名词。这有点冤枉了叶君。

只因太过妖娆，杏花被打入轻佻轻薄之列，其实发生在唐朝。

应该是薛能的《杏花》诗，向杏花开了第一枪："活色生香第一流，手中移得近青楼。谁知艳性终相负，乱向春风笑不休。"

吴融的《途中见杏花》第二次写了"杏花出墙"："一枝红艳出墙头，墙外行人正独愁。长得看来犹有恨，可堪逢处更难留。林空色暝莺先到，春浅香寒蝶未游。更忆帝乡千万树，澹烟笼日暗神州。"

仔细看去，温庭筠的《杏花》诗中也有"出墙何处隔朱门"句。

杏花的恣意怒放与风情万种，使它的口碑早就不怎么样了呀。

宋代的王安石为杏花鸣不平："一陂春水绕花身，花影妖娆各占春。纵被春风吹作雪，绝胜南陌碾成尘。"（《北陂杏花》）

其实，杏花就是杏花，不以人赞为喜，亦不以人恶为忧，该盛开依然盛开。

宋代陈与义的《临江仙·夜登小阁忆洛中旧游》是我喜爱的一首词："忆昔午桥桥上饮，坐中多是豪英。长沟流月去无声。杏花疏影里，吹笛到天明。二十余年如一梦，此身虽在堪惊。闲登小阁看新晴。古今多少事，渔唱起三更。"

"杏花疏影里，吹笛到天明。"多么空灵的意境。

（2018年04月28日）

升 华

升华，词典解释的第二义是，比喻事物的提高和精炼。

去年底为一场音乐会起名时，才了解到"华彩"这词其实是音乐术语。

◎溪口武岭风光

"华彩"原指意大利正歌剧中咏叹调末尾处，由独唱者即兴发挥的段落。后来，在协奏曲乐章的末尾处，乐队通常暂停演奏，由独奏者充分发挥其表演技巧和乐器性能，以达到升华作品的作用。

我曾这样感慨：音乐，需要演唱者的即兴发挥，才能得到升华，才能达到精彩。笙歌华彩，生活何尝不是如此？

那么，生活中如何升华自己？

第一应是虚。虚怀若谷，吸取中外文化精华，养浩然儒雅之气。

第二应是诚。待人以诚，与人为善，助人为乐。

第三应是和。谦卑平和，感恩结缘，踏实做事。

其实，最好的升华，就是无我，就是放下，不以物喜，不以己悲。有年去九华山，被地藏菩萨"我不入地狱谁入地狱"的情怀深深触动。

一般信徒的布施和放生，是为修功德，使自己死后得善报，往生极乐世界。吾国百姓的实用理性，使他们非常执着于现实利益，很少有洋溢悲悯精神的宗教情怀和追求精神天国的献身意识。

当然，中国传统文化也有"救民于水火"的使命感，有"进为良相、退为良医"的责任感。将这些与佛教的慈悲情怀相结合，是否是人生的一种升华？

（2018年04月30日）

养书

有人养宠物,我养书。

养书,有别于藏书。

藏书者,讲究纸张,讲究版本,讲究作品,讲究作者。但往往阅读得不多,使用得更少,甚至束之高阁。

养书者,一书在手,会再三翻阅,通读后重读,点评复摘句,甚至抄录上几段。

养书者,一书在手,在"文革"时会琢磨着向谁去交换一本好书来;或者琢磨着先借给谁看,其实是想他有书了,也可给我一看。说来很是功利,但在当时也属无奈。宝剑赠英雄,红粉送佳人,而现在有了好书,则想着应该给谁谁看才更好。

养书者,一书在手,复读再三,还是意犹未尽,在"文革"时没地方买书,就会抄上一本。这在当下的人看来,不免太好笑了。我的一位亲戚就抄过张扬的中篇小说《第二次握手》,我和一位文友就合抄过王力的《诗词格律》。好书抄一遍倒是受益良多,至今还能记得的几句古诗,应该是那时下的功夫。

养书者,一书在手,珍惜十分。早年有本精装的《普希金诗集》,看的人多了,把边角都磨破了,就小心翼翼地补了纸上去。有人笑我,从来不补也不会补衣裳的人,补书倒是补得服服帖帖。虽然,现在书店中有了《普希金诗集》的新版本,但我仍保留着这本旧书,放在书架上的显眼位置。这书中有着我青春的记忆。

现在偶尔也去书店,出行时也常去机场或车站的书店,却没有购书的冲动了。去年只买了一本商务印书馆的《中国历代绘画鉴赏》,家里还有太多的书买回来好几年都没看呢。

(2018年05月02日)

◎《浮生记趣》封面备选之一

青春万岁

——18 岁成人仪式上的讲稿

青春万岁！我为你们礼赞。

在这庄严而隆重的时刻，我作为贵校特邀的一员，见证你们进入成人行列的历史性一幕，既荣幸又感慨！

看到你们，就把握到了青春。你们时时澎湃着激情，时时想着要改造社会，改变现状，时时朝气蓬勃，从这一点上说，世界是你们的！

青春，令日益世故的我们倾慕不已；青春，是热血与激情，是拼搏与奋进！正因着青春的热血，奴隶的枷锁打碎了，封建的皇冠落地了，月球打上了科学的印记，宇宙将听到人类的呼喊！

一部世界史，既是人类的成功史，也是人类的探索史。二次大战的结束不过几十年，恐怖主义也不遥远，这些处处在提示着我们：青春固然可贵，但必须以理想为目标，以理性为依托。

真理与谬误仅一步之遥，差于毫厘，失之千里。在你们的人生之船刚刚扬帆起航之际，我要说，请千万定准人生目标！

你们朝夕相处的一班同学，毕业数年之后就会立见高低，这里的原因大多是起步时的目标定得怎样！取之于上，况且得乎于中，那么目标低了，结果可想而知；更可怕的是，定错了目标！

何谓公民？按《现代汉语词典》的定义是：具有或取得某国国籍，并根据该国宪法和法律规定享有权利和承担相应义务的人。我们不给青春设定虚幻渺茫的目标，但给自己起码的要求应该是：做一个正直的公民，诚实的公民，有爱心的公民，对社会负责任的公民。然后才是一个

智慧丰富的人，或者是创造财富的人，或者是治国平天下的人，或者是多种才能具备的人。

没有理想与理性的人，无异于动物；没有理想与理性的青春，极易成为统治者的工具。当年有多少日本青年为着"大东亚共荣圈"的帝国梦想，踏上了侵华战争的不归之路，葬送了他们花一样的年华。我们能要这样的青春吗？我们的热血与激情，要用在人类和平事业上，用在中华民族的崛起上。

青春，因理性而灿烂；青春，因理想而辉煌！但这又要以知识为后盾，在知识经济的年代，不掌握当代最先进的科学理念与知识，谈何报国，谈何贡献？知识的学习，又有特定的阶段性。当前，是你们学习知识的最佳时机，事半而功倍，其中的道理用不着我多说了。但你们年少，有的人总觉得青春无限，随意地挥霍着这十分珍贵的光阴，看着实在心疼，忍不住再提醒一下！

在这青春耀眼的时刻，我衷心感谢你们的师长，是他们像红烛用生命拨亮你们的前途之光！

在这青春耀眼的时刻，我还要说，孩子们，勇敢地前行吧！你们的身后始终有我们关切的目光，我们与你同行！

（写于 2006 年 12 月 07 日

发于 2018 年 05 月 04 日）

地 铁

从不避讳，我是书生。

佐证之一是，某年某月看了《新民周刊》上《地铁二号线生活》的文章，竟促成了我去上海工作的最后决心。

作为宁波人，对上海自然有着天然的亲近感，语言相近，习俗亦相近。其实，也欣赏上海人某些生活方式，譬如待人亲而不太密切，各人之间保持适度的距离，我很反感没有分寸感的相处。

特别是地铁出行，方便简捷，其来也飘逸，其去也迅疾，颇合我的行事风格，多好！朝在闹市而作，晚归乡村而居，繁华与闲静兼得，多好！

可惜，想象美好，而现实骨感。到了上海，高房价逼得我只能租房生活，有段时间就住在二号线中山公园站旁的汇川路。这倒也实现了我地铁上班的构想，来去快捷，世纪大道的东昌路站半小时即到。

可是，早晚高峰时的拥挤，将你的斯文与矜持碾得粉碎。晨间点心味，盛夏汗臭味，还有劣质香水味、幼儿尿骚味，车厢里五味杂陈。

有朋友笑我，你就是一劳碌命，怎么不弄部车开开呢？车，倒是有的。我怕堵（虽然不用打卡上班），怕浪费（虽是公家的钱），想飘逸迅疾，哈哈，那就只能认了。

单位后来停了房租补贴，只能住到浦东乡下了，那就更离不开地铁。地面开车一小时半才能到单位，坐地铁至少能省半小时，还能随时看手机，真好！平民的我，很容易满足呢！

上海的地铁二号线生活只过了一两年吧，不想现在竟在宁波过起了地铁二号线的生活，冥冥之中，自有定数？地铁加共享单车，可以走遍大半个宁波市区了,走亲访友,十分方便,一刻钟就可以从住处跑到天一广场喝上咖啡了,多好!只是没了每天上班的需求。

看着一趟趟轰轰而来、匆匆而去的地铁,想起了法国影片《最后一班地铁》的一个个片段。"二战"时的巴黎被德军占领,夜晚十一点开始宵禁,人们的一切娱乐活动必须到点结束,结束之前演员和观众必须搭乘最后一班地铁回家。特定的历史时期,最后一班地铁,成了彼时彼地连接剧院与观众的唯一而特殊的纽带;最后一班地铁,成了连接光明的特殊纽带。

地铁,再也不会成为这样的纽带了。

(2018年05月10日)

读到过这样一句话:"不见古来卜居者,千金只为买乡邻。"远亲不如近邻,古人深知此理;孟母三迁,为的是找好邻居。

我不惜千金买的"乡邻",却是日湖。

宁波,古时又称"明州"。这名称的来由之一是,市区有日月两湖。

卜居

月湖依旧,日湖年久湮没了。现在的日湖,原是姚江的一段,后因建造大闸,河流改道,就留下了这一大片的水面。前几年拆迁改造,利用水面建成了日湖公园,周边建起了楼房。

子曰:"知者乐水,仁者乐山;知者动,仁者静;知者乐,仁者寿。"翻译成现代话就是:孔子说:"智者喜爱水,仁者喜爱山;智者好动,仁者好静;智者快乐,仁者长寿。"

智者灵活敏捷,性情好动,像水一样流动变化。仁者厚重宽容,性情好静,像山一样稳重不迁。宁波老话说:"宁肯给乖(聪明)人背包袱,不给笨人出主意。"我比较傻,就多与聪明人相处吧;又喜欢临水而居,于是就选了这里。

一个城市有了河流,就有了灵气;居家之处有了水面,就有了变化。晨光中,波光粼粼;夜空里,灯影摇曳,别有诗情。

有次坐地铁回家,出站即遇暴雨,困在湖畔就索性品赏景色:只见水雾如幕,雨声似鼓,烟气空蒙,绿树晶莹,人与这天地浑然一体。

而阳光灿烂下的湖边,最宜慢步缓行。俯视小花随风舞动,仰观飞鸟掠空而过,偶有暗香袭人,时闻禽声嘤嘤。心静处,何处不是美景,更何况,这里本是胜处。

下决心不再辜负这湖光水色,这两天常常漫步其间,水波荡漾,微风拂面,游艇悠悠,树花怒放……在安谧与宁静中,找回另一个自己。

(2018年05月12日)

现状

所有的现状，都是你不断选择的结果。

所有的选择，都是你综合判断的结果。

所有的判断，都是你反复思考的结果。

生活，要允许试错，更要容忍失败。

尽善尽美，只是理论上的存在，或是努力的方向。

并不是所有重要的东西都能计算得清楚；更并不是所有计算得清楚的东西才重要。

成熟的人不问过去，聪明的人不问现在，豁达的人不问未来。

最好的生活，是你认为对的生活；最坏的生活，是没有选择的生活。

生活，就是持续不断地艰苦努力，就是做个让自己满意的自己，就是做个更长久些的自己。

人之累，全因徘徊在坚持与放弃之间。取舍间，必有得失。得之，幸运；失之，淡然。尽人事，顺天命而已。

坚持久了，是会很痛苦，是要放弃很多，这只是过程中的必然，等过了回头看，其实那都不算事儿。

很多年之前，就有放羊小孩的段子：放羊为什么？挣钱。挣钱为什么？娶媳妇。娶媳妇为什么？生小孩。生小孩为什么？放羊。世世代代，循环无穷尽。

至今，仍有很多父母对自己的子女说：你毕业了就回老家，我们托人帮你找工作，找到好女人娶了，或找个好男人嫁了，生活安心，我们也放心。如果说，上面说的是乡村传承的一种循环模式；那么，这是城镇传承的一种循环模式吗？

活着与生活，好像并不是一回事儿。

（2018 年 05 月 13 日）

对　联

对联，又称楹联或对子，自是汉文化的瑰宝之一。

对联，对仗工整，平仄协畅，当是汉语言的独特体现。

对联，如在庙堂之中，则更是语词的精华、哲理的精粹。

河南水城普明寺的对联十分空灵：芸芸众生，善善恶恶一抔土；茫茫大地，真真假假总成空。妙手空空，一弹流水一弹月；余音袅袅，半入江风半入云。

不知从哪座庙院抄来的两副对联却发人深思：其一：运法眼看得分分明明，这个该如何，那个该如何，到头来无可如何，绝世慈悲都如梦；把灵心养得活活泼泼，动机亦在此，静机亦在此，立脚处全然在此，自家智慧便通神。其二：斋鱼敲落碧湖月，觉觉觉觉，先觉后觉，无非觉觉；法钟撞破麓峰云，空空空空，色空相空，总是空空。

这座财神庙的对联倒是实在：只有几文钱，你也求他也求，给谁是好？不

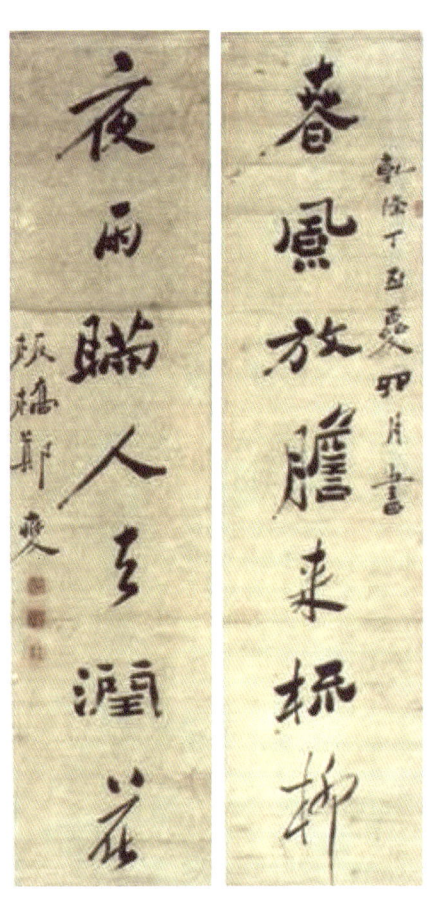

做半点事,朝也拜夕也拜,教我为难。

有座神仙庙的对联很为警世:善报恶报循环果报,早报晚报如何不报?名场利场无非戏场,上场下场都在当场。

这座观音阁中,却有绝妙问答。上联:问观音为何倒坐?下联:恨众生不肯回头。

而在城隍庙中,竟有当头棒喝。上联:站着!你背地做些什么?好大胆,还来瞒我!下联:想下!俺这里轻饶哪个?快回头,莫去害人。

这副对联说到了根本:果有因,因有果,有果有因,种甚因结甚果;心即佛,佛即心,即心即佛,欲求佛先求心。

还是这副对联说得落拓:开口便笑,笑古笑今,凡事付之一笑;大肚能容,容天容地,于己何所不容?

(2018年05月17日)

快 乐

这段话说得好:常人把快乐视为情绪,智者把快乐视为能力,行者把快乐视为责任,方家把快乐视为习惯。

要让快乐成为生活的习惯,这是一种本事,也是一件难事。

要持平常心。平常心是对自己能力的充分认识。我在重庆时,去大足石刻看过几次,有句话印象深刻:求之不得,苦之本也。仰而歧之难,俯而就之易。那么,不偏不执,量力而行,就会轻松,也会快乐。

要持慈悲心。行善布施,无求回馈;帮助弱者,尽力而为;宁肯吃亏,莫贪便宜。那么,只思付出,就少了烦恼,也自然快乐。

要有清净心。子曰:"君子坦荡荡,小人长戚戚。"你率真磊落,开朗大方,无过分之思,亦无过分之求,放下奢求,力求简单,怎会不快乐?

无常是常。痛苦时,要知道这痛苦不永恒;快乐时,要知道这快乐也不永恒。念及于此,或许你会破颜一乐。

记得女儿牙牙学语时,就让她看些漫画书,培养幽默感。一个人有没有特长或本事另作别论,但不能不幽默,不能不快乐!

(2018 年 05 月 19 日)

淡 抹

"水光潋滟晴方好，山色空蒙雨亦奇。欲把西湖比西子，淡妆浓抹总相宜。"苏东坡君写西湖的这四句诗脍炙人口、传诵千古。

这"浓妆"，在西湖边上似乎俯拾皆是。艳阳熏风，鲜衣怒马，是浓妆；桃红柳黄，风荷丹桂，是浓妆；华船歌舞，高楼酒酣，更为浓妆添彩。

那"淡抹"是什么？薄暮冥冥，淫雨霏霏，阴风怒号，浊浪排空，这些肯定不在淡抹之列。淡抹这环境与氛围，应在雨停之初，至少应是晴阴之间吧。

"孤山寺北贾亭西，水面初平云脚低。几处早莺争暖树，谁家新燕啄春泥。乱花渐欲迷人眼，浅草才能没马蹄。最爱湖东行不足，绿杨阴里白沙堤。"白居易的《钱塘湖春行》看来是在写"淡抹"这种风景，好一个"水面初平云脚低"。

前几天甬城暴热，日间气温竟高达 37 摄氏度，创历年同期之最。前日午后，雷雨倾盆，雨歇后，徜徉日湖之畔，新绿如洗，更加郁郁葱葱。小桥流水，曲径通幽，睡莲漂浮，小荷勃发，初成擎雨盖。突然想到，这氛围不是一种淡抹吗？

仔细看，这睡莲凝珠，倒映云天，碧波嫩绿中有晶莹剔透，如同"雨过天青云破处"，这意境不是一种淡抹吗？

这风花雪月，看懂的有几人？

（2018 年 05 月 21 日）

◎仇素莲《清泉石上流》

山 行

甬城的四明山之游,心心念念了许久,今天终于成行。

越鄞江镇,过章水镇,由蜜岩村起,沿皎口水库的南沿疾驰。

湖光山色,一路相伴,今日晴好,秀竹碧水格外明艳。

辛弃疾君有词曰:"我见青山多妩媚,料青山见我应如是。"此公好多情。我见青山多妩媚,自是对的。但青山见我,怎会妩媚?正如辛君此词开首说的:"甚矣吾衰矣。怅平生交游零落,只今余几!白发空垂三千丈,一笑人间万事。"

华发虽满头,游兴仍未衰。一骑绝尘,穿大皎,翻细岭,爬天雷坑而行。看了茅镬村古树群后,转而北上,过黄岩头村、宇岩下村、越新岚村分水岭,过白鹿村、李家塔村,到中村小憩午餐。

中村在四明山东麓,距鄞州、奉化、余姚、上虞各45公里,距鄞江、梁弄、陆埠三镇各20公里,真是名副其实。这里的村民以龚、郑两姓为主,分居晓鹿溪两岸。龚氏在唐初迁至中村,郑氏在北宋末年也来定居,这里可算是千年古村了。

  溪河两岸的交通,古代建有白云桥,现代建造了廊桥。这两桥不仅方便了村民,还吸引了众多游客。中村的廊桥始建于20世纪70年代初,2014年重建。桥边的碑文说:"重建之桥宛若飞虹,横卧碧水,掩映青山,古韵盎然……"

  游客的兴致,可能更多的是由美国影片《廊桥遗梦》所引起。影片讲述的故事是:家庭主妇弗朗西斯卡在家人外出的四天里,遇到了《国家地理》杂志的摄影师罗伯特·金凯。经历了短暂的浪漫缠绵后,弗朗西斯卡因不愿舍弃家庭而与罗伯特·金凯痛苦地分手,但对金凯的爱恋却萦绕了弗朗西斯卡的后半生。

  这里的廊桥有没有产生过这样的故事?来这里游览的人是来重温或寻找这样的故事?不得而知。

  廊桥里,几位妇人正在闲话家常,一位老汉荷锄而过,我从一位农妇那里买了几斤马铃薯开车走了。生活,一如春日的溪流平静地流淌着。

  山路复山路,行行复行行,到余姚江畔的大隐镇,便是一路坦途了。

  写到这里,突然忆起车过新岚村分水岭时的念头。

  这个分水岭,是奉化江水系与余姚江水系的分界。假如一朵云飘到这里落下了两滴雨,一滴雨在分水岭的这边,一滴雨在分水岭的那边。这边的一滴雨汇入了奉化江,那边的一滴雨流入了余姚江,由此陌路。奉化江与余姚江这两条江在宁波市区汇集成甬江后,从理论上说,这两滴雨还有会面的可能,而这概率是多少万分之一呢?

  哈哈,杞人无事忧天倾啊。

(2018年05月24日)

角 落

从余姚的中村出来，回宁波市区有两种选择。一是向东，到海曙区横街镇；一是向北，到余姚市大隐镇。

昨天下午，这个选择放在我面前。

横街，去过无数次了。天一阁范氏宗亲的祖坟地就在横街附近，好几位亲人都葬在这里，早几年，清明前后必去祭扫。

大隐，记得只去过一次。在农村插队时的有年冬天，农户家里没柴烧了，于是在那里买了木柴，我和几个社员撑了木船运过来。去时空船，回时顺水，倒也轻松。只是水面上冷，风一吹，冻得够呛。

我决定往北走，顺便看一眼大隐。虽然知道，这匆匆而过，看不到什么，也看不出什么。

常说，什么地方我去过。你是去过，你去过的，只是某个地方的某一点，而且是在某一时间点上。哪怕是自己天天居住的城市，有的街区有段时间没去，你就会有陌生之感。更何况几十年没去的地方？

生活，常有意想不到的发现。这不，路过乌岩许家自然村的时候，竟然发现"宁波知青博物馆"就在路旁。

早两年就听说宁波有个知青博物馆，据说是省内第一家，馆主还是我一位朋友的兄长，可是一直没机会造访。不意，就在这里邂逅了。

博物馆虽在主路旁，公交车站也离之不远，却是门可罗雀，只有一位村民在照看。

博物馆显见是从一座旧楼房改造过来的，两层楼只有底下一层有展览。几间展室的门开着，陈列之物很有些陈旧，也很有些零乱了。算来，知青一事至今也有四十余年了，真有隔世之感。

宁波在校学生的支援新疆，记得是在1965年春夏之间。建设兵团来了几位知青在市里的大会堂做了报告，宣传新疆之美之好，动员大家支边。

年轻人志在四方，当时报名的学生很多，但审查得比较严格。记得当时初三的一位同学初审通不过，还咬牙写了血书以示决心。

1968年开始，则是大规模的支边支农了。大学停课不招生了，工厂停产闹革命了，学生们除了个别的照顾对象外，只有到边疆去、到农村去这条路了。据粗略统计，宁波地区有6万余名知识青年上山下乡。

弹指一挥间，当年的热血青年都已垂垂老矣。遗憾的是，知青这一段历史被人遗忘在角落。只有当事人还在争论，有人说，青春无悔；有人说，还我青春。

但不管怎样，这是一段历史。当年，有多少人的命运在潮流的裹挟下彻底改变了。

是历史，就应该对有关文物有所留存，就应该得到客观的评价。民间人士在搜集、整理、保存这方面的历史资料上，做了不少工作，这应该是值得肯定的吧。

历史，不应该有被遗忘的角落。

（2018年05月25日）

文　脉

  一个城市有它的城脉，譬如北京的中轴线。

  一个城市有它的文脉，譬如南京的夫子庙。

  我写过宁波市区的城脉，那么，宁波这一地的文脉何在？

  "书藏古今，港通天下"是宁波的城市形象宣传语。书藏古今，指的是宁波天一阁。它是中国现存的最早私家藏书楼，是亚洲现有的最古老的图书馆，也是世界最早的三大家族图书馆之一。港通天下，指的是宁波舟山港。就货物吞吐量而言，它应为世界第一大港；集装箱吞吐量，亦当在世界前十之列。作为范氏的后裔，我不免窃窃自喜，宁波的文脉当属天一阁无疑。

  "文革"时就失学的我毕竟浅薄，宁波文脉其实更为深远。乡贤、著名唐宋文学研究专家、中华书局原总编辑傅璇琮先生多次大声疾呼：地处宁波西乡的桃源书院是浙东文化的发祥之地，曾是浙东文化教育的摇篮。傅先生还在 2010 年拉上著名作家王蒙先生，一起到宁波寻找桃源书院的原址遗迹。

  北宋初期，科举取士的规模扩大，朝廷崇尚儒术，鼓励民间办学，促进了书院的发展。在中华文明发展边缘的海隅之地浙东，亦有杨适、杜醇、王致、王说、楼郁五位学者相聚于鄞西桃源乡创办书院，开启浙东地区最早的私人教育，也成为"浙东学派"的前序。这五位学者，史称"庆历五先生"。

  桃源书院的具体教育成果，在千年之后很难考证了。但有一组数字或能说明问题。唐代期间，明州地区考中进士者寥若晨星；北宋期间，明州地区的进士上榜者已达一百多位;南宋期间,明州籍进士多达六百多位;明朝期间,浙东一地的进士人数仍高居全国榜首。有诗曰:"满朝朱紫贵,尽是四明人。"你说,桃源书院是不是宁波的文脉所在?

浙东靠山濒海,水网发达,物产丰饶,乡人善于商贾,因之在这块土地上孕育而成的浙东学派既重义亦重利,一改宋学重义而轻利的倾向。王阳明、黄宗羲等一代宗师相继而出,浙东学派的学术影响达三百年之久,直至今天。特别是王阳明学说的影响遍及东北亚与东南亚,为中国思想史上所绝无仅有。

浙东之地,读书人多,爱书之人亦多;爱书人多,藏书之人亦多。有藏书楼流传至今,也就不足为奇了。天一阁的藏书文化,只是浙东文脉之流,而并不是其源。

经傅璇琮先生的大力倡导,又有翁国伟先生的慷慨解囊,在海曙区的横街镇,即古桃源书院的遗址附近,新的桃源书院已经初具规模,研究浙东文脉起始的《桃源书院》一书也正式出版了,着实可喜可贺。

引领而顿,百毛皆顺。宁波的文脉理清了,如何弘扬光大,也就顺理成章了,当然这是另外一篇文章了。

(2018年05月26日)

行善

有件事,说来话长。

我自小在外婆家长大,而幼年时与我长伴的,却是阿太(我外公的母亲)。

前几年在《乘凉》一文中,我曾深情地回忆过阿太的二三事。

阿太临终时,是我陪伴的。只因是最亲近的人,所以不惧怕死亡的阴影就在左右。

宁波乡俗:年轻时就可为自己备下棺木,称为"寿材"。新中国成立初,家道中落,搬过几次家,阿太对其他物品不在乎,唯独对这具棺木很上心,必得随家搬走。也许这寄托着阿太对往日的回忆,也许她把这视作终生的归宿吧。

去世时,阿太九十多岁了,自是善终。记得是 1965 年吧,当时还可土葬,家里就遵阿太的遗愿,让她入棺安息,落葬在横街雨洞岭的范氏宗亲墓地。

那年冬天很冷,河面都结起了冰,一家人坐船送阿太上路。我坐在船头,用木棒敲碎冰块,过桥了就喊:"阿太,过桥了!"好让阿太记得回家的路。

不幸的是,第二年夏天很闷热的一天,坟亲(墓地的看护人,久之视为亲戚,称为"坟亲")来报告说:墓被盗掘了,棺木被偷走了。外公泪如雨下,我好像第一次体会到"伤心"的滋味。

当时正在大破"四旧",根本没人在乎这事;家里老的老小的小,也没人出头去追究此事,无奈中只得草草收拾一番重新落葬。好在一块墓碑还在,唯恐第二次被盗,聊胜于无地写上"有主坟"三字。

我从乡下回到城里后,每年清明都去祭拜一番。开始是骑自行车去

◎赵钲《涛声依旧》

的,到横街有 20 多公里的路程,大致要一个半小时。后来条件好了,骑上了摩托车,有年把女儿带去了,结果归途一场大雨,把父女俩淋得透湿,但心里却很舒坦。

大概在十多年前了,我离开宁波多年,辗转多地后在上海工作。一天清晨接到一个宁波电话,心里很是诧异:宁波没几个人知道我这上海手机号码的呀?但还是拿起来听了。

手机传来男士的乡音:你是XXX吗?你有亲戚的墓地在雨洞岭吗?我是翁国伟,你还记得我吗?我说:我是呀,我阿太坟在雨洞岭呀,你翁国伟我怎么不认识?但这墓地与你有什么关系呢?对方长舒一气:好,太好了!范大哥,我在雨洞岭开发旅游项目,要处理几座无主墓,你的坟亲来说,有座墓是你家的,我还不相信呢！好，是你的，我就保留了！我连声道谢！

  翁国伟先生是我在宁波日报社工作时认识的，他当时是宁波旅游局机关中的办事员，后来当了一家旅游用品厂的厂长。我这人三教九流的人都愿交往，一是性格生成，二是职业需要，我对翁热情有加，他有时开发出什么新产品，要上上稿件，我也网开一面。就这样，翁一直以大哥称呼我。

  不久，我专程去拜访了翁先生。翁陪我去墓地，天一阁的龚烈沸先生凑巧也在，他的车上备有香火（可见其周全细心），于是三人成行。

  翁说，这地方本来是要做滑草道的，有这墓在，重新改设计吧。

  千恩万谢后，我这样说，我阿太一生吃素，与人为善，遇到你这样的善心之人，也算是得了善报。翁总你有此善心，也必有善报。

  虽然历史不是果报录，也不是因果必报，但行善人家有余庆，这是万试不爽的。这墓碑至今仍在，是个证明。我想，这还会有其他事情来证明的。俗话说：人在做，天在看。这"天"并非虚幻，而是众人心中的一杆秤。否则，何来千夫所指，无疾而终？否则，何来载舟者水，覆舟者水？

  前段时间，翁正在编《桃源书院》一书。他说：一个奇迹突然出现在眼前，一位热心书院发展的画家，在图书馆找资料时，发现《元画全集》中有元代钱选画的《四明桃源图》……

  这让翁喜出望外，因为这张图如同当年的现场照片一样，从地理位置和具体场景上，证实了桃源书院的历史存在。对翁正在重建的桃源书院是一有力支持。

  偶然之中，自有必然。这是翁国伟先生多年奋斗的结果，何尝不是他多年行善的结果？

（2018年05月27日）

园 圃

留心处，皆是风景。

所住的小区不大，但也曲径通幽，颇有可观之处。

小区建楼时的园艺师很有匠心，四时花草各有布置。秋桂冬梅，桃李谢后，桑叶绽芽，樱花吐蕊。

几番风雨后，园圃里这两天又是一番风景：栀子树还有花瓣残存，白玉兰正渐次盛开，大理花怒放不已。

前几天高温，以为春已过了，花事不再，其实只是翻过一页。

转弯过去，似有一地黄叶，仔细看却是樱花谢了的残骸。石榴花红得正艳，昂首勃发。生命，就在这样明灭交替之中。

下个月的21日才是夏至，俗话说：夏至杨梅满山红。不料，小区园圃的杨梅树却捷足先登地红得发紫了。

"若无闲事挂心头，便是人间好时节。"即使有闲事，也不妨放下，让闲旷的情调来主宰心情。

宋代朱敦儒君有首《西江月》写得好："日日深杯酒满，朝朝小圃花开。自歌自舞自开怀，且喜无拘无碍。青史几番春梦，黄泉多少奇才。不须计较与安排，领取而今现在。"

（2018年05月28日）

日湖的荷花开了，刚刚绽放，没几朵。

湖畔向阳处，荷叶丛中，有婷婷娉娉，姿色初显；有亭亭玉立，含苞待放。

将荷花比作"凌波仙子"，真是天才。

丽日晴空下，碧波荡漾中，水光变幻里，绿茎临风，引红而舞。这不就是一位踏波而来的仙女吗？

凌 波

三国时期的文学家曹植对荷花情有独钟，在《芙蓉赋》中写道："览百卉之英茂，无斯华之独灵。"

"予独爱莲之出淤泥而不染，濯清涟而不妖，中通外直，不蔓不枝，香远益清，亭亭净植，可远观而不可亵玩焉。"宋代的周敦颐君将荷花的特性一笔写绝，后人无法超越，这也是很痛苦的事。

南宋的杨万里君没有办法，只能荡开一笔，写起了大场面："接天莲叶无穷碧，映日荷花别样红。"这倒也令人耳目一新。

荷花是"活化石"，十万年前就在北半球的沼泽湖泊中顽强地生存下来。根据《周书》记载，大约在公元前11世纪，荷花由野生状态走进了田间池塘，成了百姓的食用菜蔬。

有年盛夏去徐州一走，没想到这城区之中竟有一大片水域，当地人称之为"银龙湖"。主人好客，租得一船。于是众人轻舟快意，绕湖而行，几次穿梭于荷丛之中。此时，油然忆起了王昌龄的《采莲曲》："荷叶罗裙一色裁，芙蓉向脸两边开。乱入池中看不见，闻歌始觉有人来。"王昌龄是唐代著名的边塞诗人，铁骨难敌柔情，竟也被荷花的清雅明媚所打动。

（2018年06月01日）

合 欢

前几天发了则短文《园圃》,其中有这样的话:"转弯过去,似有一地黄叶,仔细看却是樱花谢了的残骸。"并配发了一张照片。

网名为"栀子花开"的读者在留言栏里写道:"掉落地上的说是叫合欢花,《甄嬛传》里说的,哈,不知是否对。"

回:"我在樱花树下所见,仔细看花瓣,应是樱花。"其实,我并没有仔细去看,想当然了。

那位读者很认真并很坚定地说:"百度了下,确实是合欢花。"

我赶紧冒雨跑了下去,捡了两朵落花,也百度恶补了一下,暗暗叫声:"惭愧!"

不懂,不要紧;张冠李戴,也可以原谅。问题是,人家跟你说了,你

◎徐珊珊摄

还想当然！我欠了"栀子花开"一个道歉；文章误导了我的读者，我也欠了他们一个道歉。

前两天阴雨断断续续，今天下午终于放晴，下楼去补拍合欢花。

合欢树比较高，合欢花又开在高处，只能近拍它落在地上的花瓣。

合欢花瓣如丝，上红下白，细观极雅。[元]元好问的诗句极传神地描绘了它的美丽："吐尖绒缕湿胭脂，淡红滋，艳金丝。画出春风，人面小桃枝。"

合欢花开在树上时，朵朵花瓣向上，很有蓬勃的样子；花开密密集集，又有红红火火的感觉。

合欢，原名为"夜合"。它的叶子，在晚上光线变暗后就会萎缩，就像合起来的伞。为取义吉祥，后就改称"合欢"，为"合家欢乐"之意。

合欢花还有动人的传说：相传虞舜南巡苍梧而死，其妃娥皇、女英遍寻湘江，终未寻见。二妃终日恸哭，泪尽滴血，血尽而死，遂为其神。后来，人们发现她们的精灵与虞舜的精灵"合二为一"，变成了合欢树。合欢之花，昼开夜合，相亲相爱。自此，人们常以"合欢花"表示忠贞不渝的爱情。

如我搞文字的人竟然不懂合欢花，见了都不认识，真的是太不解风情了。

"三春过了，看庭西两树，参差花影。妙手仙姝织锦绣，细品恍惚如梦。脉脉抽丹，纤纤铺翠，风韵由天定。堪称英秀，为何尝遍清冷。最爱朵朵团团，叶间枝上，曳曳因风动。缕缕朝随红日展，燃尽朱颜谁省。可叹风流，终成憔悴，无限凄凉境。有情明月，夜阑还照香径。"这首《念奴娇·合欢花》写得超赞，可上网搜了下，竟不知这词作者是谁。

（2018年06月07日）

客　尘

前几天在朋友圈中读到一词"客尘",首次相见,不由把玩再三。

"客尘"为佛教语,指尘世的种种烦恼。有名家这样解说:心遇外缘,烦恼横起,故名"客尘"。

由这"客尘"一说,想起了佛教里一则非常有名的典故,也与尘埃相关。

据传,六祖惠能少年孤单而生活困苦,在市日上卖柴为生。听闻人家诵念《金刚经》而心有所悟,遂赴五祖处学法。

一日,五祖唤诸门人皆来:"吾向汝说,世人生死事大,汝等终日只求福田,不求出离生死苦海,自性若迷,福何可救?汝等各取本心之性,各作一偈,来呈吾看。若悟大意,付汝衣法,为第六代祖。"

弘忍的上首弟子神秀在墙上书一偈曰:"身是菩提树,心如明镜台。时时勤拂拭,勿使惹尘埃。"五祖令门人炷香礼敬,尽诵此偈。但亲告神秀曰:"汝作此偈,未见本性,只到门外,未入门内。如此见解,觅无上菩提,了不可得。"

惠能虽不识字,闻此偈,便知其未见本性。托人亦书一偈曰:"菩提本无树,明镜亦非台。本来无一物,何处惹尘埃。"一众皆惊。五祖观后,将鞋擦了偈,曰:"亦未见性。"五祖之境界,举手投足中赫然而生。

从这两首偈中,可见惠能与神秀在佛教修行方法上的原则区别。神秀的那首"无相偈",使他失去作为弘忍继承人的资格,却成了北宗一派的开山祖。由于神秀强调"时时勤拂拭",后人以其主张"拂尘看净",称之为"渐修派"。

"惠能偈",是对"神秀偈"的彻底否定,也是主观唯心主义对客观唯心主义的彻底否定。"菩提本无树":菩提是觉道,又有什么树呢?若有树,那菩提就变成物,那就有所执着。

"神秀偈"说:心如明镜台。其实根本没有这个台,若有个台,则又有所执着,所谓"应无所住,而生其心",怎么还要有个台呢?"本来无一物",这就彻底否定了。本来什么都没有,没有一个样,没有一个图,也没有一个相,根本什么也没有。"何处惹尘埃",既然什么都没有,尘埃又从哪里生出呢?根本就无所住了。

在惠能看来,"愚人"与"智人"之间,"善人"与"恶人"之间,众人和"佛"之间,没有不可逾越的鸿沟。从"迷"到"悟",仅在一念之间。这种"放下屠刀,立地成佛"的思想,直接把握住"见性成佛"的关键,被称为"顿悟派"。

这"顿悟"之说,不仅对中国佛教的演变产生了巨大的作用,对于后来的中国哲学理论也有重大的影响。

回过来,再说"客尘"这词。我颇赞同这一解说:"客尘,有做客于尘世之意,寓意人生豁达,不被烦恼所拘束。"

心无挂碍,何处生尘,且于此放下。

（2018年06月08日）

删　除

去年2月开了公众订阅号"天地孤旅",断断续续地写来,至今快300篇了。于是将去年底之前发的170多篇文章归拢来,拟出个小册子。

说是现成的文章,编排起来亦颇费周折。想编得图文并茂点,找照片就花了很大的功夫。

发公众号文章的时候,在电脑相册上看到合适的照片就拿来用了。现在要倒回去找原图,就麻烦大了。

一是电脑换了几个。由于来回倒腾过几次,某图在哪个电脑,或拷贝到了哪个硬盘,得要折腾几个来回才能找得到。而某图呢,在这个电脑有,在那个硬盘里也有,总是想着"也许有用",就存了下来。

二是照片拍得太多。拍的时候贪,什么都拍下来,总是想着"也许有用",后期又疏于整理,常常是寻它(照片)千百度,却在蓦然回首处,自己给自己弄得哭笑不得。

三是照片收集得太多。因发微博的需要,也总是想着"也许有用",在手机上看到精美的图片就随手下载了。任何事情挡不住日积月累的堆砌,结果手机的内存满了;传到电脑里后,电脑的内存也满了;于是买移动硬盘,结果好几只硬盘也满了。

再细究,另有一个原因是,我们处在黑白(照片)的时代太久了,即使是能恣意地发挥色彩到极致的青春时代,我们的生活色彩也如此的单调。

记得尼采有句话:每个不曾迎风起舞的日子,都是对生命的辜负。这样的话,我们浪费了多少美的时光呀!

于是,痴迷于色彩斑斓的风光照片,沉醉于名山长川的雄伟大气,迷恋于江河湖泊的开阔壮丽,亦流连于小桥流水的婀娜柔美。但很多美好的东西,因着时间的因素而降低了存在价值。也许有用的东西,包括这些精美的图片,却不大可能用到了。

删,删,删……

太阳每天准时升起,这是生活的最大真相。

生活中最大的困惑,不是没人懂你,而是不懂自己。

(2018 年 06 月 09 日)

水 则

今天下午,路过宁波市区的平桥头。这地方很熟悉,当年闲在家里养金鱼时,常到这里捞鱼虫,红红的细细的一种。

1967年的"复课闹革命"之后,到1969年10月的下乡之前,有两年多的时间吧,没书可读,也没人管你,只得自己找事做。

邻居有懂木工的,就跟着他做了一个菜橱;同学中有懂缝纫的,也跟着学手艺,据说做衬衣上领头很难,我会用家里的旧缝纫机给自己做短袖衬衣。养金鱼简单,街上有卖的,捉几条过来,乌龙、凤尾、虎头、水泡眼这种大路货都养过,好玩。

但从来不知道,这里还有文物。

1999年,宁波月湖整治,在这里挖出了一个亭子的残址和一块断了半截的石碑。这石碑还有一个大大的"平"字。

文物专家考证后,得知这碑叫水则碑。

水则,古代的水尺,是测量水量的仪器。

最早的水则,是李冰修筑成都都江堰时所立三个石人。它以水淹至石人身体的某部位,来衡量水位高低和水量大小。

有的水则,只有洪枯水位刻画。如,自唐代已有的长江涪陵石鱼,只刻记枯水期的水位最低点。

宁波平桥的水则碑,是古人创新的遗迹。

南宋宝祐年间,当时的治水官在平桥河的河中,取适中之地,测量水势,书"平"字于石。城外诸碶闸视"平"出没为启闭,水没"平"字,当泄;出"平"字,当蓄。为保护水则碑,还在其上筑亭,亭为石构方亭,歇山顶。

近代,由于内河堵塞,水则碑被埋藏在淤泥之中。现重修后,保留了南宋的亭基和明代重修的"平"字碑,而大部分石亭建筑为清道光时重建,为我国城市古水利遗存中仅有的实例。

站在这亭前,想了很久。

一想:古人真知水性,某一基准上,"平"即最佳。水满必溢,则泄;水缺须补,则蓄。顺势而行,不妄作为。

二想:评价人物时,用"有水平"一词,比用"水平高"一词好。"平"最佳,"高"难持。

三想:理解了"凡事持平而行"这道理,循规蹈矩,方能不败。

水,至善至大。

(2018年06月24日)

心　静

现在，不是没有读书的地方，而是心不在读书上，我就是如此。

我家的楼下，就是小区的居民活动室，开放有半个多月了，在工作日的上下午都可以去翻阅报刊，我只去了两次。

三联生活书店在宁波市区的繁华地带开张了，有次路过看了下，简洁大气的布置且不说，很受用的是，随处都有看书的所在。很想有空去

◎加拿大风光之二（范萌摄）

坐下来翻翻书，这一想恐怕有三四个月了。

宁波大学图书馆在离我家地铁五六站的地方，年初的时候一帮文友聚会时到过。很羡慕那里的读书环境与海量的图书，这半年中竟再没有去过。

宁波市图书馆离家也不算远，路过不知有多少次了，近两三年回家乡后，一次也没去过。年轻时，要是一星期没去借书，就浑身不自在了。

有次去东门口的招商银行办事，无意中上了三楼，发现了很惬意的所在。心想，要是拿一本书，在这里静静地坐上半天，该是多愉快的事。但也就想想而已了。

不停地打开手机，不停地刷屏，你在寻找什么？你在期望什么？你又在等待什么？

飞快地用餐，飞快地走路，飞快地开车，你要赶什么时间？你要赴什么约会？你又要去完成什么任务？

其实，这些大都是焦虑的心态在作怪！

你唯恐不知道什么，而被人笑话；你唯恐信息不灵，被这社会淘汰，于是拼命地追赶着！

先哲庄周君曰："吾生也有涯，而知也无涯。以有涯随无涯，殆已！"在信息爆炸的时代，知识的汪洋更是无际无涯，你的时间怎么也不够用！

静下心读好经典的几本书就够了，绝大多数书是没用的，或者说扫一眼就可以了。

心静，哪里不能够读书？

（2018 年 07 月 04 日）

◎浙江遂昌神龙瀑

专 一

想起了一句老话：庄家与散户的区别，在于观念。

股市一开盘，就演绎着这样的故事：不断地有新韭菜进来，又不断地被收割。

即使是老韭菜，不管你在这腥风血雨的市场里摸爬滚打了多少年，观念不改变，就是被收割的命。为何？

庄家用几个亿在做一只股票；你用几十万在做好几只股票。

庄家用几年时间做一只股票；你用几周时间在做好几只股票。

庄家一年中只做一两只股票；你一年中要做十几只股票还不够。

庄家做一只股票，筹划多日，谋定而后动；你看看电脑屏幕，听听朋友消息，三五分钟就下单购买。

庄家集中巨量资金攻一只股票；你分散资金买多只股票，还说鸡蛋不放在一只篮子里。

股市即人生。生活中何尝不是这样？好高骛远的人，终究没有着落；好耍小聪明的人，反被聪明误了；好走捷径的人，往往吃了大亏；很想一手抓两鱼的人，最后两手空空。

少年学拳时，开始一个月师父就让我"摆马步"。当时听了一则故事，有憨大学拳，几十年就练一招冲拳，方圆几十里竟无人能敌。

世界上的道理都是相通的，方向对头的前提下，只有专一，只有坚持，才有成效。

奥地利作家斯蒂芬·茨威格在《到不朽的事业中寻求庇护》一文中这样说："一个人命中的最大幸运，莫过于在他的人生中途，即在他年富力强时发现了自己生活的使命。"

我想，还应该加上这样一句：更大的幸运是，这个人发现了自己的生活使命之后，为自己的使命坚持了一生，奋进了一生！

（2018年07月07日）

知 趣

小时候读过的小说中,《格列佛游记》给我非常深刻的印象。

当时不懂作品的弦外之音,只觉得作者非常有趣,以小人国、大人国这样天马行空的构思来创作小说,用全新的截然不同的视角,让人在作品中流连忘返。

小说作者乔纳森·斯威夫特(1667—1745),被《简明不列颠百科全书》称为"英国最杰出的讽刺作家和古往今来屈指可数的讽刺大师"。

斯威夫特先生不但给世人留下一部不朽巨作,还在不惑之年前写下了"老年男士的17条守则"。今日翻阅旧剪报看到了这"守则",特分享诸位,或可细思。

第一,不娶少妇。

第二,不混在年轻人里头,除非他们专诚邀约。

第三,不乖戾、郁闷或猜疑。

第四,不鄙薄当代的作风、情趣、时尚、人物、斗争等。

第五,不爱小孩子,

◎鄞州走马塘掠影

并且尽量避之则吉。

第六，不向相同的人复述相同的事。

第七，不贪。

第八，不忘正派、整洁，因为怕落入鄙脏。

第九，不严厉对付年轻人，但接受他们青春的愚昧和缺点。

第十，不听无赖之徒饶舌，也不受他们的影响。

第十一，不随便施教，除非对方切求自己。也不随便麻烦别人。

第十二，盼望好朋友在我破坏或疏忽上述意愿的时候通知我。

第十三，不多言，也不多讲自己。

第十四，不夸耀年轻时的英姿、力量或如何受女性欢迎等等。

第十五，不听谄言，也不要设想自己会受年轻女子的青睐。

第十六，不肯定事情，也不固执。

第十七，不自负有本事能行例守则，唯恐一条也把不住。

那时候，人的寿命短，四十岁不到，斯威夫特先生就以为将步入老年，于是写了如此老气横秋的"守则"。

300余年前的英国老先生的说法，肯定不合时宜的居多，不要对号入座哦。

但综观这17条，有一思想贯穿其间：要识相，要知趣。

老，不可怕；可怕的是，老而油腻，老不正经。以此自惕！

（2018年07月08日）

祈 祷

年少时,心雄万夫。

项羽说,学万人敌。我为之击节。

东坡诗:"谈笑间,樯橹灰飞烟灭。"我为之倾倒。

"海纳百川,有容乃大;壁立千仞,无欲则刚。"这是清末政治家林则徐任两广总督时,在总督府衙题书的堂联。这至大至刚的浩然之气,是何等的心向往之!这对联,曾恭恭敬敬地抄在剪报本的首页。

志气、骨气、勇气,三气合一,方有生气。这是当年写在笔记本上的自勉语。

然而,个人太渺小,个人的力量太单薄。

曾在第一时间到达温岭的民航飞机坠落现场,余火还在燃烧,生命早已消逝……

曾在第一时间进入开县天然气矿井泄漏的现场,目睹人畜横卧的惨烈场景,却无力挽回逝去的生命……

曾眼睁睁地看着至爱亲人的生命,像油尽的灯盏之火在一刻刻地熄灭,却无力去推迟一点什么……

更无力的是,擅长文字的我,对着遭受灾难或剧变的朋友或亲戚,却无力表达自己哀痛至极的心情。

鲁迅先生说,长歌当哭,须在痛定之后!

如有来生,当去学医。先贤说,不为良相,就做良医。

是呀,改变不了世界,如是医生,不就可以改变一个个具体的人的命运吗?

现在,只有祈祷,相信命运之神定会眷顾善良之人!

(2018年07月12日写在好友病重之际)

记　忆

那天在朋友圈中看到这段话："突然想明白，美好的事物没必要怕流失，美好的当下没必要怕流逝。珍藏所有美好的感觉，把当下的美好变成记忆中的美好。"

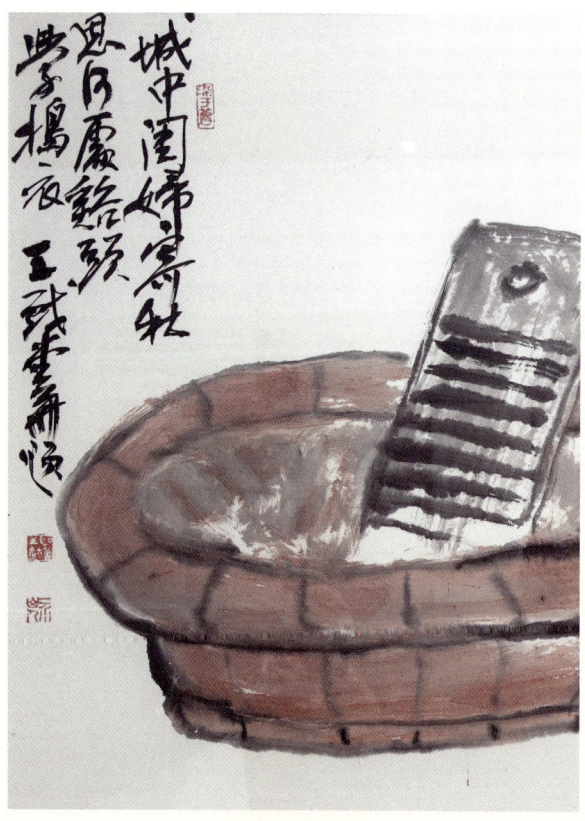

◎贺圣思画

可能写的人都已忘记了，我却玩味了好几天，只因触动了某种思绪。

年长的好处是，将一切的起承转合都看明白了；年长的无趣是，将一切的起承转合看得太明白了。

譬如看了上面这段话，我就微微一笑：美好的事物，诸如美景美食，意气飞扬的岁月，不妨尽情享用吧；如因缘际会，那就欣于所遇。一切皆流，一切皆变，何事何物能珍藏？

先哲说，人，不可能两次踏过同一条河流。你说，你重新踏一次。这时的你，已不是原来的你；这时的水，也不是原来的水了。时间的一维性，既公平又残酷。

你说，我有记忆！记忆，这主观构成的存储更有可变性。它会遗落，它会淡忘，它会虚化，它更会强化。你欢乐的记忆，会比真实的场景更欢乐；你悲切的记忆，会比真实的场景更悲切。

"锦瑟无端五十弦，一弦一柱思华年。庄生晓梦迷蝴蝶，望帝春心托杜鹃。沧海月明珠有泪，蓝田日暖玉生烟。此情可待成追忆，只是当时已惘然。"唐代李商隐的《锦瑟》写出他的遗憾：追忆当时，一片惘然。

想得再通透点，那就记我愿意记的，忘我愿意忘的吧，一切都不必介意。宋代陈与义君，就是这样的一位人物。他所作的《临江仙·夜登小阁忆洛中旧游》如下："忆昔午桥桥上饮，坐中多是豪英。长沟流月去无声。杏花疏影里，吹笛到天明。二十余年如一梦，此身虽在堪惊。闲登小阁看新晴。古今多少事，渔唱起三更。"

（2018年07月14日）

夕 阳

  宁波以商埠之名行世,应有数百年了。

  商埠之人大多灵活,亦善模仿,但凡有新鲜的玩意大都会拿来一试。譬如说,这高楼之上的旋转餐厅,在宁波市区好像竟有20余年的存在了。

  餐厅落成开业之际,我去凑过一次热闹。那时的市区大多还是平房旧屋,这高楼太"出类拔萃",登高俯视的感觉也就一般。

  前几天的下午,几位朋友小聚,约我去了那里。毕竟离开宁波多年,看到餐厅所在的地址,一时不识是"何方神圣",去了方知还是"旧时相识"。

  故地重游,很好,很好。只是"容颜"难敌年华,这当年的时尚所在虽经装修还是难掩沧桑。于是,落座品茗,闲话桑麻。

餐厅缓缓旋转，视角慢慢变换，只见晚霞映红西天，金乌一轮正在坠落。

落日，羁旅之人或称为"残阳"；豪放之人或歌曰"白日依山尽，黄河入海流"；惆怅之人则低吟"夕阳无限好，只是近黄昏"。"落霞与孤鹜齐飞，秋水共长天一色"之句堪称千古绝唱，则非旷达之人不能为。

随手拍了几张照片，发到了"文学公民"的群里，并引用了李白《菩萨蛮》的诗句："暝色入高楼，有人楼上愁。"

在历史的回望中沉默：当年大声疾呼改革开放并身体力行，就是为了今天这个样子的城市吗？在自我的观照中反思：这周边嘈杂混乱的各种无序，是我为之奋斗一辈子的家乡吗？从表面看，城市高楼矗立，道路车水马龙，人人衣着光鲜，似乎风光无限，可信仰呢？道德呢？修养呢？转念一想：一代人管一代人的事，这一代人也就管这一代人的事，你来过，你奋斗过，你无愧于你自己，足矣。

今晨得好友周明祥小诗《古风·无题》："尽将韶华兑饱温，幸有诗书伴旅魂。夕照蓬门听知了，雾眼探壶看乾坤。"我点赞："好诗！廿八字道尽你我一生。"

"韶华兑食"是过往的真实；"夕照蓬门"是当下的写照。"旅魂"一词最得我意：这是颗漂泊的心，但这是颗有信仰的心、有坚持的心，虽已"雾眼"，虽是"壶中乾坤"，也要看个究竟。

夕阳西下，心在天涯，但它明天照常升起，这大概是世上最不可更改的真实了。

（2018 年 07 月 20 日）

逆 风

22 日，星期天的下午，台风"安比"的阴云还黑沉沉地压着，九位老顽童却逆风而行，跨海去象山半岛。

虽说这象山坐拥山海之胜，又有鱼鲜美味，但此次的风雨兼程，却仅仅是为了相聚与欢谈。

找到一农家小院，品上两三杯淡酒，便引出话题滔滔不绝：人情、友情、爱情。

此行九人，既非同学，亦非同事，只为求上进，大都在四十余年前相聚在文学的旗下。

人说，恨不相识未嫁时；人说，文学青年浪漫多情。那么，这几位在当年青春年少，有相同的爱好，又有共度的时光，怎么都只有几十年的欣赏和友情而没有走到一起？我大惑之中。

他们的互相"揭发"，似乎在回应我内心的疑问：有的人，在正统教育下心智未开；有的事，是落花有意、流水无情；有些微妙时刻，错过了不再重来。正如在座的一位朋友所说："放下又捡起的，是您的诗文；捡起而放不下的，是我的情意！"

只能说，这就是命运吧！混沌冥晦之中，似乎都有安排，当时不以为意，至今方知深意，只是没有岁月可供回头。水月镜像，无心去来。

步出庭院，更深夜阑，虫鸣四野，月明星稀。

（2018 年 07 月 24 日）

消　暑

7月31日　今为七月之末,晨起驱车百余里再上四明山,为去龙观民宿消暑。

龙观,乡镇名,原鄞州区辖地。过菱泥岭,去南坑村途中,折入一山沟。缘溪盘山而行数里,忽见路旁有精舍三四栋,停车一问,果然是也。

看其房舍依山而筑浑然天成,古朴中自有雅气,貌似粗犷却见匠心。虽顽石野花粗木山竹,妙手施为,立见意境,移步景换,别有洞天。午间套餐,一溪鱼红烧,透骨新鲜;一莴笋萝卜丝,清丽可口;边笋鲜豆,黄绿诱人。得清淡雅致而一涤尘心,何其乐也。

8月1日　晨起,初阳灿灿。见山色清朗,花形各异,

◎《千花万蕊报春回》　赵钲

庭院安谧，取手机摄色而行。上午攀龙观之顶，一览众山，兼赏水色。归途，见一农家小院正分装水蜜桃出运，购得几斤，颇为鲜美。归来见路边绿树碧草衬小庙黄墙，红叶斜出报秋之将至。留心处何处无风景？

薄暮时分，闲坐旅舍大堂，听一旅人叹身世。这光鲜包装之后，尽是职场拼搏中的辛酸与无奈。夜间，旅店亮灯，扑朔迷离，又是另外景象。眼见是实，眼见非实？

8月2日 晨起溯溪而行，观景思世，睹水及人。有感如下：尘世有雨湾吞晴，云间透光碧波清。潺潺似诉不平事，出世方知山人情。

两天相处，与旅店的大厨已成朋友，得其推荐，上午去拜谒当地的一座寺庙。据周大厨介绍，龙谷村天井岙的天井寺历史，比四明第一名刹天童寺还要悠久。蒋介石先生离开大陆时，专程前去这寺庙礼佛。近年来，这寺庙毁后重建，主供的佛像系一巨木整体雕成。

台风"云雀"大逞淫威，一路风雨交加，到了寺庙，天却放晴。进了大殿瞻仰，阿弥陀佛法相庄严，高达十数米，须仰头才见尊容。大大小小的寺庙去过的不计其数了，以整体巨木雕成的佛像，记得只有雍和宫主佛为一尊。无意之中，有此际遇，亦是缘分。

（2018年08月04日）

拱桥

江南水乡中行走，会与石拱桥不期而遇。

石拱桥，在溪流之上撑起半圆的弧形，让天堑成了平路，也让旅途多了亮点。

在象山县的方家岙村，大雷溪畔有一名为"瑞安"的古石拱桥。那天清晨，我慕名而去，围着桥转了半天，这是七月下旬的事了。

这桥始建于清嘉庆二十二年（1817），才200余年，不算最古。拱桥高7米，跨度11米，在象山为跨度最大的单孔石拱桥，在宁波范围恐怕排不上前十位吧，但我对它仍印象深刻。

据史料，拱桥建成数十年后毁于水灾，同治九年（1870）由里人欧起模重新募建为一座单孔乱石拱桥。

拱桥造得十分用心，桥拱虽由乱石筑成，却严丝密缝；桥面由卵石铺设，中间还饰有图案。

放眼对岸，绵绵青山，并无多大出产。建造这桥，在古代的当地也算重大工程，并无官府拨款，乡人耗费的银两当不在少数。可想见，出大钱的多是富绅，得大益的多是山民，这些富绅所为者何？

想这跨水架桥，并非为意境之美，应是出于人性之善吧。

如同造凉亭一样，让路人有一歇脚避雨之处；造桥为方便路人，免得平时运物不便，免得寒冬涉水或雨后涨水通行受阻。

仔细想来，这造桥其实也让善心有了安放之处。钱财如水，来去无痕，造桥建亭，让自己的岁月有了浅浅的印迹。

桥，是岸与岸的联系与跨越，何尝不是历史与现实的联系与呼应？

拱桥，当农人荷锄牵牛而过时，更是很美的场景。

（2018年08月09日）

古　桥

　　写了象山县墙头镇的瑞安桥,就不能不说余姚市鹿亭乡的白云桥。

　　这座白云桥堪称"浙东第一桥",我有幸在今年五月下旬,一睹此桥风采。

　　一曰"古远"。白云桥初建于唐贞观年间(627—649);现桥建于光绪十六年(1890),距今亦有一百多年了。

　　一曰"扼要"。白云桥南接鄞州,北达余姚,是鄞州和余姚的界桥。桥东侧的对联就说:"白水跨虹腰路通南北,云村留月影界画鄞余。"由于行政区划的改变,现在桥南接的则是宁波市海曙区了。

　　一曰"壮观"。登临白云桥,犹如上天梯,桥长25米,原有石阶96级,满月形的桥孔直径近13米。明代诗人王锡衮有诗赞道:"飞梯何须借鳌背,金绳直嵌山之侧。横空贯索插云溪,补天镶地真奇绝。"

　　这鹿亭乡也有来头。明末清初学者黄宗羲编撰的《四明山志》载:梁代隐者孔佑在这里救了一头中箭的鹿,建亭护养。久之,此地就名为"鹿亭"了,至今已有1400多年的历史。

　　这白云桥,就在鹿亭东1.5公里的晓鹿溪上。桥边山峦高耸,虽平日翠碧如黛,但山洪来时也势不可挡。于是,工匠将这桥洞的拱圈造得比一般的桥梁更高,差不多有正圆的三分之二,这也使这单孔石拱桥更显轻盈俊秀,犹如长虹卧波。

　　桥西侧的桥联有"村连龚郑千秋万载庆安澜"句,说的是这里的村民多姓龚、郑,龚姓族人在唐代迁进,郑姓族人在宋代搬入,两姓在此合建了桥梁,共度太平日子。这从另一侧面看出,封建时代的田园生活也有安宁小康的时光，否则哪有财力造起如此俊美之桥？

宋代明州文士楼钥见桥后不由题诗赞曰："客路随云流水远，征舆坐与白云高。野溪清浅渡危桥，径策枯筇上紫霄。"是文人借桥名赋诗呢，还是因诗而定了桥名。似乎没有见到答案。

（2018年08月10日）

◎余姚中村白云桥

乞 巧

一年一度七夕节,这前后,网上少不得热闹一阵。

为何?借他人的杯酒,浇自己胸中的块垒罢了。

中华文化的神话传说本就不多,与爱情有关的更见稀少,牛郎织女的故事就愈发打动人心。

男耕女织,是农耕社会的"标配"。由此,都希冀男的勤劳勇敢,女的聪明能干,男女相爱始终、白头偕老。

牛郎织女故事的前半部,就符合这一模式。只是故事的后半部发生了逆转,由于天神的干扰,恩爱夫妻隔在天河两侧,一年只能相见一次!

也正因为是悲剧,让人有了更深刻的印象。不同的人们在牛郎织女身上寄托了各自对爱情、对生活的美好向往和追求。

文学朋友圈里,周明祥君早几天就推出了他的《闲吟七夕》诗:"道是无思亦抱思,年年今夕说佳期。葡萄棚下休长坐,怕听鸳俦泣别时。"

看了,觉得太过低沉。别离是痛苦的,但还有希望在。柔情似水,佳期如梦,多美好呀!于是,凑了四句如下:"道是无思实有思,年年借此忆旧时。星辉清风宜长坐,欲托新月约佳期。"(《和明祥兄〈闲吟七夕〉》)

牛郎是不是托月亮在约新的佳期呢?也许,一年能多几次呢?我这样想,不妨留点光明的尾巴吧。

邬征宇同学的年龄与我没差几年,但显见其新锐泼辣:"牛郎织女一年一度鹊桥会,那该是多么悲惨的两地分居啊!拿它来象征男女爱情?希望自己也成织女一枚?"这一段说得更精彩:"爱情,是什么样的一种存在？爱情，首先是精神的存在，灵魂的交会，精气神的契合和彼此欣赏。很多时候不用语言，仅一个眼神就如电闪雷鸣，在双方心中激起云海翻腾。大多数时候，这个过程意味着一辈子的相知、相惜、相恋、相望。柏拉图的爱情，满足于精神的媾和。相比之下，鹊桥会倒像是偷情，失去了精神之爱的意韵和完美。"接着杀了一个"回马枪"："想起前些年某单位经常大张旗鼓地组织男男女女去梁祝公园举行集体婚礼，咱没跟去采访。但看到后续的报道，总会联想起这个公园里'梁祝化蝶'的背景。真不知举办婚礼的领导是怎样想的，反正，咱自己肯定不会去梁祝公园表达爱情的，如果再年轻十回，也不会。"

哈哈，真的是快人直言，要点一个大写的赞！

中华民族的老百姓受封建腐朽思想的影响极深，很多人特别是"50后"虽然上了年纪，还是不敢直白大胆地说"爱"或表达"爱"，哪怕改革开放至今四十年了。所以，曾经有一档节目的名字叫《爱要大声说出来》。有人在朋友圈中能这样直率地表达对爱情的看法，真是难得！想起了弗朗索瓦兹·萨冈写的《你好，忧愁》这本书。它是这位法国女作家18岁时的小说处女作，畅销近100万册，影响了整整一代人。小说以简洁明快的语言表达了法国年轻人的心态，典雅而从容，富有乐趣和诗意。精彩的论述，总会引起共鸣。

五代后唐的杨朴有《七夕》诗曰："未会牵牛意若何，须邀织女弄金梭。年年乞与人间巧，不道人间巧已多。"我想，这后两句是否可改成：年年示与人间爱，不道人间爱已多。

（2018年08月16日）

注：

南朝宋刘义庆《世说新语·任诞》："阮籍，胸中垒块，故须酒浇之。"

中 元

明天，农历七月十五，是民间文化中的重要节日——中元节。

中元节的产生，可追溯到远古的神祭及祖灵崇拜。

古时，人们对于农事的丰收，常寄托于神灵的庇佑；奉祀先祖，春夏秋冬皆有，而"秋尝"更显重要。有大量的农作物在早秋成熟了，如南方的早稻已经收割进仓，于是人们把时令佳品先供诸神享用，再向祖先亡灵献祭，祈祝来年的好收成。

先秦以来，"秋尝"的日期并不确定，后来逐渐固定在七月十五前后，约是立秋后第一个月圆的望日，亦是秋气新来的阴盛之时。

而"七月半"被称为"中元节"，则源于民间宗教信仰——道教。道教诸神中，有天官、地官、水官，合称"三官大帝"。他们是天帝派驻人间的代表，天官在正月十五上元节赐福，地官在七月十五中元节赦罪，水官则在十月十五下元节解厄。由于中元节时，会普度孤魂野鬼，已故的祖先鬼魂也可回家团圆，因此又称"鬼节"。

依佛家说法，农历七月十五为"盂兰盆节"。在这天，佛教徒举行"盂兰盆法会"，供奉佛祖和僧人，济度六道苦难，报谢父母长养慈爱之恩。"盂兰盆"的词义是"倒悬"，意喻人生的痛苦有如树头上的蝙蝠，倒悬着苦不堪言。为免众生之苦，便需诵经念佛，布施食物给孤魂野鬼。

中元节，可以说是佛教、道教与世俗的三融合。

作者在幼年时，却怕过中元节。自己家里做着"羹饭"上供，烛影摇曳；别人家在"放焰口"，铃钹声声；巷口旁烧着锡箔，墙角里插着香火，有种阴森森的感觉袭上心头，当地话叫"怕势势"。

今日追寻中元节的来历，却体认了"七月半"祭祀的深刻：这是在怀念祖先、弘扬孝道；更是乐善好施、普度众生。慈悲为念，布施结缘，好有人情味呀。

只是芸芸众生，自然千姿百态，有些人仍停留在"祖灵崇拜"的认知模式，不思作为，不图创新，一味地祈求上苍保佑，这就很可笑了。

录[唐]李郢《早秋书怀》："高梧一叶坠凉天，宋玉悲秋泪洒然。霜拂楚山频见菊，雨零溪树忽无蝉。虚村暮角催残日，近寺归僧寄野泉。青鬓已缘多病镊，可堪风景促流年。"

（2018年08月24日）

附：

一、[宋]孟元老《东京梦华录》卷一："中元前一日，即买练叶，享祀时铺衬桌面，又买麻谷窠儿，亦是系在桌子脚上，乃告先祖秋成之意。"

二、清乾隆《普宁县志》言："俗谓祖考魂归，咸具神衣、酒馔以荐，虽贫无敢缺。"祭品之中，褚衣是不可或缺的。因七月暑尽，须更衣防寒，与人间"七月流火，九月授衣"同。

三、民间历代传承以家为单位的祭祖习俗。祭祖先、荐时食的古老习俗，直至民国时期仍然是乡村中元节俗的首要内容。在20世纪20—40年代，中元节远比"七夕""清明"热闹。抗战胜利后，各寺庙还增加活动：祈请佛力普度"抗战阵亡将士"英灵。

四、[唐]李商隐《贾生》："宣室求贤访逐臣，贾生才调更无伦。可怜夜半虚前席，不问苍生问鬼神。"

挑　夫

前几天写中元节文章的时候，记起十余年前拜谒过地藏菩萨的道场九华山，不知有无可用的素材，就去翻了当时拍的照片，不由想起了"我不入地狱，谁入地狱"这话。

我于佛学的了解比较肤浅，很晚才知道这话源自佛教。《地藏本愿经》说，地藏接受了释迦涅槃前的重托，立下"地狱不空，誓不成佛；众生度尽，方证菩提""我不入地狱，谁入地狱"等宏誓大愿。因而，他现身在人、天、地狱六道之中，广设方便，救度苦难众生。

慈悲，就是怜爱、怜悯、同情。慈是给人以快乐，悲是解除人们的痛苦；慈心是希望他人快乐，慈行是帮助他人得到快乐；悲心是希望他人解除痛苦，悲行是帮助他人解除痛苦。真是赠人玫瑰，手有余香。我为写一篇文章，不意竟得到了一次心灵的洗涤！

那次去九华山，云雾缭绕，没拍出好照片，翻了一遍后，不由为自己拍的挑夫照片所感动。为了谋生，他们在艰苦地劳作，汗流浃背，气喘吁吁。

进而想，在生命旅途中，每个人不是都在这样拼搏或努力吗？颓废的生活、得过且过的生活是可悲的；为了自我或家庭而拼搏，自也是应该的；如果有了更高的信仰，有了更高的目标，这种苦累可能不会减轻，但今后回想起来，是否会是甘甜或欣慰的呢？

（2018 年 08 月 27 日）

纯色

十年过去了，仍对藏教寺院的色彩印象深刻。

是 2007 年 8 月去的西藏，一个人在西宁坐上了火车就出发了。好像也没担忧高原反应什么的。

21 日晚上到的拉萨，22 日一早就被拉着去了日喀则，因为刚好有顺风车。

西藏，是心仪许久的地方，却因为谋生，一直没有时间走访。而日喀则的扎什伦布寺，只在少年时看故事片《农奴》才有些了解。

扎什伦布寺布局开阔，正午的阳光下，建筑的外墙色彩更显明艳。

略一观察就可发现，藏教建筑的外墙大多采用纯粹单一的红、黄、赭、黑等色。

色彩，赋予建筑抽象的意义，也由此带来情感的作用。藏教寺院建筑的色彩运用很有讲究，我只感叹它对我的视觉冲击力！

我自江南来，民间建筑以黑白相间为基调，就是寺院也以明黄偏淡为主调，相对悦目。

我在这里感受到：厚重、浓烈、奔放，是纯色之美的极致。

也许，到了审美的超越境界，就能这样恣意无忌地运用色彩！

也许，这是大唐的风格遗存，拥有盛世的心态才能如此挥洒自如吧。

（2018 年 08 月 28 日）

◎加拿大风光之三（范萌摄）

微 凉

时近九月了，夏天就这样悄无声息地消逝着……

凭良心说，今年宁波的夏天真的不算太热，气温35摄氏度的天数屈指可数。这两天虽是艳阳高照，但也就是白天热，到傍晚就风凉了，所谓"强弩之末，难穿鲁缟"吧。

天气凉快下来了，就可以在晚上散步。在空旷的庭院里，长风盈袖，让其扫空胸中的浊气；仰望夜空，看星辉在云彩中隐现，恍惚间竟物我两忘，万事且付一笑中。迎风而立，让明月在怀，与蛙声做伴，任自己神游万里，怎一个惬意了得？

今天读到宋代寇准先生的小诗《微凉》，末两句最棒："独坐水亭风满袖，世间清景是微凉。"南唐冯延巳的《鹊踏枝》亦有名句："独立小桥风满袖，平林新月人归后。"

小区的庭院挺简单，没有小桥，更没有水亭，但新月有时会有，入秋微凉的清景现在也有了，真好！

于是，借了"微凉"这词，作了今天文章的题目。

（2018年08月30日）

白　露

今日是"白露"节气。

写"白露",最有名的,当数杜甫的"露从今夜白,月是故乡明"这两句诗了;而最有意境的是《诗经》中的这两句:"蒹葭苍苍,白露为霜。"这是一幅唯美之画:遍野的芦苇茂密又苍茫,晶莹的露珠凝成了一层薄霜。

《诗经》说的是北方这个时候的物象,而南方的今天,依然是满山苍翠,郁郁葱葱。于是,同伴相约登高踏秋。

出宁波市区向西不到20公里,即是四明山东北麓的余姚大隐。传说西汉时,"商山四皓"之一的夏黄公隐居于此。其实,小隐于野,大隐在朝呢。

我们到的地方叫"道峦岭",曾是大隐人去余姚城的必经之地。现在辟为当地人的健身步道了。苍山叠叠,翠色郁郁,端的是养心洗肺的好地方。这凉爽的山风扑面,这金黄的松针满地,告诉你,秋已经来了。漫天如注的雨珠噼噼啪啪地打在天棚上,更像秋的急促的脚步声。

没法爬山了,这也好,就坐在一座小庙的台阶上听雨。真的如唐代王维《终南别业》中所说:"行到水穷处,坐看云起时。"多少时日没有这样空坐发呆了,应该要有更多的这样的空坐发呆之时。

放空了大脑,便有了灵感,凑成一诗《五绝·道峦岭观雨》:"岚烟大隐浓,坐看苍翠蒙。雨裂芭蕉叶,风狂且从容。"

中午了,农家的饭菜香飘了过来……

（2018年09月08日）

南 屏

本书作者按：

分享我初中同学兼好友朱忠海兄的文章《南屏晚钟》。

《南屏晚钟》这首歌的旋律很喜欢，有时还会跟着电视台的演唱哼上几句，但不知道这里面还有这样一段凄美的故事。近年来忠海兄与我文字互动频频，知道他在哲学、文学、艺术诸方面造诣颇深，不知道他还有这样一段动人肺腑的初恋。能够爱的时候不能爱，这是多么痛苦的生活。愿这样的生活，成为永远的过去！但历史并没有走远……

南屏晚钟

□朱忠海

本文作者按：

南屏晚钟为西湖十景之一。每当傍晚或除夕夜，钟声响起，经南屏山石灰岩溶洞，引起共振，穿透层峦叠嶂，悠悠钟声，如天籁之音，回荡在西子湖畔。佛国的清音中伴有红尘中的悲欢离合，不信，请看：

昨晚（9月5日）听费玉清《南屏晚钟》，不由得心生涟漪，又一次掀开埋葬在我心底的一段刻骨铭心的情感，四十余年了，终究不能放下。于是提笔书写《南屏晚钟》条幅，并记，托书寄情。

《南屏晚钟》是20世纪50年代末，由香港名作家陈蝶衣填词，作曲名家王福龄谱曲。后经徐小凤、于凤飞、蔡琴、费玉清等人翻唱，流传广泛，经久不衰。

我钟情于《南屏晚钟》，缘于她的歌词既有汉乐府直叙胸臆、回环复沓、淳朴敦厚的民歌风情，又有唐诗宋词的文人雅韵。乐曲采用降调谱曲，表现委婉、低沉、忧伤的情调。加上历次著名歌唱家浑厚、磁性般嗓音不断的翻唱，成为流行乐坛名副其实的经典名曲。

歌词源于一个美丽凄婉的传说：一位妙龄少女游西湖，途遇钟情男子，一时间春心荡漾，欲上前搭话。不承想天公不作美，一场突如其来的倾盆大雨，将少女意念中的恋人淋得不见踪影。相思的种子于是根植在少女心中，挥之不去。歌词见证了少女炙热与无奈的情感：

◎ 朱忠海书

我匆匆地走入森林中，森林它一丛丛。我找不到他的行踪，只看到那树摇风。……我看不到他的行踪，只听到那南屏晚钟。南屏晚钟，随风飘送，它好像是敲呀敲在我心坎中。……它好像是催呀催醒我相思梦。……相思有什么用？……

陈蝶衣不愧是词作大家，将人间真情融入南屏钟声中，空谷传音，直扣人心。

我钟情于《南屏晚钟》，因为那里铭印了我的一段刻骨铭心的初恋。

20世纪70年代中期，我在浙江兵团的初恋，知道我探亲结束，即将返回北大荒，邀请我在杭州见面。

南屏山下，西子湖畔，我们流连忘返，执手泪眼，直至东方发白。

我们指天为誓：山无陵，江水为竭。天地合，乃敢与君绝。

然世事沧桑，不可名状，最终留在我心中的是南屏山下，八角亭中一弯凄美朦胧的倩影：白皙的脸庞，黛眉如蛾，顾盼流连和有古典风韵的高挑身影。

她出身基督世家，取名"利亚"，源自圣母玛利亚。80年代，她父亲恢复了三自爱国会长老职务。随着改革开放的深入，梵蒂冈教皇方济各为了进一步拓展天主教在我国的影响，表达要与我国建立外交关系的意愿，并希望派信徒去梵蒂冈服务，增进了解，加强联系。她受家庭熏陶，笃信天主，坚信人有原罪，只有借着上帝在人间的中保——天主教廷才能赎罪。她敏而好学，有深厚的神学和英语底蕴，最终被派遣到梵蒂冈工作。

80年代末，南屏山净慈寺修缮，日本曹洞宗为感恩祖庭，捐资铸五吨铜钟一座，南屏晚钟重又敲响。黄昏的钟声经南屏山石灰岩溶洞共振，穿越层峦叠嶂，空灵幽远，回荡在西子湖上空，如天籁之音，佛国的清音似在倾诉红尘中悲欢离合的幽怨："它好像是敲呀敲在我心坎中，敲醒了我的相思梦。相思有什么用？我走出了丛丛森林，又看到了夕阳红。"

2000年的圣诞节，她回国探亲，再次约我在南屏山下、西子湖畔见过一面，并赠送我一本《新旧约全书》及美国神学家胡斯都·L.冈察雷斯著的《基督教思想史》一套。

本文作者后记：

世事维艰，总会衍生出许多人间悲剧，尤其性情中人，感受彻骨。

（2018年09月09日）

摄影

《浮生记趣》一书发过《我的摄影一二三》一文。文章说的是，自己学摄影，是从拍摄新闻照片入门。由此归纳了三条经验：新闻照片不能摆拍；对焦一定要清晰；保证前两条的同时，再讲究光线、位置、角度或表情等构图诸要素。

这三条经验，变成了我的摄影准则，今日写篇续文，说说我的摄影四五六。

摄影习惯之四：不用三脚架。一是嫌累赘，带着麻烦；二是没耐心，看到好景色，一摁快门了事，不愿细琢磨。用提高快门速度，来避免抖动出现的模糊。

摄影习惯之五：不用闪光灯。使用闪光灯，常常使景色与人物失真。现在的数码相机感光极好，胶片机无法曝光的景色，用数码相机拍，也能有差强人意的效果，自己欣赏欣赏也差不多了，又不是参加摄影比赛。真的拍不出了，就不拍吧。没有非拍不可的照片。

摄影习惯之六：抓拍，特别是拍人物照。在条件许可的情况下，我会让拍摄对象处于一个比较放松的状态，不让他直视镜头，这样拍出来的人物神态就比较自然。

这些绝非经验之谈，纯属个人习惯。如模仿后，拍不出好照片，我不负责哦。

虽然摄影有很大的局限性，但它毕竟保存了这一刹那、这一局部的相对真实。俗话说："好记性不如烂笔头。"引申过来的话，好记性更不如烂镜头。再差的照片也比你的记忆强。记得以前说起过，记忆是会变化的，是会过滤的，是会保存你想保存的。照片，相对来说，比记忆要好得多了。"立此存照"这话用在这里，还是合适的。

看过一本（美）苏珊·桑塔格《论照相》的书，摘录几句分享各位：

◎西沙日出

1. 只有相机才能供应那种割裂的脱离环境的视域。

2. 照片是哑默的,它通过写于照片下面的文字的口说话。

3. 拍照是为了寻找世界的结构——沉醉于形式带来的纯粹快乐,是揭示"混乱中有秩序"。

4. 拍照就是赋予重要性。一切照片都有一种固有的倾向,就是把价值赋予被拍摄对象。

第三句话看得似懂非懂,还是抄上,求教于方家。

(2018年09月14日)

故 乡

如果青春有故乡的话,我把我青春的故乡停格在 1980—1984 年。

虽然,当时我的年纪已近 30,但无论在政治上、理论上、学识上还是写作上,都只有青少年时代的水平,可能这样说都已经是夸大了。

你想,初中才读了两年就躬逢"史无前例",然后从 1966 年年中到 1969 年秋季混了三年后下乡,这中间有过一段时间的"复课闹革命",

却是以"革命"为主了。70年代的头五年都在"摸六株",只有农闲时才能摸摸书,也找不到老师教,只有自己在黑暗中探索。

我经常与"老三届"的高中生们说,你们比我们初中生的运气好多了,扎扎实实地比我们多读了两三年的书!要知道,这是正规教育的两三年呀!人的一生到哪里去找这青春期读书的两三年时间?先天不足的差距在这里就无形地拉开了。

进城了,工作了,一切又得从头开始。年龄大了,谈婚论嫁,一大堆的事务压了上来,哪有时间让你读书?

庆幸的是,时代进步了。70年代末,宁波重新开办了职工业余大学,我考上了;80年代初,《宁波报》复刊了,我被选调进去了。于是,就此开始了我的可与正规教育媲美的大学和研究生的学习生涯,只是有点颠倒罢了。

"颠倒"此话怎讲?人家是白天念大学的书,我是晚上念大学的书,这不是颠倒了吗?人家是脱产读研究生,我是边工作边读"研究生",这不是颠倒了吗?

所谓边工作边读"研究生",也只是我高于生活的"提炼"罢了。初进报社,真的是"丈二和尚摸不着头脑"。但想想当时的"师资"条件确实好呀!是一帮当年在四明山边打游击边办报的"老革命"当我们的领导,其实是来当了我们的老师。总编何守先直接指导我写评论,副总编何鲁(昵称"何伯伯")亲自辅导我画版样。当时办公室紧张,编委周虹同志就和我们小记者一个办公室里办公,就坐在我对面,就负责审我编的版面。

当时我编的是"宁波市场",一周有两个半版,这样一周中也就有两个下午我会比较"难过"。下午版面大样送来时,我先审看,自认为改得天衣无缝了就交给周虹同志看。常常交给他的三五分钟后,就会有一个轻轻的男中音响起："小范,你过来一下。"我就知道,肯定有差错给他逮住了。站在他跟前,他会耐心地、详尽地指着版样某处告诉你,在哪里错了,是语法错还是用词次序错,是用词搭配错还是标点使用错。就是这样的耳提面命,既让你脸红心跳,也让你终身受益!

我所在的工交财贸组组长肖容是老革命,又是上海正规新闻院校的高才生,还是写长篇小说的作家,在我的心目中形象高大上。在工作中,他却很随和,带着我上四明山采访新闻,现场指导我如何提问、如何记录、如何看材料、如何提炼观点。副组长吕宪平不但改稿,还带我写通讯、写游记。你说,现在大学的研究生哪里能碰上这样优秀的导师?

其实,我最期待的是每周一下午的"飞行集会"。《宁波报》复刊时,编辑部也就三十来人,可以聚在一起开会。老总们在会上谈一周或半个月里市里的重要工作、具体报道和采访安排。特别喜欢听他们对国内外大事的分析,在脑海中对证自己的分析判断,从中找到认识的差距。

百炼钢化作绕指柔,三四年的锤打,为我今后的新闻之路打下了坚实的基础,即使到了全国第一大报,也不至于被人小觑。

80年代初的三四年是很苦,白天工作,晚上读书,休息天也用来写稿。与同事聊天也是讨论业务的多,为一个标题的用词推敲再三,为一篇稿件的位置争得面红耳赤。但愿现在的报社还有这样的场景。

今天中午,我和80年代同进报社的两位老友相聚,共忆那段艰难岁月,泛起的却是欢快的笑容。青春的岁月真好,青春的故乡难忘!

（2018年09月18日）

来　路

　　那天信马由缰地写了篇《故乡》，回忆青春时代在《宁波报》复刊时学艺的片段。回看发现，还有很多提携与激励我的人没有提及，只能请诸位老师见谅了。

　　想想 80 年代初那几年的努力，自己对自己也有几分赞许。会写消息和目击新闻了，会写工作通讯与人物通讯了，会写"采访摘记"（介乎工作通讯与评论之间的新闻体裁）了，会画版样了，会排版组版了，会拍照与写评论了。在新闻的"十八般武艺"熟练了后，1981 年 12 月 3 日发表的《宁波源康布店坚持 23 年办好裁片柜》，不意竟获得了 1981 年度的"浙江省好新闻一等奖"（浙江省新闻奖的最高奖），这应该是宁波新闻业第一次获得这个奖项的一等奖。在计划经济时代，新闻评奖重视的多是经济重大事件与工业要闻，财贸题材的新闻一般很难博人眼球。1982 年 3 月采访宁波江左饭店，《一菜一汤三两饭　花钱不过三角三》的副标题一时传诵，此稿在年底又获"浙江省好新闻奖"，这对刚入行的新记者来说，十分难得。1983 年这一年我又迭破难关，完成了中文专业毕业论文的写作与答辩，顺利地拿到了大学文凭；参加了 1983 年全国新闻系统按大专水平命题的统一测试，取得了名列前茅的成绩。

　　对于我那几年的努力，在当时就各有各的说法，褒奖的说我求上进，讥讽的说我往上爬。记得当时真的是用革命导师马克思的话来鞭策：走自己的路，让别人去说吧。

　　仔细一想，说我往上爬，也挺客观。我一无背景，二无文凭，三无特长，在编辑部同人的"水平线"之下很多，我不往上爬，难道被淹死（被淘

汰）吗？在"不忘阶级斗争"的口号仍叫得很响的年代，在"不唯成分，重在表现"的原则仍为衡量人标准的年代，我只有像过河小卒一样，拼命地往前拱才有生路！日拱一步，垒土为堆，才能浮出水面呀！

拼了命地往前，还有对生命终极意义的思考：人人均为百年过客，时间像黑洞吞噬一切，是一岁一枯荣还是稍微留点雪泥鸿爪？那么就多写些新闻吧。这仅一日之效的易碎品万一走进了历史，你的气息也许会多留人间一会儿了吧。

毛姆在《月亮与六便士》一书中有这样的话："我用尽了毕生的力气，只是抵达了生活的平凡。"回想起青春时期的数年拼搏，其实也只是抵达了"生活的平凡"之上的一点点而已。平凡，是每个人都想要去突破的；但平凡的深味，又恰恰不是每个人都能领悟和体味的。我回首往事，并非摆好评功，而是饮水思源，为人不敢忘了来路呀。从无中来，还向兀中去。

去大型商场的地下车库停车，怕自己年纪大了回来找不到车，有时会用手机拍张照存起。来路，即是退路。

（2018年09月21日）

◎［明］唐寅画

角　色

　　人生如戏，你方唱罢我登场，各自在这人生大舞台上扮演生旦净末丑的角色。

　　人这一辈子要出演好几个角色，为人子（女），为人夫（妻），为人父（母），是私生活中最主要的三种角色；如果在单位，你就有可能在领导、同事、下属这三种工作角色中切换腾挪。

　　掘金时代给人的安全系数是微乎其微的。一个坎，一道门，你有可能就过不去了。不要说夫妻反目，朋友成仇，也可能是你的轻微疏忽，造成了大错。做人难，人难做，难做人，于是常常听到这样的叹息。

　　人生如戏，生活与工作因此也需要一个后台，有个让你整理、喘息、静静的地方；有个让你重整旗鼓、抖擞精神的地方。生活的后台，就是家；工作的后台，就是朋友。这朋友，是同单位的更好，却是十分难得；这朋友，是同行中人更好，却是十分难觅；这朋友，有时候也就是一句话一举手一投足，却让你记了一辈子。

　　有道是：白头如新，倾盖如故。面对面地坐了好多年，却如同昨天刚刚认识一样，这是人性的悲哀；有的人初次相见就好像是相处了多年的老朋友一样，这是人生的快乐。这就是"同声相应，同气相求"吧。

回首向来萧瑟处，不尽往事滚滚来。当我因家庭问题而受人发难时，有朋友拍案而起讲了公道话；当我生急性肝炎被隔离时，有朋友不离不弃地探望；当我被人拉大旗作虎皮修理时，有朋友挺身而出伸给我援手。

后来当了大报驻外省市的首席记者，每天的生活充满了变数，突发事件出来了，你要冲到第一线；一个紧急的采访任务接到了，你必须立马就出发。每一次都是零的开始，永远都无从得知会有什么样的结果。在寻找新闻之时，所能依赖的只有自己；能够给你安心的感觉，除了家庭，就只有朋友了。因此，朋友的一声信息通报，或者一声工作慰问，都足以让人动容。记得那年开县天然气井喷，与中国新闻社重庆分社的负责人冒着生命危险开车冲进灾区，现场报道目击新闻。真可谓：一生一死，乃知交情！

周华健演唱的《朋友》是我的保留歌曲，虽然仅仅会唱几句。之所以喜欢，一是这歌的旋律不太复杂，二是这歌的词句打动我心。"这些年／一个人／风也过／雨也走／有过泪／有过错／还记得坚持什么……朋友一生一起走／那些日子不再有／一句话／一辈子／一生情／一杯酒……"

"一句话，一辈子，一生情，一杯酒"，短短的四句，道尽在漂泊的生活中友情的珍贵。在中秋月圆之际，向一路相随的朋友们道一声"谢谢"！

（2018年09月23日）

祭 祖

今天中秋节,前去鄞州姜山,祭扫先祖范钦公之墓。

本以为此行很轻松,也就是去表个心意的事。三十来公里的路,大部分都是高架路,半小时多一点也就到了;姜山是本地富庶的乡镇,路标的设置应该不会太差。

临出行就犯了嘀咕,手机导航上怎么找不到范钦墓地的标记?宁波城市的宣传语是"书藏古今,港通天下",这"书"指的是天一阁藏书楼,藏书楼第一代主人就是明代嘉靖年间的兵部右侍郎范钦公呀。不敢说天下谁人不晓,至少在宁波应是妇孺皆知的吧。范钦公的墓地怎会没有标记呢?一定是我输错了,或者是地图出了差错吧?

好在范钦公的墓地在"文革"后整修好时,我去过。印象中,那个地方叫茅山,于是按地图上标出的茅山村经济合作社的地址寻了过去。南行许久,一路上都看不到任何指向范钦墓园的路标。到了姜山镇的街市问了几个路人,也都语焉不详。我只好硬着头皮走下去,好在不是荒野僻壤,怕什么!

好不容易在导航的指引下,找到了村合作社,却是铁将军把门,放假了!好在旁边一工厂还有值班的人,但却是外乡的,说是听说过有这么一个墓地,但要问详细还得到村里找当地人。

继续前行,倒是看到山了,孤孤的一座,大约就是茅山了吧。记得墓地就在山边,直接就往山边开。到了山边,只有仅容一车通过的小路,不敢贸入,山上有庙,估计没有墓园。

折了回来再前行,到了茅山的杨前自然村,终于碰到一本地人,说你车开过头了,是在卫生站旁边的一条路上。我问,有什么标志物吗?他说,你找卫生站就是了。心想,我哪知道你们村的卫生站是什么样儿的?

无奈,掉头,过了村委会这个点后,见有条通往山边的小路又开了进去。到山边,有左右两边的选择,右边是水泥路,左边是泥石路,自然将方向盘打向了右边。到达的却是一家水泥预制品厂,有老板在,一问,说是你的选择错了,往左边去,不一会儿就到了。心里不由一声长叹,我高估了我的祖宗的魅力呀!

掉头,走泥路,不久到山边,有一工厂,有空地停车。问厂里人,说上山就是。满目翠绿,草木葱茏,我从哪里上山?那师傅说,你钻进去就是了。天!要从树丛中钻进去?真的让我大跌眼镜呀!

好吧,光天化日,我怕什么?真的是披荆斩棘地一路登山上去,好

在台阶还没全被草木覆盖，站上去还不会滑脚。站上平台，更让人吃惊，整个坟墓全被绿草盖住了，偌大的平台仅有两块空地可供站立。祭台上也一片狼藉，纸杯里的水都发绿了，可见有多久没人来了，心里又是一声长叹！

粗粗地清理了杂草，简单地清理了祭台，供上了月饼焚上了香，长跪于地，却是满腔的悲怆在翻腾！欲哭无泪，欲诉无人，只能自责：我等范氏子孙无能呀，让先祖如此蒙尘于世！看范钦公的《自赞》，慷慨激昂，凛然正气，我等多么懦弱，多么世俗，真是羞愧！

回家在电脑中下载了些资料，范钦公的墓地这副模样已非今日始，却是个多次呼吁、多次整改、多次荒芜的老问题了。我很想不明白，是范钦公这位人物不值得你们尊重吗？是范钦公这个墓地是假的吗？是范钦公对宁波的贡献不够大吗？再一想，作为范氏后人的我是不应该这样责问的，有能力就应把自己祖先的墓园整修管理好。先从自我做起吧，我这样想。

增加个阳光的结尾：今天上午，外孙女悠悠随学校组织的活动去天一阁参观。家长也可以参加，因此她的爸妈都去了。学校特地规定，男生穿长袍，女生穿旗袍，虽说有点滑稽，但纪念祖先、不忘传统之心可嘉。我事先一点儿不知道，却是个美好的巧合。

（2018年09月24日）

◎水粉画《江南水乡》之一　林绍灵画

九月，是丰收的季节。九月下旬的杭州，林绍灵先生的画展在西子湖畔拉开帷幕。

绍灵是我在《宁波日报》工作时的同事，我退休返乡后又过从甚密，有画展这样好的向朋友学习的机会，自然欣然前往。

画展的名称好——"在桥那边——林绍灵江南意象水彩画作品展"，点出了画展的内容"在桥那边"，也点出了画展的精华"意象"。

绍灵专注于水彩画创作的探索与突破，从早期的具象写实到近年的意象抒怀，展示出一条独特的绘画之路。"以西画材质，取江南物象，蘸中式美学，含华夏墨戏，写心灵风韵，寓当下所思"，是林绍灵水彩画给予观众的整体印象。

画展有林绍灵80余幅以江南为题材的水彩画作品，渡口、凉亭、深巷、小桥等这些水乡元素，营造了意趣盎然的江南意境。在这系列绘画中，作者阐释出自己的心声：既有对江南风貌已逝的感叹，也有对江南命运走向的沉思，更将生命的记忆一一诗化于笔下。

绍灵这样说："生于斯长于斯的江南，是我挥之不去的记忆心迹。虽然这个画题不知被多少画家演绎过多少次，但我还是觉得有话想说。在桥那边，有我的性情所在，借此抒怀的形迹所在。""在桥那边，有无限的故事能讲，有无限的景能体现，有无限的人能出现。""桥"，因此构成绍灵作品的重要元素，也成为本次画展的主题。

宁波大学潘天寿艺术设计学院院长、著名版画家徐仲偶观赏林绍灵作品后说:"他笔下童年的江南,似真非真。说非真,是因其笔下的江南,并非写生于具体某处的水乡人家,而是巧妙地将小桥、溪水、垂杨柳、细雨、灰白的建筑,这些代表江南印象的童年事物,以艺术的语言构成画面。让人觉得这些场景既熟悉又陌生,既是画家回忆中的江南,又是自己印象里的水乡。说其真,则在于画面中流露出真实的情感,与画面中平淡天真的气息。这种情感,既感动了画家自己,也感动了观看者,让略带淡淡乡愁的童年回忆在心底久久不曾消散。"

观展归来,很想写点文字,却又踌躇再三,因为我于绘画是地道的门外汉。后又想,绘画与作文亦有相通之处,皆是状物写人,描影绘色,凝练提升之理相同,只是最后的表现形式不同而已。于是斗胆写上几句,以贺画展之盛。

在展出的画作中,依我看,这"古桥"不过是绍灵表达他内心思考

◎水粉画《江南水乡》之二　林绍灵画

的道具，说的是他梦魂萦绕的童年之忆与浓郁得化不开的乡愁；而"意象"也不过是绍灵表达他内心情感的手段，将低吟浅唱踯躅于明暗朦胧之间、于色彩斑斓之中。从中可见，绍灵的绘画脱离了具象（实物与实境）的束缚，超越了时空的局限，将江南意境的标志性画面语言，按自己的构思组合进行了再创造，这是我观摩绍灵画作的一点心得。

清末大学者王国维先生在《人间词话·三》中写道："有有我之境，有无我之境。'泪眼问花花不语，乱红飞过秋千去''可堪孤馆闭春寒，杜鹃声里斜阳暮'，有我之境也。'采菊东篱下，悠然见南山''寒波澹澹起，白鸟悠悠下'，无我之境也。有我之境，以我观物，故物皆着我之色彩。无我之境，以物观物，故不知何者为我，何者为物。"有我之境中，人的心是随着景物的变化而变化的，"故物皆着我之色彩"。也就是说，景物是会影响到人的，作品中就会带上作者个人的感情色彩。无我之境中，"我"的心境已超然于物外，自己与自然融为一体了，不染尘凡。

王国维又说："无我之境，人惟于静中得之。有我之境，于由动之静时得之。故一优美，一宏壮也。"苏轼在《定风波》一词中写道："回首还望萧瑟处，归去，也无风雨也无晴。"东坡先生以"我之眼"写"无我之情"，豪放、豁达，言有尽而意无穷。王国维先生由此感叹："古人为词，写有我之境者为多，然未始不能写无我之境，此在豪杰之士能自树立耳。"

画作与为文能有"有我之境"或"无我之境"，均已达到了"境界"这一很难企及的高度，实在是非常不易了。而我个人则更喜爱"无我之境"，也寄望绍灵的作品有更多的"无我之境"。

将"小我"与自然融为一体，更将"小我"超然于物外，这是何等之难得？不受物役、不被钱扰、不为人拘，这既是绘画作文的境界，何尝不是为人立世的追求？

（2018年09月30日）

◎杭州西湖长桥即景

长 桥

  接到林绍灵画展 9 月 26 日下午在浙江省美术馆举行的邀请后,心里早就打算好了:当天清晨出发,有三四个小时可在西湖南边游逛。

  原有好几个宁波的朋友同行,有的说登雷峰塔,有的说泛舟碧波,结果都打了退堂鼓。虽一人,亦前行也,是日坐七点的高铁,八点就到了杭州东站。

  杭州与宁波,高速公路的距离也就 130 余公里,一小时多一点就到了。但汽车进城会堵得心烦,在西湖边上停车更是麻烦,这在我有多次的教训了。所以进杭州特别是去西湖边上,能不开车就不开车了。

  进了杭州,西湖总要转转的。湖滨一带去得多,一是人民日报社浙江分社在六公园对面,是我的上级单位;二是在那儿坐船去"花港观鱼"方便;三是可去湖滨的旧书店翻翻书。西湖南边只去过"柳浪闻莺",转了转没多少印象。

其实,省美术馆斜对面的湖畔,是著名的长桥。人称西湖有三绝:孤山不孤,断桥不断,长桥不长。

史载:宋代钱塘门外,水口辽阔,有桥横截湖面。桥分三门,有亭临之,长三里许,壮丽特甚,是为长桥。相传南宋淳熙年间,钱塘书生王宣教和少女陶师儿自由恋爱,为陶母所阻。八月中秋之夜,王陶双双投入桥下而死。后人纪念这对恋人,称此桥为"双投桥"。斗转星移,水口渐渐淤塞,桥变短,遂成西湖三怪之一:长桥不长。

那天艳阳高照,金风轻拂,微波荡漾,长桥上游人如织,更多的是拍婚纱照的恋人。是这里的风光宜人呢,还是在此见证爱情坚贞呢,抑或两者皆有吧。年长者也不甘寂寞,在"夕影亭"里翩翩起舞,更多的人带着欣赏或羡慕的目光看着,新修建的雷峰塔在湖对岸的不远处静静矗立……

忽而想到,这西湖,真是多情之湖,特别是这一带。附近的万松书院,曾是梁山伯与祝英台读书并产生感情的地方;雷峰塔曾压着为爱而牺牲自己的白蛇娘娘。爱情又常常成为悲剧,有情人终难成眷属,请看这里的双投桥!

时也,命也,势也,现在换了人间,男女恋爱自由!

只是年轻人的速度常常太快了一点,你不知道的时候,闪婚了;你又不知道的时候,闪离了。

嫦娥应悔偷灵药,碧海青天夜夜心!

(2018年10月01日)

变 通

昨天（2日）下午去了天一阁。

多少次来过这里，童年时，正月初一来拜谒太公像；少年时，春日相呼结伴来游园；壮年时，多次来此报道新闻，弘扬文化传统。

而今十余年后重来，这房屋，这院子，这假山，是那么熟悉而亲切，多少次梦里萦绕，只因这里是心灵之家。不习惯的是，这"司马第"变得那么的热闹甚至是喧嚣，新建的园林是那么的光鲜甚至是耀眼。

人流如织，摩肩接踵。在太公的雕像处，挤满了等候合影的旅客；东明草堂前，围观得水泄不通；连宽敞的东园中，都人头攒动。

"十一"长假，这里的

◎赵钲《丰收的喜悦》

游人自然是多了,但与范钦公墓园几乎无人过问的境况的反差也实在太大了。

有人说,没人去,有什么办法呢?其实,不是没人去的问题,而是办事没有用心的问题。

看世界名城如巴黎、伦敦、柏林、圣彼得堡等,他们像对待自己眼球一样保护着名人墓地。像巴黎的拉雪兹神父公墓,如今俨然成了整个法国文化史的缩影。浅薄如我,只去过美国旧金山的一座墓地,却看到巴顿将军的墓地保护得像刚刚落成一样。

论墓主在中国文化史上的地位,范钦墓堪称宁波最珍贵的文物遗迹之一,竟然是"门前冷落车马稀"。看国内的有些地方争抢名人,把十八般武艺都用了上去。而这里倒好,名人效应不会用,抱着金山在哭穷,真可惜!

《周易》:"穷则变,变则通,通则久。"依我之见,应该打破行政体制的人为割裂,将天一阁和范钦墓园的保护和维护统一起来,事权合一,责任落实。这样,管理人员有了,维修经费也有了,人流也就有了。

再往细的方面出点主意:开设天一阁到范钦墓园的旅游专线车,平时每天上午来回一至两班,节假日视情况增开。开设之初,为增加人流,可酌情减免收费。在清明、冬至等传统祭祖节日,举行传统的祭祀仪式,这既增加旅游项目,又是弘扬文化传统,一举两得,何乐不为?

(2018年10月03日)

闲 适

人生贵闲适。

［宋］刘光祖《临江仙·自咏》中的两句诗极好："闲坐闲行闲饮酒，闲拈闲字闲文。"

早年务农，累伤了腰肌，不能久坐；腿关节受过重伤，不能久站久行。于是只能坐上一会儿站一会儿，真所谓坐立不安，哈哈！

也好，闲坐闲行闲眺望，多多锻炼呐。

也好，闲拈闲字闲写文，多写文章呗。

闲适之中学养生。一帮老朋友中，有学钓鱼的，我似乎没这份定力；有学打拳的，我似乎没这份韧劲；有好喝酒的，我似乎没了这份兴趣。还是喜欢游泳和摄影，特别是摄影，既能欣赏美，拍得好了还能配上文章。

昨天（4日）上午去了天童寺，被寺院周边的大树所吸引，一看铭牌，好多大树的树龄都数百年了。千年古刹都已几度兴废，而大树依然静观沧桑。

在万工池旁转悠，见逆光之下，树影婆娑摇曳，一池碧波涵空，蓝天白云在水，风起波光变幻，令人恍惚如梦。

今又得两句好诗："闲凭栏杆望落晖，独自闲行独自归。"甚喜。

（2018年10月05日）

秋思

古往今来，有无数赞美春天的诗词，亦有无数歌颂秋天的诗词。

虽然没做过统计，其实也无法做统计，但写春天的诗词似乎要多于写秋天的，当然这只是我的感觉。

春天是蓬勃的昂扬的令人向上的季节，秋天是金色的厚重的收获满满的季节。但春天，给人以向往，给人以美好；而秋天，自然也有喜悦，但似乎看到了结果，也就没了期待。

唐代的刘禹锡为此很为不平，写了《秋词》道："自古逢秋悲寂寥，我言秋日胜春朝。晴空一鹤排云上，便引诗情到碧霄。"

但也就"一鹤"而已，跟进与响应的人并不多。

比较有印象的是杜牧《山竹》一诗，大力颂扬了秋季："远上寒山石径斜，白云深处有人家。停车坐爱枫林晚，霜叶红于二月花。"

诗贵有意境，单独来看，这两首诗均属上乘，但与杜甫的《七律·登高》一比较，就高下立判："风急天高猿啸哀，渚清沙白鸟飞回。无边落木萧萧下，不尽长江滚滚来。万里悲秋常作客，百年多病独登台。艰难苦恨繁霜鬓，潦倒新停浊酒杯。"

插队落户时，冬闲无事，抄写过近人高步瀛的《唐宋诗举要》一书。当时浅薄，只觉得"无边落木萧萧下，不尽长江滚滚来"这两句既写实景又有意境，开阔而有气势。

年岁渐长才读出后边两句"万里悲秋常作客，百年多病独登台"的深意。"万里"，极言居地之远；"常作客"，长久漂泊，故而悲秋。"百年"，喻指自己进入暮年；"多病"，说自己老衰之状；"独登台"，重阳登高无亲朋相伴。十四字之间，写出了孤身在外、漂泊多时的老者的凄凉之状。

秋风肃杀，秋冷侵人，自会想起元人马致远的《天净沙·秋思》："枯藤老树昏鸦，小桥流水人家，古道西风瘦马。夕阳西下，断肠人在天涯。"前三句十八个字中，有十个名词，组成了十个意象，竟写尽了羁旅行人孤苦惆怅的情怀。

现代人的交通与通信是发达了，但人与人的隔膜可能比以前更厚了，古道热肠早已无处寻觅，断肠的也不是人在天涯，而是对坐无言，各自看手机。

近日却有件让我感动的事，原在北京结识的一位朋友看了《祭祖》一文后，决意要组织一场公益活动，让一些少年儿童来祭扫范钦墓园。前两天，他还专程带着同事来宁波，到茅山、天一阁做了实地考察。

这季节还是令人温暖的。请读元人白朴的《天净沙·秋》："孤村落日残霞，轻烟老树寒鸦，一点飞鸿影下。青山绿水，白草红叶黄花。"

（2018年10月12日）

养 生

现在,朋友圈里热门的话题之一是养生。

生活,依附于生命而存在。我思,故我在;我不在,思无凭而活无依。何况,养生并不难。

洋洋数千言的《黄帝内经》开门见山就说:"上古之人,法于阴阳,和于术数,食饮有节,起居有常,不妄作劳,故能形与神俱,而尽终其天年,度百岁乃去。"有一般文字基础的人,就能看得懂上面这段话或者懂大致的意思。说得再具体,就是十二字:"食饮有节,起居有常,不妄作劳。"

庄子在《养生主》一文中,借"庖丁解牛"的故事,说了"要遵循客观规律"的意思。听故事的梁惠王说,得养生(之道)焉。

自古以来,常有知易行难与行易知难的争论。在养生这一点上,我以为,知(道)相对容易,而行(动)持之以恒则难。

三国时期的嵇康在《答难养生论》中说:"养生有五难:名利不灭,此一难也;喜怒不除,此二难也;声色不去,此三难也;滋味不绝,此四难也;神虑精散,此五难也。"追逐名利之心不死,狂欢暴怒、贪恋声色、嗜食肥甘等行为不除,必然是神虑精散,何来养生?

唐代白居易有首诗写得好:"蜗牛角内争何事,石光火中寄此身。随富随贫且欢喜,不开口笑是痴人。"

有一短文写得更明白:"世事茫茫,光阴有限,算来何必奔忙。人生碌碌,竟短论长,却不道荣枯有数,得失难量。看那秋风金谷,夜月乌江,阿房宫冷,铜雀台荒。荣华花上露,富贵草头霜。机关渗透,万虑皆忘。夸什么龙楼凤阁,说什么利锁名缰,闲来静处,且将诗酒猖狂,唱一曲归来未晚,歌一调湖海茫茫。逢时遇景,拾翠寻芳,约几个知心密友,到野外溪傍,或琴棋适性,或曲水流觞,或说些善因果报,或论些今古兴亡,看花枝堆锦绣,听鸟语弄笙簧。一任他人情反复,世态炎凉,优游闲岁月,潇洒度时光。"年轻人自然要积极进取,而我们这些退居之人就应该"放下"了。

养生难,不是知之难,也不是行之难,恐怕还是"放下"难。

(2018年10月14日)

◎仇素莲《福寿松雪图》

重 阳

今又重阳,今又去老妈的旧居,秋阳灿然,却黯然神伤。

重阳敬老更思亲。让父母为自己而骄傲,可能是每个人内心深处的期许。父母不在了,即使你有出息了,去向谁禀报?这是为人之子的最深遗憾!去年五月出了本小册子,我只能将这书放在父母的坟头上。风来时吹起书页,是你们在翻阅吗?

唐代王维在某一年的重阳节这样吟唱:"遥知兄弟登高处,遍插茱萸少一人。"我在今年的重阳节这样遗憾:如有茱萸在,送与谁人手?

茱萸雅号"辟邪翁",重阳佩用它的习俗在唐代很盛行。人们或将茱萸缚于臂,或做茱萸香袋佩带,还有插在头上招摇过市。杜甫诗曰:"明年此会知谁健?醉把茱萸仔细看。"

在宋元之后,佩茱萸的习俗稀见了,人们祈求长生,"延寿客"(菊花)的地位慢慢盖过了"辟邪翁"(茱萸)。

是物候变化了吗?绕着日湖转了一圈,看不到野菊花的影子,更看不到人工菊的倩影,一湖的荷叶绿还是浓得化不开,何曾有一点秋色?倒也有星星点点的小黄花开在水边,为深绿与碧波做点缀。茱萸,据说是种落叶小乔木,开小黄花,结圆红果,可我不认识,似乎从未见过。

还是诗词之中话重阳吧。请欣赏[唐]杜牧的《九日齐山登高》:"江涵秋影雁初飞,与客携壶上翠微。尘世难逢开口笑,菊花须插满头归。但将酩酊酬佳节,不用登临恨落晖。古往今来只如此,牛山何必独沾衣。"

放达傲岸,感慨苍茫,力透纸背。这诗写得真好!

(2018年10月17日)

忘 情

人生难得是忘情。

忘情,或是淋漓的哭泣,或是痛快的大笑,或是恣意的游乐。有过忘情一刻,人生没有遗憾。

现代诗人余光中在《今生今世》一诗中写过他的忘情:

◎奔跑中的悠悠

我最忘情的哭声有两次
一次，在我生命的开始
一次，在你生命的告终
第一次，我不会记得，是听你说的
第二次，你不会晓得，我说也没用
但两次哭声的中间啊 有无穷无尽的笑声
一遍一遍又一遍 回荡了整整三十年
你都晓得，我都记得

读之，触发心头的伤痛，想起了自己失去母亲时的失声痛哭！

自然，我有过几次开怀的欢笑。笑时之忘形，自己并不觉得，有人却写成了《他的两次大笑》，收在《浮生记趣》一书中。

近日，也有两次引我一笑的乐事。

一是我的外孙女悠悠居然能写诗了，这首《快乐的"琴键时光"》发自内心真情，且清新可读。请看：

我，
我爱跟钢琴上的琴键们
开心地玩耍。

当我轻轻地
按下琴键的时候，
我觉得，
我好像在跟它们
说悄悄话。

当我重重地
弹下去的时候，

我觉得，

我似乎在跟它们

一起敲鸣锣，一起骑"键"马。

我，

我爱和我的琴键们

一起玩耍！

  她妈妈特意跟我声明，她只是启发了一下思路，没做什么修改。我为之开心不已。

  一是在今天，悠悠参加了学校的 200 米与 400 米的跑步比赛。她本就瘦小，也没练过跑步，我的意思是跑个 200 米算了。但悠悠还是参加这两项比赛，虽然很是吃力，虽然没有名次，她都倾全力跑完了全程。这种坚持难能可贵，我又为之欢笑点赞：动如脱兔，矫若游龙！

  人生，是没有终点的旅程，一代接一代的传承。为了新一代的超越再超越，愿作春泥护红花。让我忘情地呼喊：加油！

（2018 年 10 月 19 日）

潇 洒

潇洒作为一种风度,被时人所追逐,真正潇洒能有几人?

潇洒作为一种风度,细数历代至今,当以魏晋人物为最。

南朝刘义庆编的《世说新语》,记录了魏晋一代文人雅士的举止行迹,生动地诠释了"潇洒"的含义。

《世说新语》载:东晋画家顾恺之从会稽还,人问山水之美,顾曰:"千岩竞秀,万壑争流,草木蒙笼其上,若云兴霞蔚。"人看山水,山水看人,由其对山水的评价,可以看出此人的品性。有人评论这段话说:它是魏晋人物潇洒胸襟与超逸心灵的绝妙素描,也写出他们对诗意人生的孜孜以求。

魏晋七子代表人物嵇康的《四言赠兄秀才入军诗》中,有"目送飞鸿,手挥五弦,俯仰自得,游心太玄"句,这也可视作他的一幅自画像。《世说新语》说嵇康是"风姿特异""萧萧肃肃,爽朗清举",这是何等的潇洒!

"司马太傅斋中夜坐,于时天月明净,都无纤翳,太傅叹以为佳。谢景重在坐,答曰:'意谓乃不如微云点缀。'太傅因戏谢曰:'卿居心不净,乃复强欲滓秽太清邪?'"(《世说新语》)这段话,是对魏晋人物追求完美品格的注脚。洁净无瑕，何尝不是潇洒的本质所在？

《世说新语》有则"谢安泛海"的故事：东晋太傅谢安居住在绍兴东山时，经常与孙兴公等人坐船出海游玩。有次出海途中，风起云涌，孙（绰）、王（羲之）诸人惊恐失色，提议返还。谢安兴致正高，顾自吟啸，不予理睬。舴公见谢安神闲气定的样子，依然向前行驶而去。过了一会儿，风急浪猛，诸人皆喧动不坐。谢安慢条斯理地说："你们这样惊慌的话，今天可能回不去了。"众人听了谢安这话，又都坐了回去。人们从这件事看出了谢安的气度，认为他有"镇安朝野"之才能。这种"泰山崩于前而色不变，麋鹿兴于左而目不瞬"的风度，何尝不是一种潇洒？

其实，最让我久久难忘的是"乘兴而来，兴尽而返"的逸事。《世说新语·任诞》："王子猷居山阴，夜大雪，眠觉，开室命酌酒，四望皎然。因起彷徨，咏左思《招隐诗》。忽忆戴安道。时戴在剡，即便夜乘小舟就之。经宿方至，造门不前而返。人问其故，王曰：'吾本乘兴而行，兴尽而返，何必见戴？'"用现代汉语大致翻译如下：王徽之（字子猷，东晋书法家王羲之的五儿子，生性高傲，行为豪放）辞官不作后，隐居在山阴（今绍兴）。有年冬夜大雪，王徽之睡醒后，开窗取酒独酌，见四周白雪皑皑，不由触景生情，吟咏起左思的《招隐诗》。忽然想起了老朋友戴逵（字安道）。戴当时在剡溪，王徽之备船连夜前往。船行驶了一夜，到了剡溪戴逵家的门前，王徽之却要回去。仆人问他为什么不见戴逵，他说："我本是一时兴起才来的。如今兴致没有了就应该返回了，何必一定要见着戴逵呢？"这才叫"拿得起，放得下"。这又何尝不是一种潇洒？

（2018年10月21日）

拜　谢

今天上午，60多位朋友从上海、杭州和宁波本地汇集到天一阁参观，下午到范钦墓园祭扫。这是上海"麦子公益"组织的活动。

今天秋高气爽，将前几天的阴雨绵绵一扫而空。参加这一活动的朋友，有七十多岁的老者，有三岁的小孩；有的来过天一阁不知多少次了，有的闻名已久但还是初次造访，但都企望在这里多感受文化的氛围。

天一阁是精致的，典雅的；范钦的墓园经过志愿者前段时间的整修，干净多了，但进园的道路还是破烂不堪，汽车开过尘土飞扬，阵阵臭味扑鼻而来。

朋友们在范钦墓前列成长排，在庄重肃穆的气氛中恭恭敬敬地三鞠躬，并献上两束鲜花。

范氏后人之一的范伟伦和我参加了这一活动，我的"文学公民"群的六位朋友参加了这一活动。

我致了答谢辞：谢谢大家从各地远道而来！茅山交通不便，这里虽然距离宁波市区只有30公里左右，但是路况不好，路标缺乏，宣传不够，又没有直达的公交线路，所以今天与我同行的几

位宁波朋友也是第一次到这里来。所以你们今天的到来更为难得，祖宗有灵，亦当含笑。我作为范氏的后人在这里有礼了！特别地感谢你们！

中国传统文化认为，一个有作为的人应该要"三立"，即立德、立功、立言，方无愧于世。我认为，太公范钦达到了这一人生高度。我们刚才参观了天一阁，了解了范钦的生平。他立功，治理州县，抗击倭寇，均有建树，否则不会被提拔为兵部右侍郎。他立言，著有《天一阁集》，许多文章至今读来依然闪耀着思想的光辉。墓前的石碑刻着他写的《自赞》，就给人以深刻的启示。更重要的是，他立德，一是不与权贵同流合污；二是不图安逸享受而求文史典藏；三是立下藏书家规，让民族文化的精粹不致流失。

对太公范钦藏书思想，我的认识也是逐渐提高，现在似乎更明白。太公范钦的藏书，有其独到之处。在当时，宋版书很珍贵了，他倒不刻意而求；当时也有远古典籍的孤本流传，他却不重金求索。他的关注点在地方志。前几年我参与编辑《上海市志》才明白了祖宗的用心良苦。一部廿四史，可说是帝王将相史，而只有地方志才比较全面地留下了当时当地的社会沿革、地域变迁、风土人情，是一个地方的"百科全书"。所以，清代修《四库全书》时要从这里调走许多部地方志作为参考。国家编书，向私人借书，而且借很多种，这是多么不易。而范氏家族又为了藏书付出了多少牺牲！范钦在中国文化史上是一座丰碑；天一阁藏书楼是世界文化史上的奇迹。这绝不是我后人的溢美之词。

感谢"麦子公益"举办这一活动，让参与者的心灵得到一次洗涤。多行善事，必有好报。

（2018 年 10 月 27 日）

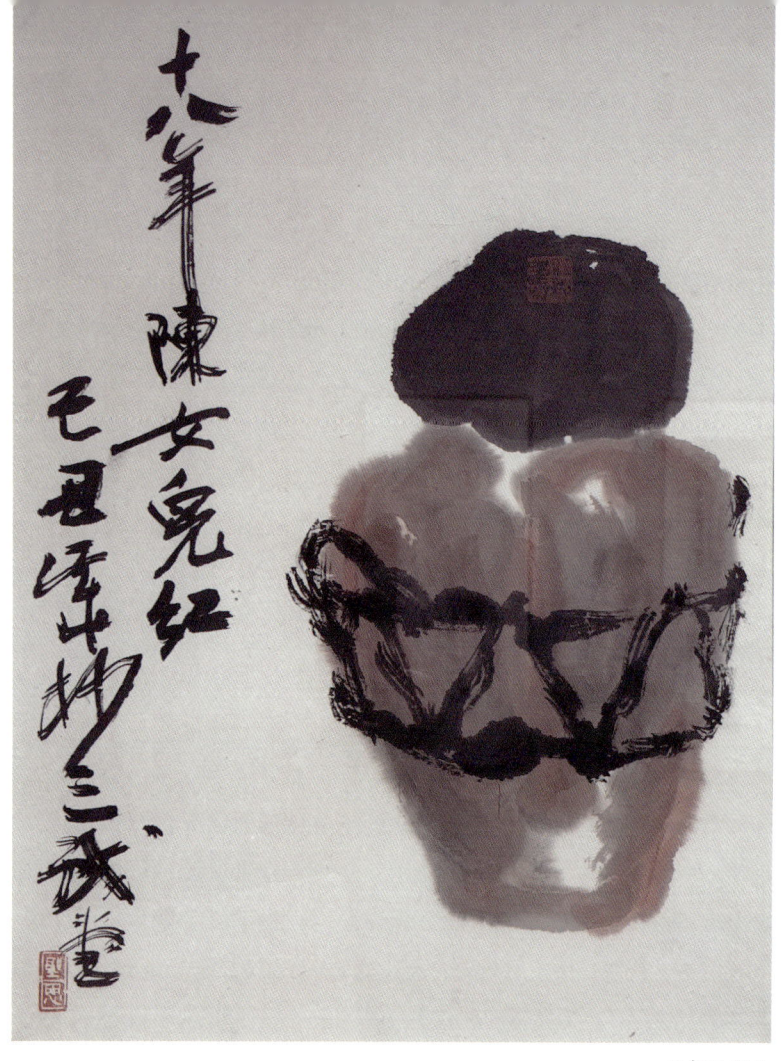

◎贺圣思画

三　戏

　　贺圣思兄，人称"贺伯伯"，盖因他友善谦和，有长者之风。他于我亦师亦友，"师"的成分更多一点，让我得益甚多。

　　昨天（30日）上午，"九九归一——贺圣思书画作品展"在鄞州公园开幕，展出了他的81幅书、画、印作品。我闻讯前去，好好地欣赏了一番。

与贺伯伯的共事始于 1980 年,算来有 30 多年了。这样全面、综合地观瞻他的画作与墨宝却是第一次,可说是大开眼界。

贺伯伯的书画,别署"三戏堂",这是游戏于书、画、印这三界之中的意思吗?我想,这"游戏"当解读为:以快乐的、轻松的心境来写字、绘画、治印。

有着这样的境地,不为心累,不被物役,自然这书法就不拘一格、别开生面,这画作就雅俗共赏、情趣独特了。

清代郑板桥的《题画竹》诗曰:"四十年来画竹枝,日间挥写夜间思。冗繁削尽留清瘦,画到生时是熟时。"这四句话拿来形容贺伯伯的书画印,想来也是不错的。现在看到贺的作品简洁洗练,似乎毫无用心、随意挥洒,有的题材甚至取之于日常生活用品,这却是"冗繁削尽留清瘦"的结果。

俗话说"熟能生巧",但满足于熟、止步于熟,也就只是画匠而已。而能从"熟"的境界中,看出新鲜(生)的东西或意思,然后再别出心裁、翻出新意,才能成就一位书画家。这也就是"画到生时是熟时"的意思了。

贺伯伯作品集的自序中有段话说得非常精彩:我今年八十一岁了,写写画画也有几十年了,此刻觉得这"八十一"是个蕴含哲理的数字——读小学时知道乘法有"九九八十一"口诀,后来又懂得这"九"是中华文化至高至大的象征,而"一"又有一生万物,万物归一之喻示。以此参照文艺之修为,忽然悟得书画也好,篆刻也罢,这些根植于传统文化的现代艺术,理想的彼岸便是归于一心!

从心出发,又归于一心。贺伯伯从书画悟出的心得,何尝不是我们为人做事可以遵照的道理?

(2018 年 10 月 31 日)

孤 儿

上月26日的晚上,应余大康先生的邀请,和几位朋友一起去宁波大剧院观看话剧《赵氏孤儿》。

引动我观看的原因,大致有三:话剧看得不多,讲古代故事的话剧似乎没有欣赏过;想看看现代青年对《赵氏孤儿》这一故事的演绎;宁波大剧院落成好几年了,没机会近距离接触。

赵氏孤儿的故事,只是年轻时乱翻《史记》的过程中扫过一眼,以为不过是托孤复仇的老套,并未细读。据《史记》卷四十三《赵世家》载:赵氏在晋景公三年(前597)遭诛族之祸,赵朔遗腹子赵武在公孙杵臼和程婴的佑护下侥幸免祸。赵武长大后,依靠韩厥等人的支持,恢复了赵氏宗位。

这段历史,在宋元之际被改编成剧本《赵氏孤儿》。剧情大致是,春秋晋灵公时,大臣赵盾一家三百多口尽被武将屠岸贾借故谋害诛杀,仅留存一个刚出生的婴儿,即赵氏孤儿。藏匿王宫中的晋国公主即赵氏孤儿的母亲正好遇到草泽医生程婴,托付他将孤儿带走并自缢而死。

程婴将赵氏孤儿藏在药箱中带出宫门,遇到屠岸贾部下韩厥。韩厥知孤儿乃忠良之后,便放走程婴和赵氏孤儿,后自刎身亡。屠岸贾搜不到赵氏孤儿,遂下令将全城一月到半岁间的孩子都囚禁起来,并称如果窝藏赵氏孤儿者不交出孩子,就将这些孩子全部杀死。

程婴萌生了用自己刚出生的婴儿替代赵氏孤儿的念头,程妻在理智上赞同、情感上无法接受中自杀。走投无路之下,程婴找到了晋国退隐老臣公孙杵臼,并与他商定了调包计。于是,程婴向屠岸贾告发公孙杵臼,引屠到公孙杵臼家中搜到假孤儿。屠岸贾杀死假孤儿后,公孙杵臼撞阶自杀。赵氏孤儿被屠岸贾收养,程婴忍辱负重在旁陪同生活。20年后赵氏孤儿赵武长大成人,得知真相后杀死屠岸贾,报了血海深仇。

王国维先生在《宋元戏曲考》中指出:"(《赵氏孤儿大报仇》和《感天动地窦娥冤》)剧中虽有恶人交构其间,而其蹈汤赴火者,仍出于其主人翁之意志,即列之于世界大悲剧中,亦无愧色也。"

浙江大学黑白剧社献演的这一话剧,沿袭了自元代以来的这一基本剧情,忠义与诚信交织,复仇与杀戮并存,再现了这段惊心动魄而又回肠荡气的古典传奇故事。

统观全剧,倒是体现中国戏剧的伦理主题"忠孝节义",但却是"假团圆,真悲剧"。虽然恶人最终受到惩罚,正义得以伸张,但诸多的人为了复仇走向了死亡或毁灭,而屠岸贾在作威作福多年后才受到了他应有的报应。

为此,黑白剧社在演出中,将结尾部分做了改变。

屠岸贾在被赵武刺杀之前问程婴:你不是要我死吗?为什么要用那么多人的死来换?你这样忍辱负重地活了一辈子,值吗?你怎么能保证这赵氏孤儿就一定能听你的话,就一定能报仇?

程婴的亡妻"出来"问程婴:你不就是为了不失信于人吗?但凭什么要自家的孩儿去死?程婴亡婴的幽灵也"出来"问:孩儿有什么错?你为什么要我死?赵氏孤儿赵武也大声发问:今天我有父亲有义父,明天我一个父亲也没有了,活着有意思吗?

这似乎将悲剧的色彩涂抹得更加浓烈了。我只是在现场看戏时记住了这些话，没有看过他们的剧本，难免有差错或遗漏，但这剧中人的发问，真的引起了我的深思，以致一夜难眠。

　　这是传统的忠孝节义与现代的生命哲学的迎头碰撞。人，活着到底是为了什么？是为了信仰吗，还是仅仅为了延续生命？为了信仰，可以不惜一切吗，还是需要衡量与计策？

　　从中国人的传统道德来看，忠孝节义，自然是为人的准则。程婴为忠良存骨血，不惜以自己的孩子去调包，大义凛然，何其忠也；有仇报仇、有恨雪恨，哪怕忍辱负重，哪怕岁月悠长，也要付诸实施，这意志何其刚烈！

　　程婴可曾想过，他的举动不但改变了自己的命运，也改变了与之相关人的命运。你的命运，当你孤身一人的时候，你尽可以做主；但你上有父母、中有妻（夫）、下有孩儿的时候，你改变的就不是你一人的命运了。

　　程婴一定想过，人有不得不为之时，人有不得不为之处，势至必然，让你不得不做出这样的选择！

　　后世之我只能说，当你做这样的选择的时候，尽可能地减少无辜者的牺牲。在邪恶面前，不能做旁观者，更不能助纣为虐，但也不能做无谓的牺牲。

　　赤条条来去无牵挂，就这一点说，在这世界上，我们每个人都是孤儿。而当我们有所为、有所求时，为的是、求的是公众的利益时，也许我们就有了精神上的寄托与家园，心灵也是温暖的吧。

（2018 年 11 月 04 日）

传　承

  话说上月 26 日晚上观看了话剧《赵氏孤儿》后，一夜难眠，还沉浸在对剧情的思索之中，第二天上午就陪着上海、杭州来的一帮朋友去拜谒天一阁。

  天一阁不知去了多少回，但这次我却在"范氏余屋"中的一组雕像前伫立了许久，思绪万千……

  这组雕像表现的是太公范钦当年交代后事的场景。范钦将家产分成两份，一边是万两金银，一边是七万卷藏书与一幢藏书楼。他问长子范大冲与二儿媳（二儿子已去世）要金银还是要书，要书的话还必须"代不分书""书不出阁（天一阁）"。

  范大冲做了最难的选择，舍万金而存万卷，并将"代不分书""书不出阁"的嘱托传承了下来，这是多么的不易，这是多大的牺牲！

  清代历史学家全祖望在《天一阁藏书记》一文中说："今金已尽，而书尚存，其优劣何如也。"

  我自然读得懂这是全先生对范大冲的褒扬：万金易尽，早已风流云散；而书依存，文化的养分仍在滋润后人，文化的光辉更在发扬光大。

  但这藏书能延续三四百年而不散，这中间有多少的艰辛、多少的坚持、多少的牺牲！要防水，要防蛀，更要防盗；要忍受肖小之徒的讥笑，要受得住金钱女色的诱惑，要挡得住官府的非分之求甚或胁迫，更要刹得住子孙要求分书与卖书的念想。

  清代的黄宗羲，既是第一位登上天一阁藏书楼的外姓人，看来也是真正理解藏书之难的大学者。黄宗羲说："藏书非好之与有力者不能。"他慨然长叹："读书难，藏书尤难，藏之久而不散，则难之难矣。"

  我联想到了《赵氏孤儿》中的程婴，他牺牲了妻儿朋友，甚至牺牲了他自己的一生，就是为了实践他自己的诺言，就是为了替忠良存血脉，就是为了有朝一日伸张正义。忍辱负重，含辛茹苦，数十年如一日，何等艰辛！

  在必须依靠金钱才能活下去的现实中，在必须有大量的金钱才能更好地生活的现实中，范氏自范大冲以后的历代子孙为了祖先的嘱托，克服了无法想象的艰难困苦，就这样一代又一代地坚持了下来，时间跨度长达数百年，这是一种多么可歌可泣的精神，我从这里体味到了"使命感"这三字的分量！

  放大了看，一切为信仰、为事业而奋斗的人，何尝不是在牺牲家人，何尝不是在牺牲自己？多少年来，无数仁人志士在用自己的信仰和追求，砥砺自己的品格和节操。曾子曰："可以托六尺之孤，可以寄百里之命，临大节而不可夺也。君子人与？君子人也。"（《论语·泰伯第八》）我想，在今天，是否可以加上这样一句：可以传数十代之书，临大节而不可夺也，君子人与？君子人也。

  传承文化薪火，至今仍在路上。

（2018 年 11 月 07 日）

薪 火

古人说：君子之泽，五世而斩。今人说：富不过三代。

表哥李竺安看了我写的《传承》一文后大为感慨："联系当下，不少大家一生之收藏因无人后继或难以为继。一旦西去，后人便将先人收藏交拍行拍卖。这些物品四处散去，再重新组合……有的则因无传承而误作废物、累赘而处理了……像范氏藏书如此数百年不散传承至今，堪称奇迹！"

这些都是在说，传承之难。

我想起了"薪火相传"这个成语。

至少在华夏这块土地上，文化的传承如同火种的沿袭，五千年来不曾断绝。秦始皇焚书坑儒，百家诸子并没有被消灭。从汉代开始，儒学传播得更为广泛。

历史上还有过几次异族入侵，中华文化以其强大的生命力顽强地重生发展。

我想起了发生在自己身上的事。

20世纪60年代末，跟文学、文艺沾边的可读之书，只有鲁迅先生等有限的几位作家，但先生的《两地书》也是读不到了。八个样板戏的剧本倒是可看的，以当时的水平看，《智取威虎山》的唱词还挺有文学味。

70年代初，"银瓶乍破水浆迸"，文化方面的松动悄然出现了，宁波市图书馆一个月一次到市郊每一公社送书给知识青年借阅，"干渴"的我们如同听闻到了春雷。

负责给洪塘公社送书的老师叫蔡瑞仙，三十来岁的样子，个头不高，说话细声慢气的。见我每月必到，看书认真，又将书保护得很好，蔡老师就给我开了"小灶"。记得当时有本非公开发行的《编译参考》，是上海外文局翻译近期国外报刊文章后汇编的杂志，市图书馆订了作为资料留存的。蔡老师往往带了来，让我当场看完后再带走。这在当时是何等奢侈的待遇。

见我真的想读书，蔡老师又"开后门"给我办了图书馆的借书证。这借书证当时很难办，城里的局级单位也拿不到几张，我自然是十分珍惜，回城的第一件事就是奔图书馆还书借书。那时的图书馆在药行街的天主教堂对面，沿着一条长长的甬道走进去，沿着老式的木楼梯上二楼，才是借书的地方。这段路有点步入殿堂参拜知识的仪式感，能让你的心有了敬畏。多少年过去，还记得那借到好书的开心一刻。

应该是 1974 年的时候，上面让大家读《红楼梦》了，说这书是一部阶级斗争史，工农兵都要读，要批判地读。市图书馆于是组织了读者"评红"小组，我居然

图片说明：中坐者：蔡瑞仙老师；左：潘钧军；中：傅立宪；右：本书作者

作为"知青"代表参加了这一小组。好像集中学习了一周,请徐季子等老师来讲课,然后一周有一次集中活动。我倒是趁这个机会认认真真地读了一遍《红》书,还集体去了趟绍兴,近距离地"认识"了一下鲁迅。

我觉得,蔡老师就像一位盗火者,将知识的火种偷偷地传播给我们,打开我们的眼界,拓宽我们的思路,让我们知道真实的世界不以我们意志为转移地运行着,让我们知道知识的力量、逻辑的力量、辩证思维的力量。记得鲁迅先生在《呐喊·自序》中说,对昏睡在铁屋子里的人,是惊醒他们还是任他们睡着死去?蔡老师是做了唤醒我们的人,她让我们看到,只有学习才有出路,只有奋进才有前途!而这中间,蔡老师也促成了文化的传承,虽然我们是不合格的弟子。

多少年过去了,我始终记得蔡老师在我最迷茫时的指点,最困苦时的帮助。回宁波一年多了,早些日子终于联系上了蔡老师的儿子,也得知了蔡老师的住址。前几天,当年广播站通讯员朋友傅立宪、业余大学同班同学潘钧军一起去探望了蔡老师。聚首共忆艰难岁月,不悔当年求知生涯。

由我想来,传承,是有德者为之,他(她)有慈悲心,有信命感,有提携力。传承,也是有德者承之,他们有潜质,求上进,肯吃苦。聚散无常,但传承有序;薪火相传,必发扬光大。

(2018年11月08日)

注:

《庄子·养生主》曰:"指穷于为薪,火传也,不知其尽也。"原意柴烧尽,火种仍可留传。古时候比喻形骸有尽而精神不灭;后人用来比喻学问和技艺代代相传。

◎开明书院即景

市　场

　　市场是强大,请看今天的"双11",这一天的成交额大大地超过了去年的今日。

　　市场的强大,是人们的消费观念变了,人们的钱袋子鼓了。

　　改革开放四十年的日积月累,让大陆的生产能力与百姓的消费能力上了好几个台阶。

　　其实,计划经济离我们并不遥远,粮票、布票等各种票证在我的书橱里还崭新地存着。

　　读小学一年级时,外公在街道食堂工作,全家不用开伙,吃饭可以放开肚皮。但只两年吧,食堂关门了,早点都要凭券供应了,我常常拿着搪瓷碗去排队领取。那时有人送了我妈同心素食馆的一张用餐券,家里照顾一老一少,让我陪阿太(当地人这样称呼自己外公的母亲)去吃午餐。那天好像是很早就去餐馆了,当时没有"叫号"这一回事,要用餐的人就凭自己的判断,站在一位可能马上能用完餐的人的座位旁等候。那次几乎把腿都立直了才轮到有位,吃了什么都忘了,只记得这站着看人吃饭的场景。

去农村落户那会儿，我才知道当家的不易，一个人一个月只有四两菜油，不到半斤的肉票。插队之后，我算农业户口了，连拿粮票的资格也没有了，因为种田了，自然有米可吃。但即使粮油票证如此匮乏，凭我的劳动收入还是消费不起。第一年年终决算，生产队全天工作日全劳力的一天报酬是0.76元，我的工分级别是3.5级，折算下来的金额是0.226。如果天天干活的话，干了一年下来，也就是82.5元钱，何况受天气与忙闲的影响，这农村全年大概只有三分之二的日子才有活可干。就打个七折吧，一年到头的收入也就是六十元不到的钱，能买什么呢？记得有年冬天的一段时间，就是靠盐炒年糕来打发日子。菜油是自己田里种的菜籽榨的，年糕是用自己田里种的稻谷做的，而盐是支出最少而不可或缺的生活必需品，我过的是典型的自给自足的小农经济式的生活了。

为什么挖空心思要返城？关键是为了稳定而体面的收入。记得一年工作熟练期以后，每月的工资就有三十来元，比农村全劳力的收入高多了。当时的"理想"是，积500元钱，之后再有钱就用来购买心仪之物。当时的心仪之物是宁波东门口五金交电商店陈列的上海产红灯牌收录两用机。

本人进城后的变化，可算是经济学的一则实例：一个人收入超过了支出后，就有了积累；有了积累后，就有了消费的冲动。而消费又会拉动商品生产，生产商品后又产生高的附加值，增加了新收入，这就形成了一种良性循环。

可是受计划经济的影响，人们总是漠视商品背后资本的力量，总是忽视消费对社会发展的作用力，更是轻视"市场"这一无形之手。哪怕是进入了改革开放之后，人们对"市场"依然是排斥的态度。这从当时《宁波报》的组室配置亦可窥见一斑，采访部门有工交组、农村组、政法文教组，而财贸记者是依附在工交组之中，很不受重视。

我对宁波两大市场的消亡一直耿耿于怀。80年代初的宁波东渡路小商品市场已经辐射半个浙江省，而义乌小商品市场还在摇篮之中，绍兴的纺织品市场也才刚刚起步。可惜的是，以商帮闻名于世的宁波却自行了断了这个市场！另一个是江左街水产品市场，海水产品的生意红遍全国，外地人来宁波的"景点"之一，是到江左街买水产品。由于历史的原因，舟山渔民捕捞的水产品一般是运往宁波后再发散到全国各地，所以宁波码头的海水产品又新鲜又便宜。宁波的物资要比舟山本岛丰富，于是渔民们也是在宁波补充了渔需物资与菜蔬烟酒后再出海，宁波江北人民路一带大多是围绕渔民服务的商店。一手做了进出的两头生意，这是何等好的事情呀！可惜的是，这个市场搬迁了。

商流，自有它内在的规律；商机，亦是稍纵即逝，再不回头。去年十月去浙西遂昌，有段路走的是宁波到金华的高速公路，大型集装箱车一路上来往不绝，心里多次叹息：宁波错过了机遇。现在宁波重整旗鼓，做起了葡萄酒进口生意，做起了东欧贸易，这还能唤回昔日的荣光吗？

而今，"双11"举办了十年。就凭着"光棍节"的创意，一个普通的日子成了全民甚至全世界消费者的节日。偶然吗？并不偶然！这是改革开放后人们精神和物质状态改变的结果，这体现了人们对便利生活的热切追求、对美好生活的强烈向往。

世界潮流浩浩荡荡……

（2018年11月11日）

欣 喜

春播一粒粟，秋收万颗子。作为农民，最开心的是丰收时的这一刻；作为码字者，最欢慰的是拿到散发着油墨香味的新书。

这两天，我就在这欣喜之中。谁知盘中餐，粒粒皆辛苦。同理，谁知书中字，个个皆不易；都云作者痴，谁解其中味？

只为闲来无事，去年春节期间开了个订阅号"天地孤旅"玩了一把。就这样两三天一篇，拉拉杂杂地写些生活中的观感，一年多发下来，竟也有300多篇了。

为书的篇幅计，剔除了在《海上语丝》一书上发过的文章，将2017年年底之前发的公众号文章，在

◎赵钲《万寿》

前些天结集出版了，名之为《浮生记趣》。

诗仙李白说："夫天地者，万物之逆旅也；光阴者，百代之过客也。而浮生若梦，为欢几何？"浮生若梦，梦亦有趣，趣有种种，不妨记之，遂有此书。

细数一下，书中亦有170多篇文章，约有29万文字了。倘若在年初，就有人对你说，今年要写20多万的文字出来！你会觉得这是不大可能完成的任务，或者在压力重重之中前行。其实，写着，写着，也就写了出来，回头一看，还写得不少呀。从中可见水滴石穿的力量，亦可见随心所欲、轻松写作的魅力。

去年初，本家出了个名人范雨素，她的自述作品博得了众多的喝彩。她写作出彩，不仅因为她的勤奋与钻研，还得益于她生活圈子的氛围，她的周围有一批同样爱好写作的打工者。他们比一般城里人有更高的抱负：没有我们的文化，就没有我们的历史；没有我们的历史，就没有我们的将来。

这话浅近直白，却直指要点。为着自己对世界的交代，你应该写点什么！在拿到新书的欣喜之余，我对自己说，写作尚未完成，你当不懈努力！

（2018年11月19日）

偶 像

为给新书腾位置,近日又在清理旧书,又在忍痛割爱中。

有些书扔不得,还得精心保管起来。譬如,这本俄国著名作家屠格涅夫写的中篇小说《春潮》。

屠格涅夫塑造了罗亭、巴扎洛夫等不朽的艺术形象,特别是《前夜》中的革命者英沙洛夫给少年的我留下非常难忘的印象。那么,《春潮》作为屠格涅夫的中篇小说代表作,自在保存之列。

珍贵的还在于,这部作品的翻译者冯岳麟先生,是我外公的嫡表兄弟(宁波人称为"小外公")。

小时候,我顽皮得很,书不肯读,打弹子、抽陀螺、滚铁环却样样在行;再大一点,就是游河、打球、玩乒乓。玩得过头了,外公就会搬出冯先生来教训我:介大人啦,只晓得玩。以前读不起书,小外公上夜校都把俄语学会了。你现在不看书,将来有苦头吃。

当时只觉得小外公太伟大了,居然能把这"咕噜咕噜"的语言学好,还能翻译这个国家的文学作品!而外公的话却如水浇鸭背,我自故我。

到了"文革",真的没书读了;到了乡下,根本没条件读书了,这才方知能上学读书是天下第一幸事。进城工作后,有机会去上海了,办完公务后的第一要事是拜访小外公,想讨教点读书的诀窍。

冯先生的住处,在肇嘉浜路与襄阳南路交界处附近的一座石库门里,记得是在二楼,要爬一段比较陡峭的楼梯。他好和善,总是微微笑着听我说石骨铁硬的宁波话,因为长期埋头翻译的缘故吧,并不多言,只是说,多看看书吧,慢慢就开窍了;写作嘛,多练练手,自然圆润了。

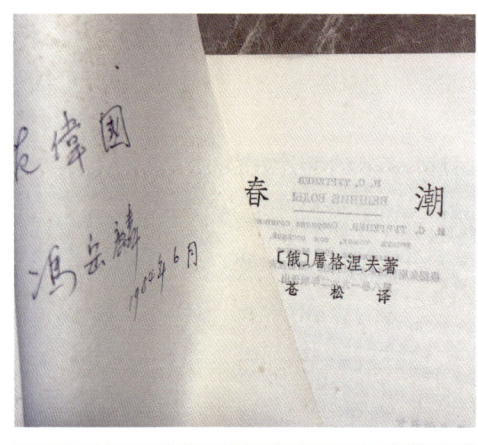

每去一次,小外公必定会送我一本他的译著,(俄)陀思妥耶夫斯基的《罪与罚》《少年》等书都是我去他那儿的收获。特别是这本《春潮》,他还特地签名,成了我珍贵的藏书了。

但去了几次,也就这么些话,让我很有点失望。我想,读书或写作,必定有其窍门,否则,何以别人读进去、写得出来,我却不得门而入呢?外公说,小外公告诉你的,就是他的秘诀了。他学俄文,读的是业余夜校。白天要打工,全靠夜间苦读。日本人投降后,苏联在沪重开了领事馆,他才多了与俄人练会话的机会。你小外公就是靠兴趣、靠自学、靠苦练才学会了俄语。

读书百遍,其义自

见。想想自己在乡下时,谁人管你,谁人教你,还不是靠自己苦读、傻读?还不是自己在本子上涂涂抹抹、改来改去?今天如有人来问,怎么读书、怎么写作,我还不是跟小外公一样对人说:多看看书,多练练手吧。

大道至简。

(2018年11月23日)

附:

冯岳麟(1914—),笔名苍松,浙江宁波人,文学翻译家。

冯岳麟毕业于华俄夜校,后为《时代》《苏联文艺》和《时代日报》译稿。曾在私营工厂任会计。

1950年任时代出版社编译。1953年加入作协上海分会。1955年参加民盟。1961年到上海编译所工作。1971年在上海人民出版社翻译组。1978年调上海译文出版社。1979年加入中国作家协会。

曾名冯鹤麟(与人合译《军人不是天生的》署名),笔名鹤麟、岳麟、岳、麟(见《时代日报》《时代》《苏联文艺》)、苍松(译《春潮》《这位是巴鲁耶夫》署名,1980年上海译文出版社)。

译著有(俄)陀思妥耶夫斯基《罪与罚》《少年》,(苏)卡扎凯维奇《奥德河上的春天》。

另有资料称,译著还有:长篇小说《司机》《探索者》《渔民之子》,中篇小说《宣誓》《初恋集》《桦树林子》,文学丛书《阿尔塔莫诺夫家的事业》等。

扁 舟

前些天，有友人赋诗，结句是"散发踏青苔"。我的思绪直接跳到了唐代李白的《宣州谢朓楼饯别校书叔云》一诗。这首诗年轻时背诵过，至今仍朗朗上口："弃我去者，昨日之日不可留。乱我心者，今日之日多烦忧！……抽刀断水水更流，举杯消愁愁更愁。人生在世不称意，明朝散发弄扁舟。"

说实话，"散发踏青苔"是好句，但总不及"散发弄扁舟"显得恣意与豪放。

无数次的古诗文阅读，会产生独特的语感，久之就会形成"意象"。我对"扁舟"的钟情，就属于这种。

"扁舟"一词，据我所知，是在唐李商隐《安定城楼》诗中首现："迢递高城百尺楼，绿杨枝外尽汀洲。贾生年少虚垂泪，王粲春来更远游。永忆江湖归白发，欲回天地入扁舟。不知腐鼠成滋味，猜意鹓雏竟未休。"

"扁舟"作为意象，数百年后在宋词中高频出现了。随手翻翻，就有吴潜的《鹊桥仙》："扁舟昨泊，危亭孤啸，目断闲云千里。……" 朱敦儒的《采桑子》："扁舟去作江南客，旅雁孤云。万里烟尘。回首中原泪满巾。……"王千秋《念奴娇》："扁舟东下，正岁华将晚，江湖清绝。万点寒鸦高下舞，凝住一天云叶。……"柳永写到"扁舟"的词就有两首：《迷神引·一叶扁舟轻帆卷》《归朝欢·别岸扁舟三两只》。

能与这"扁舟"一较高低的意象，在古诗词中当数"芭蕉"。

"芭蕉"一词在唐诗中已很流行。王维的《七律·无题》："雨打芭蕉叶带愁，心同新月向人羞。"李商隐的《代赠》："芭蕉不展丁香结，同向春风各自愁。"白居易的《夜雨》："隔窗知夜雨，芭蕉先有声。"李益的《逢归信偶寄》："无事将心寄柳条，等闲书字满芭蕉。"一片芭蕉写满了乡愁："雨打芭蕉处处愁""蕉影处处，凉愁几许"等等。当然，最精彩的当推南宋蒋捷的《一剪梅·舟过吴江》："流光容易把人抛，红了樱桃，

◎［明］唐寅《震泽烟树图》

绿了芭蕉。"一不小心,写成了千古名句。

说了芭蕉,就不能不说"西窗"这一意象。

李商隐的《夜雨寄北》一诗,可说是"西窗"这词的首用:"君问归期未有期,巴山夜雨涨秋池。何当共剪西窗烛,却话巴山夜雨时。"

白居易《禁中闻蛩》:"悄悄禁门闭,夜深无月明。西窗独暗坐,满耳新蛩声。"诗中虽有"西窗"这词,但远不如义山这诗意境深远了。

"西窗"在宋词中也多有出现。请看辛弃疾的《浪淘沙》:"身世酒杯中。万事皆空。古来三五个英雄。雨打风吹何处是,汉殿秦宫。梦入少年丛。歌舞匆匆。老僧夜半误鸣钟。惊起西窗眠不得,卷地西风。"陆游的诗中,"西窗"更是频频而现:"一樽浊酒西窗下,安得无功与共斟?""西窗偏受夕阳明,好事能来慰此情。"等等。

在100多首有"西窗"的古诗词中,我随意挑了两首。一是蒋捷的《秋夜雨》:"黄云水驿秋笳噎。吹人双鬓如雪。愁多无奈处,漫碎把、寒花轻绝。红云转入香心里,夜渐深、人语初歇。此际愁更别。雁落影、西窗斜月。"二是宋汪莘的《桃源忆故人》:"人间只解留春住。不管秋归去。一阵西窗风雨。秋也归何处。柴扉半掩闲庭户。黄叶青苔无数。犹把小春分付。梅蕊前村路。"

古人的西窗之情,是惆怅,是忧郁,是思亲;"西窗剪烛"又是何等浪漫、何等优雅之举,令千百年后的今人都心向往之。

"扁舟""芭蕉""西窗",这些古诗词中极妙的意象,构成了独特的美学现象,也形成了国人雅致的审美情感。《周易·系辞》有"观物取象""立象以尽意"之说。而这诗词中之"象",早已不是卦象,更不是抽象的符号,而是饱含诗人情感而又具体可感的物象。

寄情而咏物,立象以尽意。"问君能有几多愁,恰似一江春水向东流。"这一意象,我想,是会永远流传下去的。

(2018年11月29日)

秋　实

有句成语叫"春华秋实",今天上午我特意将它改说成"春露秋实"。

上午十时,宁波市开明书院二楼的大阅览室被读者朋友们挤得满满,我为新书《浮生记趣》首发签售。

◎《浮生记趣》首发席上即景(水贵仙摄)

没请领导讲"场面话",没请朋友讲"捧场话",我只想给自己留个说"心里话"的机会。

我说,各位师长、亲友的加持,就像春天的雨露一样滋润着我,才让老实巷的昔日小顽童,成长为今天之我。因此,我满怀感恩之情,恭请各位光临,奉上2017年的作业本,请大家批阅……

我说的时候,眼光缓缓地扫过会场,这里在座的每一位都熟悉我的一小段历史,就像我熟悉他们的一小段历史。小学和初中的同学来了,支边和插队的同学来了,一起在废旧物资公司工作过的同事来了,一起创办《宁波日报》时的领导与同人来了,一块块的历史碎片也开始在记忆中闪烁微光……

"文革"耽误了学业,是伤痛;支农读不了书,是伤痛;进城没有好的岗位,是伤痛;而我比别人多了一层伤痛的是我的出身。

出身,不能选择,却给了你原罪,由此也带给你自卑。

"文革"时,我才十五足岁,正在心理上从断乳期转向叛逆期,这也正是人格形成的关键期。可正是这时期,拍天巨浪一下子把我打成"黑五类子弟",这是多可怕的噩梦;而我又生活在没有父亲的家庭,更缺了心灵上的支撑。

去插队落户前,我与四位同学拍过一张合影,还题上"风华正茂"四字。前不久与照片中的同学聚会,他们木讷的眼神、皲裂的皮肤、松垮的身躯,明显比同龄人提前进入了迟暮之年。我知道,他们中也有人与我一样,比别人付出更多、努力更甚,却不能入团,不能当民兵,不能当干部,不能上大学,更没有进城的机会。杀手,绝不仅仅是岁月。

曾在《范先生》一文中这样感慨:"这主要是靠了外公啊!他是家中唯一的男子汉,是他默默地教了我们怎么做一个大写的人!"正因为亲友的加持,不但没在庸俗的乡村生活中沉沦,也没被艰苦沉重的农活压垮,一遇改革开放的春风,我就复苏了,就迎风招展了——高考上了录取分数线,考上了业余大学中文系,又调进了地方新闻媒体,进入了人生快车道。

有句话说,人生的关键路口,就这么几小步。是呀,差之毫厘,失之千里。而这几步,就看你的眼光、你的学识、你的定力了!你走过来了,很好,但行百里者半九十。

曾经很奇怪,鲁迅先生为什么不想让他的儿子当文学家?在我等眼中,当作家是何等风光的事呀,能当,干吗不当呢?摔打后悟到:文学,是需要天赋的事业;文学,是独自领悟苦斗的事业;文学,更是一项没有基准的事业。

生活,也要自定基准,才有秋实累累。

下一本的书名是……

(2018年12月02日)

一家三代人,前后六十年,都从同一所幼儿园毕业,这种事情发生的概率应该是千万分之一吧。这事恰恰发生在我家,而这所幼儿园恰恰今年百岁了。

于是,我、我女儿、我外孙女,一家三人被作为幼儿园的"宝宝"代表选中了,参加这家幼儿园的百年庆典。

这家幼儿园的大名是:宁波市第一幼儿园。它,确实当得起"第一"这两字。它是国内第一所由国人创办的幼儿园,是浙江省第一批科研百强学校,是宁波市第一所公办幼儿园。

更值得称道的,是它的创始人张雪门先生。张先生是阿拉宁波人,在整整一百年前的1918年,这位从国外留学归来的27岁年轻人在家乡创立了星荫幼稚园,并提出了"思行合一、快乐随行"的教育理念,从而影响了此后一百年的中国幼儿教育,也成就了今天的百年名园——宁波市第一幼儿园。

今天上午,我们三代人站在"一幼"百年庆典的舞台上回顾往事。我说,在同一个地方,我们度过了美好的童年;在同一个地方,我们有共同的记忆。

其实,我心中有更多的话要讲。幼儿园是我成长的苗圃,在这一传统教养与西方文化融合的园地中,通过日常起居和游戏玩耍,老师用行动教育我们懂得慈爱、学会善良、晓得规矩,更让我们懂得快乐生活的重要。有这样的扎实基础打底,这大半生中,闯荡南北,山河无阻;文途艰难,坦然从容。

感谢你——"一幼",我成长起飞的第一站!

(2018年12月07日)

◎北京慕田峪长城（全敏捷摄）

坚　持

昨日大雪节气，宁波气温骤降。

觉得在《浮生记趣》首发会上不够尽兴，"文学公民群"的十余位朋友们冒着寒风细雨，晚上汇集在"江南小镇"与我畅谈。

酒助豪兴，半酣之间，一位朋友引吭高歌："可曾闲来愁沽酒，偶尔相对饮几盅。故乡啊故乡，我的故乡，何时能回你怀中？"

这歌词引动愁思，不由想起了岳飞的《小重山》："昨夜寒蛩不住鸣。惊回千里梦，已三更。起来独自绕阶行。人悄悄，帘外月胧明。白首为功名。旧山松竹老，阻归程。欲将心事付瑶琴。知音少，弦断有谁听？"

2000年的这个时候，我孤身一人赴重庆任职，也是寒雨霏霏之际。年过半百,离开江南富饶之地去拼搏,正应了"白首为功名"这句诗。

那时有报社朋友来渝,晚上的余兴节目往往是"卡拉OK",我会的歌也就两三首,但这首《北国之春》是保留节目,因为它的歌词道出了我的忧思。

人人都期往繁华富贵发达之处,谁愿到巴山巫峡的崇山峻岭之中?有朋友来看我,而后从重庆主城区坐小汽车去重庆市的万州,他们到宁波后,给我捎了一句话:高速公路未开通前,不要去万州!

这一路,有好长的一段是贴着长江的峭壁前行的,百里沃野、山水明媚的浙东平原哪里有这么险要的地形?我听了只能在心中苦笑,我哪能不去?我还常常在这条路上开夜车,我还到更偏僻的乡村去走更崎岖的路。

记得有一年去城口县,这是离重庆最远的县区之一,车行400余公里。快到城区的时候,遇上泥石流了,公路被冲垮了,只能弃车爬上临时搭的扶梯到对岸。县委的领导说,这里快20年没见到中央媒体的记者了。

在三峡蓄水的那一年,"非典"肆虐,路人罕见,我带着司机,或开车或坐船沿着三峡走了十几个来回。杜甫老先生说得轻松:"即从巴峡穿巫峡,便下襄阳向洛阳。"宋代项安世的《瞿塘峡》倒说出了几分真情:"家住东溟狎巨涛,今年三峡试容舠。瞿塘关下惊危甚,一席巴天浪许高。"

我把重庆往事讲给朋友们听了,有位说,这是你的资本、你的财富呀!是的,艰难的往事,是骄傲的资本;历险的经历,是难得的财富。但你知道,我是拿命去搏的。你走出去,虽然山高水险,但毕竟说走就走了,那么能回得来吗?唯有全身而退者才能淡定而说:经历就是财富。而谁知,这中间的艰难曲折?

我想,是新闻理想支撑着我在那边苦斗吧。初心易得,始终难守,靠的就是心灵的升华。沈长根老师在昨晚还是这样勉励我。

席间,孔伟英教授吟诵了食指先生的《相信未来》:

当蜘蛛网无情地查封了我的炉台／当灰烬的余烟叹息着贫困的悲哀／我依然固执地铺平失望的灰烬／用美丽的雪花写下：相信未来……

我之所以坚定地相信未来／是我相信未来人们的眼睛／她有拨开历史风尘的睫毛／她有看透岁月篇章的瞳孔……

朋友，坚定地相信未来吧／相信不屈不挠的努力／相信战胜死亡的年轻／相信未来、热爱生命

这是食指在1968年写的诗，是半个世纪前的事了。大家知道，那是一个什么样的年代。那么，在那样的年代，都那么地相信未来，我们不应该更有信心吗？

今天一早，周明祥君就发来了《七律·寄兴》："风寒雨冷雪云堆，小镇江南春已回。诗咏未来情暖坐，歌吟旧谊酒盈杯。浮生记趣添新墨，暮岁再逢看蜡梅。会得文俦珍重意，还将椿桂悉心栽。"（注：椿桂，长寿树。）

潘钧军君旋即唱和《步韵周兄〈寄兴〉》："寒风骤雨不知冷，因是心田春已回。记趣红尘留浪迹，浮生沧海笑倾杯。范兄妙笔存佳作，百载飘香有老梅。文学公民共欢唱，愿将椿桂永相栽。"

我记得，昨晚握别之际，我说：年年人相似，岁岁有新书。

生活，要有坚持；未来，才更美好！

（2018年12月08日）

知 人

早两天应邀为某实验中学的高三学生谈写作,不由想起了自己当年高考的语文试卷的题目:请你对下面一段话谈谈自己的感想:唐太宗李世民曰:"君子用人如器,各取所长,古之致治者,岂借才于异代乎?正患己不能知,安可诬一世之人。"

当时自己写了些什么早就忘了,但这个题目一直记住了。只因为人处世,全在知人。

老子在《道德经》中就这样说:"知人者智,自知者明。"

只有"知人",知道对方是何许人,知道自己在某一人群中的角色与位置,你才能把握好彼此相处的分寸。

趁今日有闲,将如何"知人"的语录归在了一起,分享如下:

1.孙权:天下无粹白之狐,而有粹白之裘,众之所积也。夫能以驳致纯,不惟积乎?故能用众力,则无敌于天下矣;能用众智,则无畏于

◎陈国强摄

圣人矣。（《三国志》卷四十七）

2. 登天难，求人更难；黄连苦，贫穷更苦；春冰薄，人情更薄；江湖险，人心更险。知其难，甘其苦，耐其薄，测其险，可以处世矣，可以应变矣。

3. 为将之道，先在知人。见功而赏，见过而罚，未足为知人也。知是人之必能立功而先赏之，知是人之必能见过而预罚之。期无悔于后，而制胜于前也。（《木兰奇女传》第十四回）

4. 然知人之道有七焉：一曰，间之以是非而观其志；二曰，穷之以辞辩而观其变；三曰，咨之以计谋而观其识；四曰，告之以祸难而观其勇；五曰，醉之以酒而观其性；六曰，临之以利而观其廉；七曰，期之以事而观其信。（《诸葛亮集·将苑·知人性》）

5. 观操守在利害时，观精力在饥疲时，观度量在喜怒时，观存养在纷华时，观镇定在震惊时。（林则徐语）

6. 取人之直恕其戆，取人之朴恕其愚，取人之介恕其隘，取人之敏恕其疏，取人之辨恕其肆，取人之信恕其拘，所谓"人有所长，必有所短"也，可因短以见长，不可忌长以摘短。（王朗川语）

7. 慷慨者逆声而击节，酝藉者见密而高蹈，浮慧者观绮而跃心，爱奇者闻诡而惊听。（《文心雕龙·知音》）

8. 对应当说的人不说，叫失人；对不应当说的人说了，叫失言。

9. 人，永远不会丧失对他自己形象的兴趣和激动。

10. 没有人满足自己的财产，却人人满足自己的聪明。

11. 巧诈者一时会占到一些便宜，但恰是他在用千金难买的人格去作廉价的拍卖。这种人恰如齐白石在一首诗中所说："乌纱白扇俨然官，不倒原来泥半团。将汝忽然来打破，浑身何处有心肝。"

（2018年12月20日）

©东钱湖湖心亭

说 痴

"人无癖,不可与交,以其无深情也;人无疵,不可与交,以其无真气也。"这是明末文学家张岱在《陶庵梦忆》中的名言,也是他的人生经验总结吧。

痴,应是癖的初级阶段吧。人无痴,则事无成。超然于功名富贵,只关乎内心的欢喜,这样对一事一物痴迷,才能达到一种空灵的境界。

张岱自己也是一位痴心人。请看——

湖心亭看雪

崇祯五年十二月,余住西湖。大雪三日,湖中人鸟声俱绝。

是日更定矣,余拏一小舟,拥毳衣炉火,独往湖心亭看雪。

雾凇沆砀,天与云与山与水,上下一白。湖上影子,惟长堤一痕,湖心亭一点,与余舟一芥,舟中人两三粒而已。

到亭上,有两人铺毡对坐,一童子烧酒,炉正沸。见余,大喜曰:"湖中焉得更有此人!"拉余同饮。余强饮三大白而别。问其姓氏,是金陵人,客此。

及下船,舟子喃喃曰:"莫说相公痴,更有痴似相公者!"

"莫说相公痴,更有痴似相公者"是点睛之笔。

也只有痴者,才能写出如此"痴文"。

(2018年12月23日)

推　究

有些事，不想触动它；有些事，应该尘封它。

可是，它总要出来，让你泪目。

母亲去世后，将她的私人物件归总后，放在老房子中没有打开过，怕的是触动自己的心痛之处。

老房子有新用处，只得去清理旧物。

打开母亲常用的一个饼干盒子，放着她的证书、奖状和一些相片，旁边还有只精致的小盒子。打开小盒子，里面有牛角做的印章盒，印章盒里有枚水晶印章。水晶印章晶莹剔透，有阳篆"范瑛"两字。

记得父亲在一封信里说起过，他给我母亲取了"字"，曰"瑛"。母亲名讳"美菊"，这"瑛"起得倒也妥帖。但他们谁也没有跟我说起过这印章的事。

这枚印章，应是父亲送的吧。这篆刻的字颇有功力，"范"字的"三滴水"布局别具一格，"瑛"字中的"央"古意盎然。母亲另一枚印章的边款写着"三十七年十一月鄞周礼予刻"，周礼予先生是当时宁波篆刻界数一数二的人物，想来这枚印章亦是名家所为了。

值得玩味的是这小盒子的内盖，上面写着"全　浙"的字样，这两字的下面，又标有"102 58 50 68.5"的数字。从字迹看，是我外公的笔迹。

我端详半天突然明白了，这盒子的大小，放粮票正合适。全，就是全国粮票（在大陆通用的购买粮食的凭证）；浙，就是浙江粮票。字下面的数字，就是粮票能购粮食的斤数。

当时的家里就外公、外婆、母亲与我四人，虽然后来增加了两位表弟，但并没有出远门、用全国粮票的需求，那么要那么多的全国粮票干什么？这个盒子里后来又放进了这枚印章做什么？

想到这里，答案自然也就有了。这些全国粮票应有一大部分寄给远在内蒙古包头砂石场和煤矿劳作的父亲了，他从事着强体力劳动，非常需要热量的补充。

粮票一批批地寄走了，可一层层的思念之情还挥之不去……睹印章而念远人，这印盒自然也就放进这装粮票的盒子里了。

印者，信也。

（2018年12月26日）

注：今天是父亲的生日，特写此文以纪念。

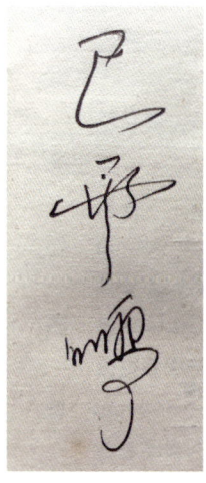

修　志

　　随着2018年的结束,历时五年的《上海市志·新闻出版分卷·报业卷》终于出版了,我客串的修志工作也宣告完成。日前去上海参加了它的首发式,我个人的断舍离任务又去了一项,甚好。

　　这本《报业卷》的史实辑集,起自1978年,迄2010年为止。这33年极不平凡,几乎涵盖了中国改革开放从起兴到鼎盛的全过程,也几乎涵盖了上海报业从拨乱反正到蓬勃发展而至辉煌的全过程。写好这段历史,不但是记录下上海报业的历史,也从侧面记录了上海改革开放的历史。于是上海调集了新闻界的人手,早在2013年就着手这项工程。

　　报业卷的内容征集,根据上海特色,分成了四大部分。解放日报集团是上海报业的老大,就由"解放"的人员组织搜集编写史料;文汇报业集团紧随其后,自然由"文汇"的人员负责整理资料;新民报业集团的主体《新民晚报》发行量大,口碑也不错,但只能屈居第三板块。其余报刊与新闻单位的重要性无法与这三家论座次,因此这些方面的内容征集统归第四部分(板块)。我主要参与了这第四板块的资料辑集、编辑整理与点校统稿,尽了自己的绵薄之力,也得以一窥修史之堂奥。

　　我国的修史源长流深,最早的史书当属《尚书》。《尚书》所记载的历史,上起传说中的尧舜时代,下至东周(春秋中期),历时1500多年。它记载了虞、夏商、周的许多重要史实,反映了这一时期的天文、地理、哲学思想和典章制度等。《左传》是我国第一部叙事详尽完整的编年体史书,相传为鲁国史官左丘明所著。《左传》在史书写作上堪称"开山祖师",还为小说、戏剧和散文提供了丰富的材料。《国语》则是我国最早的国别体史书,共二十一卷,传为左丘明所著。和《左传》明显的区别是,《国语》分别不同国家,以记言见胜;《左传》则按年代编写,长于记事。

自西汉司马迁著《史记》后,修史成了国家行为,这也是时势所使。一个朝代的断代史,年份跨度大,史料体量大,实非一家一人所能为。于正史之外,各地亦有地方志,又称"方志",记一地一时之历史沿革、风土人情。方志始于何时,湮无可考。先祖范钦公独好集存各地方志,积数年遂成大观,成就其藏书家的不朽功业。

有的求名之士眼看入正史无望,退而求其次,就会想在方志中留一痕迹。所谓"盖棺论定",这"论定"的力量也体现在方志中。这样一来,方志的作用越来越为人们所认识。凡有作为的地方主官到一地任职,必先看当地的地方志,以对彼时彼地做个系统的了解。

翻阅"廿四史",独对《史记》最感兴趣。特别是它的"十二本纪""三十世家""七十列传",真可谓"史家之绝唱,无韵之离骚",是古代散文史上的一座丰碑。太史公的如椽巨笔将楚汉一代的风流人物刻画得栩栩如生,为千百年来的人们所景仰、所赞颂、所仿效、所鞭挞,或流芳百世或遗臭万年,于此足见史书的威力。亦鉴于此,历代官家对人物的褒贬格外郑重,这也使史家对人物功过得失的点评分外谨慎。

此风沿袭之下,目前很多的方志多是按年份编排的史料辑集,缺乏对各类人物的抑扬褒贬。这样,稳则稳矣,但生动与趣味全没有了,人物的真实性也大打折扣。《报业卷》的"人物传略"的字数为五六百字,列上籍贯、职务、简历与著作名称后,可供点评的地盘十分逼仄。"人物简介"的字数更可怜,一人仅区区 200 字的空间。波澜壮阔的改革开放大业是人干出来的,创新前行的上海报业也是人干出来的。他们做成的事业以洋洋数万字或数十万字记载了,而他们本人的一生则以区区数百字打发了,这其实也是蛮矛盾的事。

  这本《报业卷》的亮点之一,窃以为是第七篇第五章的部分失实错误报道与差错案例。它列举了《解放日报》《文汇报》《新民晚报》三大家和其他报纸在这些年出现的主要差错和相关错误。历来修史,有避讳之说,为尊者讳,为长者讳,如此等等,不一而足。而这本《报业卷》在直面报业自身缺失方面做出了样子,值得一赞。功不掩过,瑕不掩瑜,总结错误与失败的教训,才会使今后的发展更加顺畅。

  "孔子作《春秋》而乱臣贼子惧",这是曾经发生的事实还是当时书生们的美好想法,我没做过考证,恐怕也无法考证了。但这句话是常常听到的:"好在历史是人民写的!"不管时代如何变化或者发展,敬畏常识,敬畏事实,敬畏历史,这总是应该的吧。

(2018年12月30日)

◎ [清]李鱓《花卉》

◎［明］沈周《石竹图》

落　雪

雪花，29日就零星有了，昨晚纷纷扬扬地下了。

2018年的雪，来得有点早也有点多，这指的是江南的宁波。

今年12月上旬就下雪，这在江南罕见，12月中接连下两场雪更罕见。天，有时也开点小玩笑。

下雪，宁波人称为"落雪"。吴语区的词语保留了古汉语的特色，描述事物似乎更妥帖些。

落雪，一时天地皆白，似乎是另一个世界。"下雪好，瑞雪兆丰年！"过来人都这样说。

外加的，终不能改变根本。即使太阳不出，气温一升高，这冰雪也就变水了。"苍白无力"这一词语，大概是从这里演变出来的吧。

只有时间才是最厉害的东西，不可阻挡地向前。"逝者如斯夫，不舍昼夜！"在此时间的节点上，今天是今年，明天就是明年，怎不让人感慨？

曾经，《南方周末》报的"新年献词"总令无数人感怀落泪："让无力者有力，让悲观者前行""总有一种力量让人泪流满面""一句真话的分量比世界更重"……跟华丽辞藻和诗意表达无关，跟情感深沉质朴无关，跟理想主义丰满无关，《南方周末》是以它震撼人心的舆论监督和调查报道做献词的依托。

"日暮苍山远，天寒白屋贫。柴门闻犬吠，风雪夜归人。"千百年前的唐代刘长卿君的平民情怀，应该值得媒体人好好学学的。

（2018年12月31日）

附：

［宋］蒋捷写的《梅花引·荆溪阻雪》刊印在去年编定出版的《诗词岁月》台历书的12月29日上，好像预知今年这一天必定下雪一样。词如下：

白鸥问我泊孤舟，是身留，是心留？心若留时，何事锁眉头？风拍小帘灯晕舞，对闲影，冷清清，忆旧游。旧游旧游今在否？花外楼，柳下舟。梦也梦也，梦不到，寒水空流。漠漠黄云，湿透木棉裘。都道无人愁似我，今夜雪，有梅花，似我愁。

开 年

开年,开卷读书。

"开年云梦送烟花",是唐代李商隐《宋玉》诗中的句子。我等凡人开年,何曾有"云梦送烟花"这等好事,还是且向书中寻佳句吧。

也算看了不少书,如果要说当代中国尚可一读的书的话,我推荐曹锦清《黄河边的中国》这本书。正如这书的副标题所言,这本书是"一个学者对乡村社会的观察与思考"。

严格地说,这本书只是一份调查报告,而且是没有结论的调查报告。但它是一份"从内向外看""从下往上看"的观察中原乡村社会的调查报告,它翔实、客观、理性地讲述了乡村现代化中的问题与困惑。

这本书是我在 2000 年初到上海时买的,通读了几遍后,仍会时不时拿出来翻翻。这不仅仅因为它提供了观察研究中国农村社会的翔实资料,不仅仅因为它提醒我这记者与学者真正的差距在什么地方,而在于它告诉我:在今天,中国发展中的最大问题依然是农民问题,没有农民的现代化,不可能有中国的现代化。

为什么突然会提起这个话头?一是昨晚文章中的话题还没有讲透,平民情怀施向何处?民生的关注施向何处?答案是:应该把眼光投向我们的农民兄弟;二是水贵仙先生今天在宁波火车站拍的一组照片触动了我,他们的面容开朗了,他们的眼光自信了,但请看他们的衣着,请看他们的行囊,就会知道贫穷并没有远离他们。

开卷有益,益在让你以清醒的眼光看世界。

(2019 年 01 月 01 日)

饺　子

冬至前夜的祝福，过去了十天，我仍时不时地记起。

"哥，明天冬至，记得买袋饺子吃。遥祝哥哥嫂子全家冬至吉祥平安！"发微信的，是我的师妹吕惠玲。

从嘈杂的饭桌中抽身出来，我回了语音："惠玲，谢谢你，非常感谢！让我想起，那一年冬至在你们家里吃饺子的情景。你们还住在报社平房的一间小房间里，我们就隔着窗台吃饺子。好想念吕老师！"

师妹回了过来："记得，记得，这怎么会忘了呢？雅珍姐一块儿包的饺子，李枰都是跳窗户过来吃的，好怀念，好怀念，想念你们！"

如潮的往事涌上心头，我的眼角不禁湿润了。

这里说的吕老师，尊姓大名为吕宪平。他是河南安阳人，1949年随军南下到了宁波，是宁波地委机关报《宁波大众》的部主任。

谨慎寡言的吕老师不知怎么地被划成了右派，一家老少都下放到市郊的慈东公社。他总算当了个小学教师，全家才得以糊口。三年困难时期，他忍痛把两个儿子、一个女儿送回了安阳老家，在河南的乡村里混口饭吃，比在宁波相对容易些。

好在改革开放了，吕老师得以平反，恢复公职，又调入复刊后的《宁波报》任工交财贸组的副组长，成了我的顶头上司。

到报社不久，他一时没有住房，和夫人、小女儿惠玲就住在市府大院里的报社三间平房中的一间。当时的干群关系融洽，吕老师也没架子，跟几位记者就像一家人一样相处，吕师母做了好吃的，就会招呼旁边办公室的我们过去分享。所以，就有了冬至一起吃饺子的这一幕，还知道了北方谚语：冬至吃饺子不冻耳朵。

吕老师的生活渐渐好了起来，单位优先给他分了一套两居室的房，惠玲也进了报社印刷厂。吕老师的脸色红润了，笑容也多了起来，但新的问题来了：吕老师迁到老家去的三个孩子是成人了，户口不能随父母迁移了，也就是说进不到宁波了。师母年纪大了，说不来宁波话，找不到工作，也融不进当地的生活圈，因此想着要去照应在河南的孩子，又更想着叶落归根，便时常要求吕老师调回安阳去。

对师母，我们很敬重，但对她要回河南安阳的事并不赞同。宁波多好呀，江南鱼米之乡，物产丰饶；沿海开放城市，发展很快。自然，我们也有私心，想着吕老师留在报社对我们的帮助更大些。看吕老师夫妇决意要回，我们就想挽留惠玲，跟吕老师说，惠玲从小在宁波长大，去了安阳会不习惯，工作也不好找。吕老师笑着反问：那我们一家又不团圆了呢？我们一时无语。

吕老师举家回乡了，我们几个年轻记者怅然若失，可能我更难受些吧。我想起来，是吕老师带我去采访宁波水产中转冷库，写了《吞吐东海万吨鱼》一稿，让我找到写工作通讯的门道。我想起来，是吕老师带我去天童寺，一起写了《玲珑天凿》一文。说是一起写，其实是他在教我以简驭繁写游记的诀窍。我想起来，是吕老师带我下乡去象山石浦的柑橘场,教我如何倾听农人的心声,教我做记者要有平民情怀。

有桩改稿的事,终生难忘。当年的我是以新闻门外汉的角色闯进报社的,消息写作关过了后,很想在人物通讯写作上有所突破。当年的报告文学很是风靡,徐迟、刘宾雁、理由等报告文学作家是我们崇拜的对象,我在职工大学中文系的毕业论文写的就是陈祖芬报告文学的语言艺术特色。于是在写人物通讯时,也想用上一些抒情的议论,以显示自己的文采。

1982年5月我采写了当时的"大有食品商店"一位女售货员,她是"宁波市新长征突击手",心脏有病的情况下,依然努力工作与学习,事迹很是感人。于是我采写了题为《心声》的人物通讯,开头就这样写:"世界上有多少人,就会有多少颗心。每颗心都有着自己独特的声音,那就是心声。"

这篇稿件交上去后,受人一顿奚落:有人就有一颗心,这么简单的事用得着这样绕着说吗?我的尝试还未见报就被拍死,还当众受了批评,一时很是难堪。吕老师说,要不我来改一下,就将稿件拿了过去。《心声》这篇稿件后来在6月19日的第三版头条位置见报了,吕老师重新做了一个"开头"来展开文章的主体,又把前面这段话放在了文章结尾部分,变得十分妥帖。我内心暗生十二分的感激,吕老师不但挽救了一篇文章,不但庇护了一个记者的积极性,更让这个记者感受到人性中的美好。

人生如有导师,就像长夜有了明灯。我有幸遇上一位,他就是吕宪平老师。

(2019年01月02日)

标 价

现在农贸市场上,商贩卖菜绝大多数没有标价。以我一年多的买菜经历证明,江北区的白沙菜市场就是这样。

明码标价,应该是买卖交易中最起码的准则。但现在似乎流行暗箱操作,你去问,才告诉你;你问了价不买,有人有时还呛你:不买,问什么价格?

哈,这世道变了吗?买东西,问个价格有什么错?不是说,货比三家吗?不是说,讨价还价吗?没了标价,谈何买卖呢?

做生意靠的是公平交易,老少无欺,这就要明码标价。1980年起,我就是跑菜市场的财贸记者,当时市场上的菜品要明码标价,是天经地义的常识!怎么现在就不行了呢?

◎加拿大风光之四(范萌摄)

这里面，一定有文章。一是看人下菜，见你是"外行"，大可哄抬价格。二是以次充好，反正不标价，好的差的混在一起，你也不好说什么。三是省得你货比三家，不买拉倒。

现在的商品，包括菜品，应该是买方市场了，为什么菜场的商贩那么牛气？为什么大宗蔬菜的价格总是居高不下？是不是有人在操控价格？如雷笋，到哪一家去问，都是20元一斤，这是谁给他们定的价？偌大的市场，众多的摊贩，都一个价格？但愿我是以小人心度君子腹。

菜场里有人在抽查菜品，检验农药残留，菜场里有人在管理摊位摆放，也设了公平秤，这些都是好的，但没了明码标价，这些工作大多不是白做了吗？

有人说，你跟商贩去计较一分两分的钱干什么？这话说的是。按网上的财富等级划分，我也到了最低的档次——买菜自由，就是说想吃什么菜可以吃什么菜了，当然这指的是家常菜。因此，我买菜，一般看中意就买，极少讨价还价，小商贩们起早摸黑的也不容易。

但我说的是，菜品没有明码标价的问题，这首先是市场秩序不规范的问题；其次是低收入人群的权利与利益受损害的问题。不明码标价，真正得到大好处的，可能是蒙混或把控菜价的大商贩们。

记得报纸上曾有一周或半月的中心菜场菜价的报价表，最近似乎没有看到了，其实这也是平抑物价的一个手段。有心的读者看了，知道这菜品的批零价格差那么大，我就不买你这里的菜，或者到超市去买货真价实的菜。我去超市买鲜牛奶时常常看到，有的蔬菜在剔除品质因素后，价格与集市比，仍便宜了许多。

关注民生，请先从菜市场的明码标价抓起吧。

（2019年01月05日）

创　造

20世纪80年代初，是思想解放风起云涌的岁月，对外的门户打开了，知识的闸门打开了。80年代初，也是自己如饥似渴地学习的岁月，这是块干渴的土地，贪婪地吮吸着前沿性的思想。

《创造心理学》这本书就是这个年代买进的，做了大段的摘录，还尽量地学以致用。今天重读这些笔记，觉得自己的功课做得还不错。

去年底发的《写作》一文中说：我初中二年级时就遇上了"文革"，然后下乡务农五年、进城做工五年，就文化水平而言，在当时《宁波报》团队中，属于最低档次。但我把自己的思考力、观察力、敏感性通通地调动并组合起来，这种综合力有时就超过了某同事的某特长。这也是"创造"的一种，这在某些方面就拜托于这本书的点拨了。

如谓不信，请看我当年摘抄的金句。

一、创造才能包括以下许多方面：探索问题的敏锐性，统摄思维活动的能力，转移经验的能力，侧向或形象思维的能力，联想的能力，……

预见的能力，运用语言的能力和完成的能力。

二、爱因斯坦讲过这样一段话："你能不能观察眼前的现象，取决你运用什么样的理论。理论决定着你到底能够观察到什么。"（他的这一段富于启发性的话，往往被人看作是唯心主义的谬论。意味深长的是，实践恰恰证明了这话的无比正确，至今人们仍在得益。——作者附注）

三、当我们把解决某个问题取得的经验用来解决类似的其他问题的时候，这就是运用转移经验的能力。……为了转移经验，首先就应该善于发现不同问题之间的类似的地方。波兰数学家斯特凡·巴拿赫这样说过："一个人是数学家，那是因为他善于发现判断之间的类似；如果他能判明论证之间的类似，他就是个优秀的数学家……"

四、思维的灵活性，还表现在及时抛弃显然是错误的假说上。爱因斯坦说："像我们这种工作需要注意两点：毫不疲倦的坚持和随时准备抛弃我们为之花费了许多时间和劳动的任何东西。"

五、每个人包括卓有建树的科学家和文学家，总是互有短长的，就是同一种能力上，各人也表现得高低不一。问题是要善于发展自己的能力，把它们组织好，使自己的才能结构适合事业的需要。

六、巴尔扎克说："作家应该熟悉一切现象、一切感情。他心中应当有一面把事物集中在一起的'镜子'，变幻无常的宇宙就在这面'镜子'上反映出来……因为他不但需要看见眼前的事物，还要想起过去的事物，用经过某种选择的语言表达自己的印象，用诗的形象的全部魅力美化它们，或者把最初感觉的生动性赋予它们。"

运用之妙，存乎一心。这种"运用"，是综合能力的体现，我称之为"化"。

（2019年01月06日）

雨 声

江南一带的人最近可听够了雨声,自12月上旬起,断断续续的,天就下着雨。

◎八大山人《花鸟山水册》之一

于是，今天早上在微信上收到一则《寻人启事》：姓名：太阳公公。性别：男。年龄：46.7亿岁。特征：有一张阳光般的笑脸。这公公在宁波12月6日走失多天至今未归，谁见着了告诉他，宁波人民群众都很想念他！……这公公再不来……衣服都没得穿了。他再不回来，宁波要改外国名字了，要叫"伊芙·赛布干·内酷·么德川"。

不大会幽默的宁波人被逼得也幽默了一把，最后一句话恐怕要"翻译"一下，"伊芙·赛布干·内酷·么德川"是宁波话"衣服晒不干，内裤没得穿"的谐音。是啊，不幽默就要抑郁了，连续这么多天阴切切、雨蒙蒙的，谁受得了？不由得想起了北方蔚蓝的高天与排空而上的鸽群，虽然也冷但不潮湿。

但对诗意生活的人来说，下雨也是极好的。有朋友这样发今晨的"早安微语"："厚积落叶听雨声，一升露水一升花。"真是极佳的意境，这两句诗应分别是朱光潜先生的两部经典作品精选集的名字。果然是美学大师，书集的名字也这样唯美。

我也坠入"诗意"之中，探究起"雨声"。这雨声，是唐诗宋词中的"常客"。随手摘抄几句吧："薄寒初送雨声来""黑云垂地雨声急""高林风怒雨声黑""搅醉妨眠挟雨声"。"雨声"入诗，就多了声响，也就多了生动。

行旅遇雨，更添愁绪。晴了，"雨声初歇漏声长"；雨了，"不道愁人不喜听，空阶滴到明"。做"雨"亦难，横竖不讨人欢喜。因了行旅，雨声也与航船有了关系："秋晚雨声篷背稳""赢得篷窗听雨声"等等。

其实，现在最想听到一句诗是：痴云卷尽雨声收。

（2019年01月07日）

前几天朋友聚会，一位兄弟做东。

为表诚意，东道主的他挨个给大家敬酒后，又喝了好几杯。大家说，心意领了，适可而止吧。

看着慷慨激昂的他，仿佛看着昨天的我，宁可醉，不可退！

其实，逞强没必要，示弱才是真本事。示弱，并非认输；聚会，只为开心。生有涯而酒无涯，何苦争一杯之长短。

纵然醉，又何妨？只是诗人的豪放语，听听也就罢了，不必完全遵行。一人醉倒，举座不欢，这又何苦？

示弱并非弱。"天下莫软弱于水，而攻坚强者莫之能胜。"强者示弱、赢者示弱，这才是智慧的体现。

不能示弱，恰恰是一种弱，是对自己缺乏信心。硬撑的结果，往往与自己的愿望适得其反。这是生活反复告诉你的常识，当然也只能是在你反复碰壁后才能获得的常识。

不能示弱，往往是争强好胜，再往前走，就是不肯服输。唐代杜牧《题乌江亭》说的好："胜败兵家事不期，包羞忍耻是男儿。江东子弟多才俊，卷土重来未可知。"当年楚霸王项羽溃围来到乌江，乌江亭长建议渡江，以便东山再起。但项羽愧对江东父兄而羞愤自杀，光荣与梦想就此覆灭。至今思项羽，为何不肯过江东？

挟泰山以超北海，非不为，是不能也；为长老折枝，非不能，是不为也。不做不能之事，该示弱就示弱，何必劳而无功；多做可为之事，在点滴中修心行善，这有何不好？

（2019 年 01 月 09 日）

话　梅

一个故事往往会带出另外的故事，一段情感往往会让另一段情感共鸣。一颗话梅的滋味，会让你回味多久？我所知的一个纪录是半个世纪，这纪录还在继续延长中。这是发生在我身边的真事。

我的公众号自拉自唱，极少转发别人的文章。但我被初中同班同学朱忠海先生的初恋所感动，去年的9月转发了忠海兄写的《南屏晚钟》一文。

唯有真情动人心。朱恩德先生也是我的同班同学，一改他沉默寡言的做派，在这篇文章后写一大段评论："世事维艰，造化弄人，反复阅读，频频恸感。但愿彻骨之忆，能化作历练后的财富。祝愿老同学能多一些甜美的回忆。"恩德兄还附上了他的诗："昨夜又梦见／儿时的那颗话梅，／带着奶油味，甜甜的，有一点咸，真香……／那是在回家的火车上，／'大串联'让我知道了乘火车的滋味，／稀里糊涂逛了一圈，想家了。／归途中遇见那个女孩，／交谈点什么全忘了，／只是那颗话梅忘不了，／真香，还有点咸甜……"

读了三四遍，诗虽说浅近，却有质朴之美。美的是，青涩少年情窦初开那模样；美的是，半个世纪过后，那滋味还那么隽永绵长。我很想问问，这故事的后续，只可惜这日子一天天过得飞快，差不多自大后，我才有机会邀集几位老同学团聚。

那天，这两个故事的当事人都在。我提起了话头：忠海兄的文章令人动容，恩德兄的诗歌让人回味无穷！恩德兄笑着说：范兄，诗中的那个女孩就在眼前呀！

天下竟有如此巧事？在座的纷纷向这两位朋友探究起此事的来龙去

◎陈国强摄

脉：那是发生在1966年下半年的事，学生们"停课闹革命"，到外地"大串联"去了，朱恩德也被大潮裹挟于其中。归途中遇见了同班的她。同是天涯沦落人，相见分外亲，这是一。女孩恰是恩德心仪的那位，于是格外开心，此为二。旅途饥渴，却有话梅相送，如同雪中送炭，此是三。此景此情此意，让恩德兄既浮想联翩又刻骨铭心，终于于半世纪后在我的公众号上吐露出来，又不想竟能在我召集的同学聚会的场合，很自然地向当事人做了表白。

然而，此景此情此意仍在，却没有岁月可回头重来。再聚首，不但青春早已消逝，壮年都已不再，华发早已满头。大家感慨万千，惆怅莫名。还是那首歌唱得好："南屏晚钟，随风飘送，它好像是催呀催醒我相思梦。相思有什么用？我走出了丛丛森林，又看到了夕阳红。"

虽说为霞尚满天，但毕竟近黄昏也。恩德兄说，时间真的是个很好的治愈良药，再重的痛，再难过的事，也会随着时间慢慢淡去。所以要常常感谢时间，淡化了所有伤痛。时间是我的信仰，活好当下，不辜负好时光。

时间，是治愈的良药，这是对的。时间，亦是考验人性的试剂。南屏晚钟，见证了多少浪漫与风情？南屏晚钟，又在多少人梦中悠扬？一颗话梅，能在半个世纪后还有滋有味；一次邂逅，能在半个世纪后记忆犹新。我不由感叹：问世间，情为何物？直教人一生相许。须交有情有义人，有句老话这样说。

南屏晚钟，钟声悠扬，让情不知所起，却一往而深。

（2019年01月11日）

微 笑

居住的小区似乎也国际化了,经常有白皮肤黄头发的外籍人士出入。前不久的一天傍晚,我去倒垃圾,撞上了一男一女,男的迎面就是一个灿烂的微笑,并用蹩脚的中文说:"你好!"我赶忙用更蹩脚的英文回答:"哈罗!"想来不算失礼吧,但我微笑了吗?不大敢确定。我的微笑肌肉因为在小区中长久不用,好像有点僵硬了。

我曾对小区的门卫点头微笑,他们大多熟视无睹;我对清扫楼道的保洁工微笑招呼,他们诚惶诚恐;我对邻居微笑颔首,鲜有相同的

反应。我对一同乘电梯上楼的读书小朋友微笑问询，有的甚至躲到了家长的背后，他们是不是听过家长的训导——对陌生人保持距离？只有无邪的幼儿，会冲你微笑或回报更灿烂的微笑，我的"你好！"在这时也就脱口而出了。只是这样的机会，太少，太少！于是，淡漠甚至是冷漠，会时时地出现在我的脸上。

很钦佩这些第一时间向你微笑而且问好的外籍人士，那么大方的姿态，那么阳光的心理。我们为什么不能对陌生人报以微笑？

报纸上有篇文章说，作者曾住在离精神病院不远的地方，看着人来人往，分不清谁个正常谁个有病。久了发现，肯对别人微笑的大多是病人。我看了不免苦笑，微笑的人有病？淡漠的人正常？也许在充满着欺骗与怕骗的社会中，敞开心扉就是开门揖盗，微笑的人确实傻吧！

法国大作家维克多·雨果说得好："生活就是面对真实的微笑，就是越过障碍注视将来。"微笑吧，只要内心敞亮，何惧被人视作"傻子"；微笑吧，这是对生活的感悟，这是对自己的肯定，这是对别人的尊重。

请微笑！

（2019年01月12日）

养　心

很多人以为，养生就是养身。其实，养生要养心。

有一医者如是说：凡欲身之无病，必先正其心。心不乱求，心不狂思，不贪嗜欲，不着迷惑，则心君泰然矣。心君泰然，则百骸四体虽有病不难治疗；独此心一动，百患为招，即扁鹊华佗在旁，亦无所措手矣。

心静少欲，百病难侵，自是对的。

养心，要养大度之心，对自己不苛求，对以往不苛求。

养心，要养宽容之心，对人不苛求，对事不苛求，顺其自然。

养心，要养感恩之心，万事皆有缘，相逢开口笑。红尘万千，竟有一会，何其难得，真个是幸会，幸会！

养心，亦要善思。心之官则思，思修身不足之处，思为事改正之处，思行善提高之处。如此，心愈静，身更健。

养心，更是养气。养"富不淫，贫不移，威不屈"的自强自立之气、大丈夫气、浩然正气。

（2019年01月13日）

守 岁

若要挑个感慨万千的话题,"守岁"就是其中之一。

天行有常,人们就在某时刻设了某节点以纪事,这大的节点就是"年"了。

一年,是地球绕着太阳的轮回。岁月更替,孔夫子看着流水不由感叹:"逝者如斯夫,不舍昼夜!"

人们留恋于时光,又希冀着未来,就有了"守岁"的习俗。

我有三个"守岁"的片段,值得一记。

1999年的12月31日,我当时在人民日报社驻宁波记者站工作,为报道中国大陆新千年第一缕曙光,到了"东方好望角"——浙江温岭的石塘镇。

石塘镇,位于温岭市东南濒海处,是古老的渔村集镇。镇三面环海,西北以石塘山为屏,道路与房屋随地势而建。在这四五平方公里的山岙里,全是石街、石巷、石屋、石级,"屋咬山,山抱屋",雄浑粗犷,古朴苍劲。是晚,与一帮记者朋友先是夜游古镇,继而聊天守岁,说些什么话早已随风飘散,只记得这涛声如雷陪了我们一夜。新千年的阳光如期地打在人们的脸上一如平日,很多东西都是人为赋予了意义,才有其意义的吧。

2010年的12月31日,我作为人民日报社上海分社的负责人,在上海市邮政局的大楼里守岁。在

◎ 1999年12月31日在温岭石塘

上海工作的每年这一夜差不多都在这里度过，为的是等待本报的最后收订数"落地"。2005年来上海时，《人民日报》的发行量才五万出头，2008年的发行数就到了57500多份，年年稳中有升。

2011年是我工作的最后一年，因此这一天也是我最后一次工作守岁了，不免有些留恋。当新年钟声敲响的时候，邮局同事送我一盆"蝴蝶兰"贺新，深紫的花朵很冷艳地绽放着。我将它放入汽车后座，向杭州湾跨海大桥疾驰，开始新一年的路程。

最记得的是2003年的12月31日深夜，那时我在人民日报社重庆记者站工作。那年的12月23日开县高桥镇发生了死伤数百人天然气"井喷"重大事故，在事故发生的第二天，我不管余毒仍存的危险赶到现场禁区报道灾情。隔了三四天，我又带上记者站的几位同事，从重庆主城区奔赴数百公里外的灾区，了解灾民过年的情况，并做现场报道。31日傍晚结束采访回城，茫茫夜色中，一车飞驰，开到梁平县地界时听到了新年的报时声。这地方，离目的地还有两小时的路程。

2018年的12月31日，我没有刻意守夜，只是习惯性地坐在电脑前。想起了苏东坡《守岁》的两句诗："坐久灯烬落，起看北斗斜。"更想起了早几年朋友赠我的《满江红·岁月》："挥手告别昨天，都不平凡，天天加班，忙又何堪？饭局常有，几人铁打硬汉？双节近而战犹酣，运筹明年，南征北战，千斤重担，还须神定气闲！现如今，年龄这般，只应低头向前，莫管道路长短。老幼皆须负担，事业正当艰难，公也难，私也难，打起精神呈笑脸。但愿劳逸相兼，莫忘身体在先，不管这诞那旦，饮酒注意深浅；别问这官那衔，还是顺其自然；无论这节那日，保持身正清廉。到头来，下不愧民，中不愧己，上不愧天，心地坦然好入眠，不负天！"

（2019年01月16日）

伸　脚

　　前些日子与几位同学聚会，他们夸赞我的文笔。我说，你们在座的个个都是含而不露、袖手而立的高手，有的文采斐然，有的琴瑟精通，有的丹青妙手，我是半瓶水晃荡，前几天读了[明]张岱《夜航船·序》更不敢张扬了。于是，我将张岱"序"中的大意在席中转述了一下。

　　现今网络社会时速倍增，古人的书、古人的事也要抢着看、抢着说。今天早上的朋友圈中就收到了推介《夜航船》的微信。这也是事有凑巧，那就正好把这故事传播一下。

　　张岱先生的文字精练，先将这"序"抄录如下：

　　天下学问，惟夜航船中最难对付。盖村夫俗子，其学问皆预先备办，如瀛洲十八学士、云台二十八将之类，稍差其姓名，辄掩口笑之。彼盖不知十八学士、二十八将，虽失记其姓名，实无害于学问文理，而反谓错落一人，则可耻孰甚。故道听途说，只辨口头数十个名氏，便为博学才子矣。

　　余因想吾八越，惟余姚风俗，后生小子，无不读书，及至二十无成，然后习为手艺。故凡百工贱业，其《性理》《纲鉴》，皆全部烂熟，偶问及一事，则人名、官爵、年号、地方枚举之，未尝少错。学问之富，真是两脚书厨，而其无益于文理考校，与彼目不识丁之人无以异也。

　　或曰："信如此言，则古人姓名总不必记忆矣。"余曰："不然。姓名有不关于文理，不记不妨，如八元、八恺、厨、俊、顾、及之类是也。有关于文理者，不可不记，如四岳、三老、臧榖、徐夫人之类是也。"

　　昔有一僧人，与一士子同宿夜航船。士子高谈阔论，僧畏慑，拳足而寝。僧人听其语有破绽，乃曰："请问相公，澹台灭明是一个人、两个人?"士子曰:"是两个人。"僧曰:"这等尧舜是一个人、两个人?"士子曰:"自然是一个人!"僧乃笑曰:"这等说起来,且待小僧伸伸脚。"

余所记载,皆眼前极肤浅之事,吾辈聊且记取,但勿使僧人伸脚则亦已矣。故即命其名曰《夜航船》。

浅译如下:

天下的学问,只有坐夜航船时最难应对。一般村俗之人的学问都是提前准备了的,比如瀛洲十八位学士、云台二十八位武将这样的问题。(如果有人)将这些人的姓名说错了,(那么众人)都会掩嘴偷笑。他不知道十八位学士和二十八位武将,即使忘记了他们的姓名,对于学问也实在是没有什么妨碍。而反倒说错或漏掉一个人的名姓,就没有比这更可耻的事情了。所以,只知道路途上传说的事情,只要在口头上能分辨出数十个名姓,就可称为博学的才子了。

我由此想到我们浙江越州一带,余姚县就有这样的风俗。年轻人没有不读书的,待到二十岁还没有中举的人,就改学手艺。百种行业中的人,都熟透了《性理》《纲鉴》(这一类的书)。偶然问到其中的一件事,那么人名、官爵、年号、出身地点都会一一列举出来,不曾出现一点差错。他们学问的富有,可以算是两只脚的书橱了。然而知道这些,对文章内容的理解、考证和校订并没有益处,这和那些不识字的人有什么区别。

有人说:"真像你说的那样,那么古人的姓名全都不用记忆了吧。"我说:"不是这样的。有不关乎文章条理的姓名,不记没什么妨碍,比如说八元、八恺、厨、俊、顾、及这类的就是这样的。有名字关系于文章中重要内容的,不能不记,如四岳、三老、臧穀(两个放羊人的名字)、徐夫人这样的。"

从前,有一个和尚和一个读书人一同住宿在夜行的航船上。读书人高谈阔论,和尚敬畏而慑服,缩手缩脚地躺下了。和尚听出读书人的话

◎ 八大山人《花鸟山水册》之二

有疏漏,就说:"请问你,澹台灭明是一个人还是两个人?"读书人说:"是两个人。"和尚又问:"那么,尧舜是一个人还是两个人?"读书人答:"当然是一个人了。"和尚笑了笑说:"这么说来,就让小僧伸伸脚吧。"

我所记载的,都是眼前非常肤浅的事情,我们姑且把它记下,只是不要让僧人伸脚罢了。于是便把这本书命名为《夜航船》(译文完)。

在南方水乡,船只是最方便、最经济的交通工具,特别是夜间行路,更比马车有许多优越之处。但水路交通的最大弱点是慢,摇橹或拉纤的速度与常人走路的速度差不多。于是在缓慢的航行途中,各色人等坐着无聊,便以闲谈消遣,谈话的内容自然包罗万象。

张岱先生用较为浅显的文言,在《夜航船》这本书里记录了四千余个片段。这些片段的内容,绝大多数是一个文化人所应熟知的,书中也收录了一些现在看来荒诞不经的情趣笑谈。这些材料可能取自于"夜航船",也可在"夜航船"聊作谈助,这也是此书名为《夜航船》的因由吧。

要附注的是,张岱出身于绍兴显宦之家,故有"吾八越"之说;而当时的余姚属于越州府,所以连带着说了下来(余姚现归属宁波)。自古以来,宁波与绍兴分享了钱塘江、曹娥江、姚江、甬江等河流冲积而成的宁绍平原。这一带,是越文化的诞生地和发祥地,是吴越文化、江浙民系(吴越人)的摇篮,文化积淀自然丰厚。

乡人知识的底蕴,我在插队落户时就领教过了。邻近大队江姓一家的两兄弟年龄与我相仿,写诗作词信手拈来,说"三国"、谈"红楼"头头是道,让我这个初中生仰望再三。现今方知,这耕读传家原是有传统的,看来这"知识青年"真有必要接受再教育。

前几天在朋友圈发了知名媒体人士姜汤先生对《浮生记趣》一书的评论,他由书及人地说:"我一直觉得伟国兄不仅有才华,最重要的是他为人的品质很让人感动。他在上海当传媒领导时,我刚好也在上海,每次见面,他都让人觉得舒服、愉快与亲切。在中国传媒界,很多普通记者都容易自大,有些部门负责人在外更是牛气冲天的霸道者。但身为社长、总编的伟国兄,对很多人都谦逊和真诚,这一点我很喜欢。"

"让人觉得舒服、愉快与亲切,……对很多人都谦逊和真诚。"这是极高的评价,真的让我不敢当,只能说是我要积极努力的目标吧。像明代张岱先生这样的大学问家、大文学家都如此谦逊谨慎,时时想着"小僧伸脚"之事,我辈后进,敢不朝乾夕惕,夹紧尾巴做人?我的写作,敢不像小和尚初上船一般的诚惶诚恐?

(2019年01月20日)

乡 亲

昨天（22日）早晨去上海，走进宁波火车站，发现14号进站口的人特别拥挤，几乎水泄不通。

一听车站的广播，再仔细一看这些旅客的装束，我知道了，噢，是回重庆过年的乡亲！

辛勤劳作了一年，是该回家看看父母或亲亲孩子啦，驻足目送他们离去的背影。

重庆，我在那里待了五年！

一个人一生的工作时间只有四十年，这五年就是八分之一，更何况这是壮岁的五年。

重庆，是我在外居住最久的地方，成了我的第二故乡，重庆人自然成了我的乡亲。

目送他们离去的背影，我不知道，人群里面有没有涪陵的老乡。我想问问，"白鹤梁水下博物馆"建得怎样了？白鹤梁是长江涪陵段中一块长约1600米，宽15米的巨型石梁。每年12月到次年3月长江水枯的时候，才露出水面。石梁上刻有自唐广德元年（763）至今的

◎ 2004年8月，重庆三峡百姓移民江西途中，恋恋不舍地告别故乡山水

石刻水文题记108段；石鱼图14尾，其中作水文标志的3尾。这题刻、图像记录了1200余年间72个年份的历史枯水位情况，对研究长江中上游枯水规律有重大价值。这白鹤梁的题刻于是被誉为"世界第一古代水文站""世界水文资料宝库"。我曾因采访白鹤梁古迹而受伤，因此更希望被保护下来的白鹤梁能发挥更大的作用。

目送他们离去的背影，我不知道，人群里面有没有开县的老乡。2003年年底，这个县的高桥镇发生了严重的天然气井喷事故，数百人伤亡，数万人撤离。十五年过去，当年幸运逃生的6000多名中学生想已长大成人，乡亲们的丧亲之痛不知可曾抚平。近日收到友人相赠的长篇纪实小说《井喷》，说的是乡民们拿到巨额赔偿后的又一次悲欢离合，让人着实心有牵挂。

目送他们离去的背影，我不知道，人群里面有没有奉节的老乡。2004年的年中，我曾陪着满满一大客船的奉节移民去江西省浮梁县。不知道这些移民在新家过得好不好，发财致富了没有。三峡蓄水，沿江两岸的肥沃滩地全部被淹，如果就近往后迁移，就是贫瘠的坡地，没有耕地可供种植，于是往南方、往东南移民。我曾去浙江的嘉兴、山东的青岛实地调查过移民安家的情况，在这些富饶的地方，移民只要肯吃苦耐劳，生活还是不错。那么，现在怎样呢？

君住长江头，我住长江尾，同饮一江水……

重庆人很自豪。他们说，重庆曾是陪都；他们说，重庆大会堂的外形是天坛与天安门的结合；他们说，去南山看主城区的灯海，觉得像香港的维多利亚湾。听到第三条时，我常常要笑，但近年回去看看，觉得有点像了。

（2019年01月23日）

娱　乐

◎赵钲《福德瑞祥》

从卡拉OK到街舞,娱乐越来越深入我们的生活。

娱乐,是人的需求之一。原始社会,人们鼓髀而歌,才有信心迎来华夏文明的曙光;改革开放后,人们富裕了,更需要极视听之乐。

我的朋友创办了爱珂文化集团,专致力于文娱事业。这家集团25年来发展壮大的历程,也从侧面说明了时代对娱乐的需要。

虽有宋代"庆历五进士"的桃源书院,虽有明代范氏的天一阁藏书楼,但目前宁波整体的文化氛围还不够浓厚。这好像是一套精装修的住宅,硬件设施比较周全,而软件配置尚有欠缺。

早几天,微信上有篇文章《宁波这三个弱点,挡住了成为"网红"城市的路》。至少第三点写得对,宁波缺少一首唱得响的城市主题歌。一首歌唱红一个地方,这在几十年里屡见不鲜,宁波也想这样做,可能也做了不少努力,但是至今没有突破。

缺少主题歌只是现象,反映了文化底蕴与能力的不足,这还表现在文学创作的平淡,地方剧种的衰落。

我想,今后的中国会更多地向海洋发展;我想,宁波是历史上海上丝绸之路的出发地,是世界吞吐量最大的港口,宁波更广阔的舞台也将是海洋；我想起了，爱珂集团曾经做过有关宁波与航海的舞台剧，可惜无疾而终；我想起了，宁波曾在现代电影史上有一席之地，在象山拍摄的《渔光曲》是中国第一部获得国际奖誉的影片，聂耳曾为它配乐；我想起了，长江纤夫的号子经专业人士整理改编之后广为流传并脍炙人口；我想起了，话剧《雷雨》《茶馆》，甬剧《半把剪刀》上演了半个多世纪经久不衰……

综上所述，作为改革开放第一线的宁波，能不能创造出反映时代风貌的经典剧作出来？能不能组织起创作班子，深入到海岛渔港，写出有宁波特色的歌谣出来？哪怕是渔民号子，也很有特色呀！

根据宁波作家作品改编的电视剧《欢乐颂》，上演后收视率不错，这说明宁波有不错的本土作家，而当代文学作品只要深入生活、洞察人心，还是很受欢迎的。宁波作家也是我多年的朋友张坚军先生最近出版了数百万字的三厚本的长篇小说《太阳正在升起》，反映了慈溪农民在改革开放中的蜕变与跃升，如果拍成电视剧也必定深受欢迎。

现在要建设"文化宁波"，不但需要硬件，更需要软件。这软件就是：好歌，好小说，好剧本！剧本，剧本，一剧之本。同理，文化建设的关键，在于要有好作品不断涌现。也只有好作品的不断涌现，才有经典作品产生的可能。

我问创办人王仁祥先生，"爱珂"这两字的含义。他说，这是英文 echo 的音译，意思是有种声音在山谷里回荡，是有旋律并能产生回声的声音。

这名字的含义好，也预示着这个集团努力的方向：去寻找这激荡人心并悠远绵长的声音！这也是宁波文化人的方向：努力创作出无愧于历史的脍炙人口的好作品。

（2019 年 01 月 26 日）

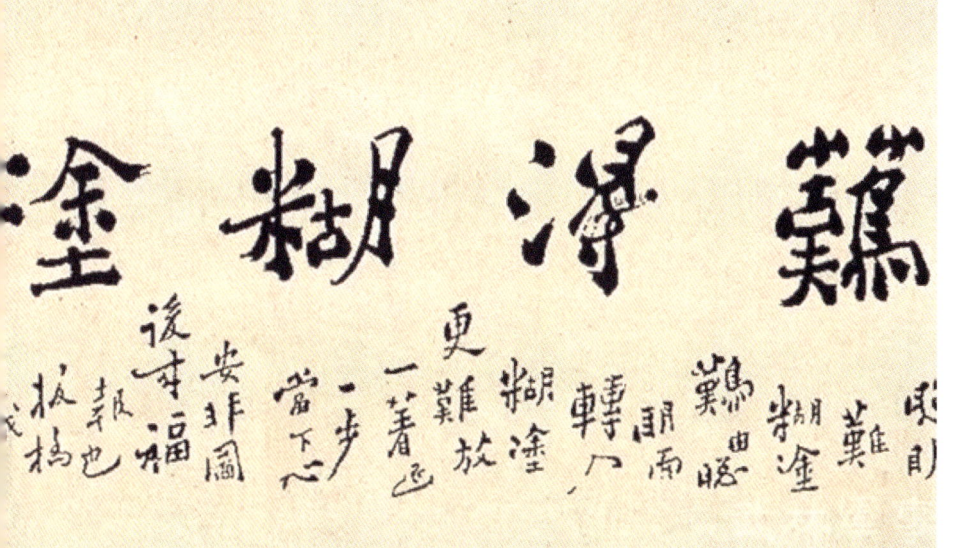

平 淡

  清人郑板桥君说:"聪明难,糊涂难,由聪明而转入糊涂更难。放一着,退一步,当下心安,非图后来福报也。"
  80年代初,父亲不知从哪里弄来一张拓片,上面是板桥君的这句名言,要我好好领悟。
  那时三十出头,血气方刚,锋芒毕露,我想"聪明"都来不及,怎会去装"糊涂"?
  而今,于绚丽归位平淡,方明白这当下的心安,竟比后来的福报,更难能可贵。

套用板桥君的句式,可以说:"绚丽难,平淡难,由绚丽而转入平淡更难。"古人也说过类似的话:"由俭入奢易,由奢入俭难。"

然而,人生总是起起伏伏,有高有低。

看清了这一点,睿智的人就应该在绚丽时当平淡过,在平淡时不妨仍有清雅气,切不可自我油腻了。

平淡,是一种精神,也是一种风格。平淡,也体现在文字上。

鲁迅先生在《三闲集·怎么写》中说:"写什么是一个问题,怎么写又是一个问题。"随笔或曰杂感看着短小,其实却是难写,一不留神就洋洋数千言了。所以,得要"收着写"。

这"收着写",得把"思想"收住了,集中焦点上,形散神不散,不能信马由缰。得把"情感"收住了,点到即止,含而不露。得把"文字"收住了,竭力将可有可无的文字毫不留情地删除。

梅尧臣说:"作诗无古今,唯造平淡难。"是为至理。

沧海横流,方显英雄本色。年轻时,喜欢这种豪迈的句子。前几天,看到这句话却玩味许久:"需要英雄的时代是可悲的。"

仔细想来,平淡也是幸福,沧海且慢横流。

(2019年01月30日)

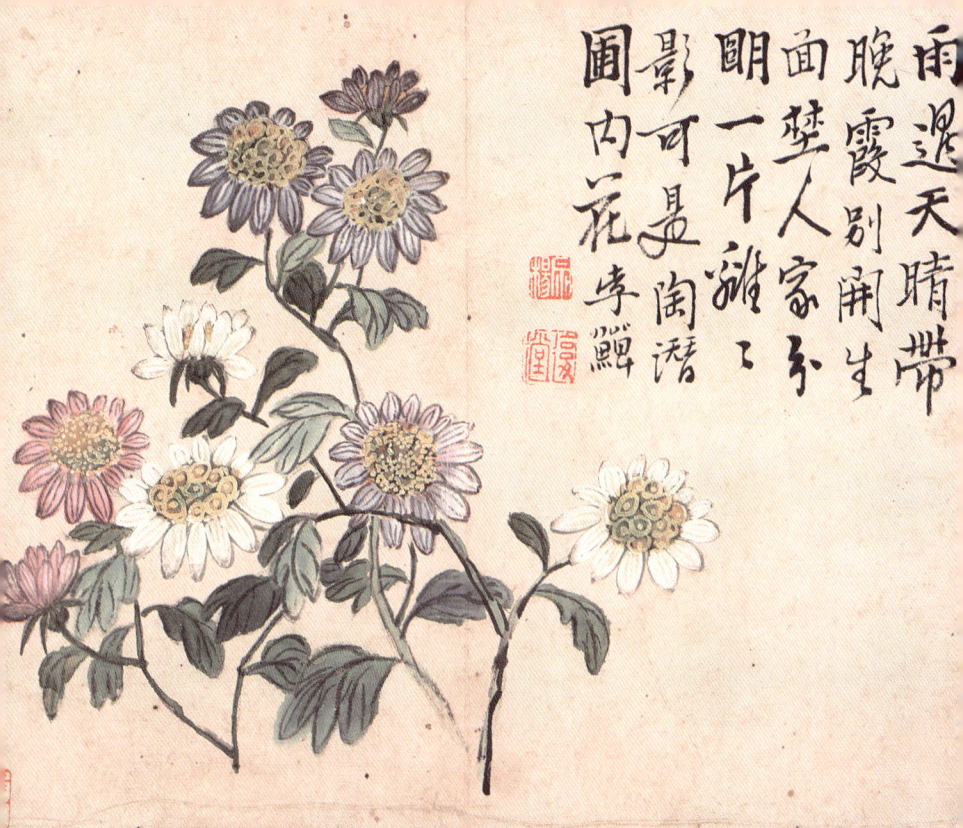

◎［清］李鱓《花卉》

心　安

于绚丽归位平淡，方明白这当下的心安，竟比后来的福报更难能可贵。这是昨天《平淡》一文中说的话，也是自己的真切体会。

有人的地方就有江湖，有江湖的地方就有风险，而很多风险是伴随着微笑而来。

昨天中午，朋友聚会，聊起这几年在外闯荡的经历，我说我立足江湖的法宝是：不激，不随，不贪。

不激，就是不说过头话，更不做过头事。过犹不及，事缓则圆。人对事物和问题的认识总是不断深化，所以不能一口就把话说死，没了回旋的余地。

不随，就是不随波逐流。在错综复杂的世相之前，在陌生的环境和突发的事故前，要把调查研究做在前面，切忌信口开河与人云亦云，一定要有自己的独立见解。

最重要的是不贪。吃了人家的，嘴软；拿了人家的，手短。你要有独立见解，你要表达客观公允之论，你就要清白。

我在报社工作时，亦有朋友来托帮办之事，也有人带了物品来，想起疏通之效。如果不违反原则，如有可以出力之处，我会接下来托之事，同时这样说：不一定办得好，但一定尽力办，物品务请带回去，否则没法办你的事。

这样说，或许会伤了人家的面子，这也是没有办法的事。

在重庆工作时，有位台商来找我反映他与当地在合资办厂中的种种问题，我答应他去了解情况，如属实，将向上反映。那台商十分高兴，在没人处捋下手指上的两只金戒指就往我的上衣口袋中塞。我一把挡住，坚决拒绝了。他说，你知我知，一点意思。我说，谢谢心意！虽是你知我知，还有天知地知，更有我的良知。

不激，不随，不贪，身正而心安。

夜夜有个能安眠的枕头就是幸福，我想这是对的。

（2019 年 01 月 31 日）

箱　子

大年廿九，如俗话说：头等大事是回家。

看街头，行人大都拎着大包小包，且行色匆匆。

往年这个时刻，我也拉着行李箱，步履如风，赶在旅途中。

常笑蜗牛，背着"家"在行走，人类也好不到哪里去。

家里还存着老妈作嫁妆的樟木箱，这箱子大得足以把我整个人装进去。"临行密密缝，意恐迟迟归"，说的是慈母对游子的心；箱中衣裙重重又叠叠，意恐不够用，这是慈母对女儿的心。

这樟木箱有讲究。旧时江浙一带，有女孩的家里会早早买来香樟木做成箱子，等女孩确定婚期后，把白坯箱打磨上漆作嫁妆。更考究的是，在女孩出生时，有人家就在屋后种上樟木，等女孩长大了，那树做箱子正合适。

樟木箱，又称为"女儿箱"。我自不能免俗，前几年去浙江的东阳，特意买了只雕花樟木箱给了女儿，取其"坚固耐久、自带清香、不受虫害"之长。

我打交道最多的，是行李箱。长年在外工作，所有的家当就浓缩在两只行李箱中了。大箱子是应季换洗必备的衣衫，小箱子是日常要用的物品。一个人的生活之需真的不多，特别是有了笔记本电脑，就少了带书太重的麻烦。

箱子好，每次出发，让我重温，生活中真正需要的是什么；箱子好，每次离开，让我明白，生活中可以舍弃的是什么。有条微信说，一个人要去养老院了，才知道他所需要的不过是一个行李箱的物品。

我好像知道得比他早了几年。

（2019 年 02 月 03 日）

讲故事

曾去上海的奇士工业园区,为管理者抛砖引玉,谈"企业家与讲故事"。今摘要如下,请各位教正。

——作者

开场白

不谋全局者,不足以谋一子。

围棋,大家应该知道,这是中国传统智慧的高度结晶。

围棋,一黑一白,一人一子,在棋盘的任何一点都可投子。但它的效用是不一样的。

企业家的一天也只有24小时,高效率地利用你的时间,是你始终关注的问题。那么,在合适的地方,投下合适的一子,就是最高的效率。

对企业来说,全局是什么?是产品开发?是流水线管理?是营销策划?我想,首先是队伍的建设。没有人才,一切都流于空谈。

一说人才,大家第一个会想到的,就是专业人才。把行业里的高手挖过来,我就赢了。这自然是对的。

但另一种人才不可缺少,就是谋略之士,帮你谋划长远之人。至少你讲故事,需要这样的人才。

企业家与讲故事

企业家与讲故事,似乎是两码事。

在上海话的语境中,讲故事这词有贬义,有"发大兴"、放空炮,甚至扯谎的意思。

今天,讲的是它的本义,就是小朋友睡觉前要你讲故事的这种故事。就是说,这故事有人物(包括拟人化的动物、植物及其他)、有过程、有情节、有细节、有变化,要好听入耳。当然,我们现在是讲,与企业有关的故事,讲自己企业创业、发展与未来的故事。

讲故事是——

1. 形象宣传的需要

最早的企业形象宣传,总是老板坐在大班桌后面,拿一张报纸或一本书看着镜头。这呆板而雷同。后来有了电视,多了声音与色彩,但依然是一样的场景。

没有故事,就不生动;没有故事,就没有吸引力;没有故事,就没有形象宣传。水过鸭背一泻光,人家记不住。

2. 自我鼓舞的需要

企业与个人一样,需要积极的反馈。优秀的企业形象宣传,也就是说,好的企业精神故事能激发士气。气,很重要,战之本。一鼓作气,可以战。

同时,打造口碑,也是危机公关的需要。

3. 提炼与升华思路的需要

俄罗斯作家托尔斯泰在长篇小说《安娜·卡列尼娜》中的开场白是：幸福的家庭都是相似的，不幸的家庭则各有各的不幸。对企业家来说，失败的原因都是相同的，市场永远是对的，你违背了规律，就要受到惩罚；成功的表面结果也都是相同的，但成功的因素却千差万别。而总结得正确与否，就会导致一个天上、一个地下。

失败，是成功之母；但成功，并不是成功之母，把握不好，可能成为失败之母，甚至一蹶不振。

研究创业与发展失败或成功的原因，找出和把握其中规律的东西，把其中的道理通过故事的形式来生动形象地总结，对自己是个深化思考、提炼总结的过程，对企业是今后发展的导航。

项羽兵败乌江时说，非战之罪也，天亡我也！到死也不明白自己失败的原因。这才是真正的悲剧。

4. 讲故事的二三事

古人很能讲故事，成语的背后几乎都是故事。拔苗助长，刻舟求剑，盲人摸象，几个字就把深刻的道理讲明白，还让人牢牢记住了。

司马迁写《史记》，他的人物列传就是一串串的故事，让两千年之后的我们能分享他所描绘的情景。《聊斋志异》是讲鬼神的小故事；《红楼梦》是讲家庭兴衰的长篇故事；《三国演义》全本是故事，桃园三结义、三英战吕布、赤壁烧连营等等。

"高祖斩白蛇"就是一则很有意思的故事。

汉高祖刘邦做沛县亭长的时候，为县里押送一批农民去骊山修陵，途中大部分人都逃走了。刘邦自己度量，即使到了骊山也会按罪被杀。于是走到丰县西的涸泽地带就停下来，饮酒大醉，夜里干脆把剩下的所有农民都放了，说："你们都走吧，我从此也要逃跑了。"

这些农民中愿意跟随刘邦的有十多个。刘邦带醉行走在丰西泽中,让一个农民在前面探路。这个人回来说:"前面有一条大蛇挡路,我们还是回去吧。"刘邦趁着酒劲说:"大丈夫独步天下,有什么害怕的!"于是走到前面拔剑将蛇斩断。蛇从正中间被分为两段。走了几里地,刘邦醉得倒下睡着了。

刘邦队伍中走在后面的人来到斩蛇的地方。看见一个老太太在路边连夜放声啼哭。问她为什么这样伤心,她说:"我儿子被人杀了,所以痛哭。"问她儿子为什么被杀,她说:"我儿子是白帝子,变成蛇横在路上,现在被赤帝子杀了,所以我很伤心。"人们以为她胡说八道,想打她,这个老太太突然不见了。后面的人赶到前面,刘邦才醒过来,人们报告了他这一情况。只有刘邦心里觉得很高兴,心生自豪感,跟随他的人越来越敬畏他。

秦始皇曾经说:"东南方向有天子气。"于是亲自东游来验证,刘邦怀疑秦始皇说的就是自己,就躲了起来,藏到荒凉的芒砀山的深山老林中。吕雉和其他人都寻找他,每次都能在人迹罕至之处找到。刘邦觉得奇怪,就问是怎么回事。吕雉说:"你在的地方头上总有云气凝结,所以我们根据这一现象总能找到你。"刘邦听了很高兴,沛县中的人知道后,许多人都来归附刘邦。

刘邦有意无意地认定自己是赤帝子,他自己增加了自信心,让跟从者也心悦诚服,宣传出去后百姓也风从而来。

历史上这样的故事,历朝历代都有。这也反过来证明了讲故事的重要性。

这不是在宣传迷信,是说当时的人们怎么巧妙地"造势"。要知道,这种故事在文化落后的当时,是非常能迷惑一批人的。

这也不是要你们去编神话故事。要做的是,努力挖掘自己创业中的闪光点与故事点。

5.讲故事要挖内涵

企业要宣传，领导要总结，媒体要材料。记者来采访，都会向企业家要材料。你想，是将一二三四罗列得干巴巴的材料拿出去好呢，还是将生动有趣的材料拿出去好呢？那肯定是后者呀！

你们会说，我拿不出故事来呀！

其实，故事就在身边。

最近在宁波，和两家企业有互动。

一家是做粮油产品的，规模不大。但它有特色，搞博物馆，搞米食节。我就跟他们说，你搞米食节，要追流溯源，查查稻米之祖是何方神仙。一查，还真有点内容。譬如在日本，人家就供奉了一尊稻荷之神。如何在传统产品中挖掘出文化内涵，讲出具象化、细节化的故事，这是尚待破题的工作。

一家是做旅游兼民宿的山庄，这位企业家在文化大师的点拨下，挖掘出宁波文脉的所在——桃源书院，并由此大做文章，开出了一片新天地。

优秀的企业如有生动的故事来衬托，无疑是如虎添翼。

就拿我们这里来说，我那天一来就盯着问，你这个工业园区为什么叫"奇士"？有人说，老板的姓名里有一"奇"字，就叫"奇士"了。这个回答只能是及格吧。

"奇"字肯定好，但从宣传与策划来看，这个"士"更加好。考证如下：

士，事也。数，始于一，终于十。从一从十，推十合一，为士。

士，事也。任事之称也。引申之，凡能事其事者，称士。

士，上古掌刑狱之官。商、西周、春秋为贵族阶层，多为卿大夫的家臣。

士，后来亦指读书人：~子、~民、学~。未婚的男子，泛指男子：~女。对人的美称：志~、烈~、女~。军衔的一级，亦泛指军人：~兵、~卒、~气。称某些专业人员：医~、护~。姓。

士是上与下的交会处。上下的对流量越大,士的队伍就越大。战国时期,上下的对流量比较大,因此士的队伍发展迅速。

你们看,稍一用功,这"士"就挖出很多内容,也就有很多故事可讲了。

如何讲好故事

从大处上说——

一是要会养人。

《战国策·齐策四》:齐人冯谖家贫,托食孟尝君(名田文)。因自言无能,孟尝君便笑予收留。"左右以君贱之也,食以草具(蔬菜)。居有顷,倚柱弹其剑,歌曰:'长铗归来乎,食无鱼!'左右以告。孟尝君曰:'食之,比门下之客。'居有顷,复弹其铗,歌曰:'长铗归来乎,出无车!'左右皆笑之,以告。孟尝君曰:'为之驾,比门下之车客。'于是乘其车,揭其剑,过

◎ [明]丁玉川《渔乐图》

其友，曰：'孟尝君客我。'后有顷，复弹其剑铗，歌曰：'长铗归来乎，无以为家！'左右皆恶之，以为贪而不知足。孟尝君问："冯公有亲乎？'对曰：'有老母。'孟尝君使人给其食用，无使乏。于是冯谖不复歌。"后来冯谖为孟尝君谋划，（烧田契）营就三窟，为孟尝君手下最得力的谋士。

可见，三教九流之人都要结识一番。鸡鸣狗盗之徒在关键时刻也能帮你一把。

二是要会用文人。

刘邦说："夫运筹帷幄之中，决胜千里之外，吾不如子房；镇国家，抚百姓，给饷馈，不绝粮道，吾不如萧何；连百万之众，战必胜，攻必取，吾不如韩信。"打汉朝的天下，韩信之功就不用说了，就说张良和萧何，这两人都是文人，助刘邦打天下、坐天下，从刘的话就可以看出，三分功劳有其二。

刘邦进入咸阳后，部下诸将见到秦宫室中的珍奇玩好、金银财宝，不禁眼花缭乱，垂涎欲滴。惊奇之余便肆无忌惮地你争我夺，闹得不可开交。一贯好酒及色的沛公以征服者的姿态大摇大摆地走进秦宫室，面对不可胜数的帷帐珠玉重宝和数以千计的后宫美女，也不禁想贪婪地体验一下做关中王的滋味。

好在刘邦手下诸将中还有头脑清醒的人。樊哙对他说：沛公，你是打算将来统一天下，还是打算占有这些财富，只做一个富翁而已？珠宝和美人都是秦所以亡天下的原因，你怎么能留在宫中呢？应该赶快还军灞上。

张良听说此事后也对刘说：因秦无道，沛公你才得以至此。你现在这样做了，和暴秦有什么两样呢？希望你能听从劝告。刘邦这才醒悟过来，封秦重宝财物府库，还军灞上。这样一来，在鸿门宴中，在与项羽对话中，就占了道义上的上风。也使优柔寡断的项羽手下留情了。这是后话。

唯独萧何,进入咸阳后,一不贪恋金银财物,二不迷恋美女,却急如星火地赶往秦丞相御史府,并派士兵迅速包围丞相御史府,不准任何人出入。然后让忠实可靠的人将秦朝有关国家户籍、地形、法令等图书档案一一进行清查,分门别类,登记造册,统统收藏起来,留待日后查用。因为,依据秦朝的典制,丞相辅佐天子,处理国家大事;御史大夫对外监督各郡御史,对内接受公卿奏事。除了军权外,丞相和御史大夫几乎总揽一切朝政。萧何做官多年,当然知道这些。

萧何收藏的这些秦朝的律令图书档案,使刘邦对天下的关塞险要、户口多寡、强弱形势、风俗民情等等了如指掌,为制定正确的方针政策和律令制度找到了可靠的根据,对日后西汉政权的建立和巩固,起到了巨大的作用,功不可没。这也足见萧何的深谋远虑。有一成语说:萧规曹随,也足见萧何的影响力在他死后依然强大。

再说刘邦还军灞上后,听众谋士计策,召集诸县父老豪杰,向他们发布安民告示:"父老苦秦苛法久矣,诽谤者族,偶语者弃市。吾与诸侯约,先入关者王之,吾当王关中。与父老约法三章耳:杀人者死,伤人及盗抵罪。余悉除去秦法。诸吏人皆案堵如故。凡吾所以来,为父老除害,非有所侵暴,无恐!"

"约法三章"一出,刘邦声誉见涨,为今后争夺天下留下了好口碑。

三是善用文人。

这关乎企业家的器量。

器量,本义是指饮酒有大量。引申说人的宏阔、超脱、达观的度量,能容得下难容之士或事。社会是人与人相处的共同体,如果一个人器量太小,就很难与他人共事,古代就有"无毒不丈夫,量小非君子"之说。现代人说的"沟通",其实也是有器量的一种交流。

《史记》评价刘邦：豁达大度，从谏如流。这点出了刘项成败的原因。

刘邦原来很看不起儒生，甚至拿人家的帽子当夜壶。

有次在洗脚，手下说有人求见，他一听是儒生，回说不见。那人叫郦食其，顿时火了，我是高阳酒徒！刘邦想，就见一下吧。

郦食其进去了，刘自顾自地洗脚不去理他。郦说："老生愿见足下论天下事，而足下言：'吾方以天下为事，未暇见儒人也。'如此以表论人，诚恐天下能者闻之却步，何人敢复来为足下出谋献策，足下又以何胜秦？……"

沛公闻之大悟，纳履整袍，一躬到地道："晚辈刘季，不知贤人至此，多有冒犯。……"

当然，一把拉出去，把狂妄的郦食其斩了，痛快是痛快了，可能也就没了西汉二百多年的天下了。

四是，要有自己的想法。

要有抱负，或者说小点，要有想法。

史书评论项羽是"战胜而不予人功，得地而不予人利，此所以失天下也"。早年曾读到史料，说项羽"妇人之仁""玩印敝"，意思是，将官印的角都玩得没了，还不肯封人。

项羽的自负，在少年时就显露无遗，不肯学剑，要学能敌万人的武器。后来拿了一把画戟，确也是纵横天下无敌手。但天下未定，项羽放着大事不管衣锦还乡，被讥讽为"沐猴而冠"。你没思路，没想法，旁边的参谋再多也没用。像韩信这样的帅才都不能任用，也看不出来，这样的人怎能久坐天下？范增是高参了吧，可项羽刚愎自用，鸿门宴上让刘邦全身而退，埋下隐患。范增再三示意，项羽理也不理，范增真是无可奈何，最后还被活活气死。

刘邦用人不论三教九流。陈平盗嫂,这在当时很为人所不齿,刘邦照用不误,还很倚重。"萧何月下追韩信"这故事都耳熟能详了。刘邦起初也看轻了韩信,但他能听萧何之言,能筑台拜将,放心地将兵权放给韩信,为最终打败项羽奠定了军事上的基础。

当然,刘邦也舍不得分地封王,可见帝王都是一样的心思。韩信打下了越国,要刘邦封他为赵王,才肯发兵。刘邦见天下未定,这家伙就伸手要官要权,气得跺脚骂娘。张良在旁劝他说,主上,打下天下后,普天之下,莫非王土,赵国这块土地封给他算什么!刘邦一听就懂,立马如韩信所愿,这就相对大气些。

"天下熙熙,皆为利来;天下攘攘,皆为利往。"早在两千多年前,太史公司马迁就将这话明白无误地写在《史记·货殖列传》中了。项羽纵使学了"万人敌",但不肯分功于人,不肯分利于人,这与人性相逆,岂有不败之理?

讲故事的"微观"——

1. 真实

真实,最有力量。

如何达到真实?想起了"盲人摸象"的成语,有的摸到了象腿,说这就是"大象";有的摸到了象鼻,说这就是"大象";更有的摸到了象的尾巴,也说这是"大象"。他们分别接触到了部分真实,却用来概括全部,这是"只见树木,不见森林"所造成的,虽有一定的客观因素,但自然是错了。

另一种真实,是主观形成的。所谓"境由心生,境随心转",他由主观的先验的眼光去看世界,那所得到的真实,自然会有不少偏颇。

早先学新闻时,同行之间常有对"新闻的真实"的讨论,有的主张"本质的真实",有的主张"事实的真实"。而今看来,讨论的双方都只说

◎仇素莲《龙潭飞瀑》

了事物的一个方面。只有无数的事实的真实,才会有事物本质的真实,不可能去要求一则新闻就体现了本质的真实。这是不是说得有点绕了?

再说这"盲人摸象",摸到的腿、鼻、尾巴都是大象的一部分,也就是"部分的真实",如果不是各执一词,而是拼凑或合成起来,这不成了合乎真实的"大象"了吗?

真实,是由各个侧面或部分组成的。所谓"阅历",就是让你在各执一词中,能够兼听,能够站得更高点,看到全局而已。

2. 积累

要讲好故事,要善于将点滴的、平凡的却又能以小见大的事例积累起来。

我们当记者或者说写材料的人,最怕企业领导拿过来一叠文字材料说,你就在这里面找吧。我到企业采访,单刀直入,问企业负责人,你认为你企业的闪光点在哪里?善于总结与积累的人滔滔不绝,我们就能箩里挑花,择优用之,非常轻松。有的没准备,头脑空空,那就辛苦了,像挤牙膏一样。你们不愿这样,我也不愿这样,而且写出来的肯定不生动,挖出来的东西没有细节,也不大会有故事,干巴巴的,写出来自己也不想看。

我早年曾经采访过一家乡镇企业,它生产羽毛球出口国际市场,并作为比赛用球。这自然非常难得,但厂长是从大队书记当上来,能做不能说。我只能把自己作为厂长去代他想,是如何抓质量,如何抓销售,第一次与港商打交道是什么感觉。可把他折腾坏了,我也累。

3. 深度

我去宁波博洋家纺,集团老总一直在这家企业工作,对企业太熟悉了,觉得就这么过来了。距离产生美,距离也产生创作的冲动。我说一起到你旧厂房改造的创新园区去看看。到了现场一看,话题就引出来了,老厂房为什么改造,为什么改成这样,这创新小企业的人员从哪里来的,他们的创新有什么特色,等等。可以写成好多篇文章了。老总的话匣子一下子打开了。

文章的深度要靠挖掘,这挖掘不是冥思苦想,除了上面讲的"代入法"之外,还可以有追溯、比较、衬托等多种手法。上述一例就是:思路,从现场打开;思想,从讲述中体现。

4. 浅近

文章的语言要明白,大家能听得懂。

不会写文章的人,要不干巴巴,要不花里胡哨,形容词、成语、排比句一堆一堆的,令人作呕。

我初进新闻之门时,老师就说,说话,你会的吧。话怎么说,文章就怎么写。你讲的话,人家听得明白就可以了。再教你一个方法,写好稿,自己去读两遍,读得通了,大体也就可以了。老师教的是浅近直白这一方法。

我常以"清通"两字为写作的基本要求。

清,要求文章字从句顺,叙述清楚,不拖泥带水;通,要求逻辑严密,说理通达,能自圆其说。浅近直白与清通,其实是一个要求与标准:让读者懂。

有的文章故弄玄虚,让人云里雾里,不知所云;有的文章说得天花乱坠,略一探究,终属虚空;有的文章如老生常谈,读来味同嚼蜡。好的文章,应如与春风对坐,要让人心熨帖,读来条理分明,说理深入浅出,结论令人信服。要达到这一高度,基础是清通,或者说是浅近直白。

想起了唐代大诗人白居易的故事。宋代惠洪《冷斋夜话·卷一》中记:"白乐天每作诗,令一老妪解之。问曰:'解否?'妪曰'解',则录之;'不解',则易之。"宋代词作家柳永的长短句流传极广,有"凡有井水饮处,皆能歌柳词"之说。这也与他的词作清新可读有关吧。

要写出人人心头有、人人笔下无的故事,这才是好故事!

5. 曲折

文似看山不喜平。特别是讲故事,要有悬念,要有噱头,要有变化,要有起伏,要欲扬先抑,要欲抑先扬。这样跌宕起伏,才引人入胜。看《三国演义》中写的赤壁大战,从船接连营开始,到蒋干盗书,到草船借箭,到东风火攻,最后还有华容道上的捉放曹,令人看书时不忍放手。

6. 高雅

平庸的故事,引不起兴趣;低俗的故事,会被人看轻;恶俗的故事,更上不来台面。有人说,要带点颜色才来劲儿。这可能在短时间起作用,一久也无所谓了。如这道理成立,那么《花花公子》的杂志销量要一飞冲天了,现在不过平平,听说也在改版了。总还是奥斯卡的电影受欢迎,而不是三级片畅销，这色情终究不登大雅之堂。

用书面话来讲，故事还要有一点英雄主义的东西。为什么讲冷兵器时代故事的武侠小说，仍很受现代人的欢迎？因为它在宣扬除暴安良的理念，宣传忠君报国的宗旨，而新武侠派小说特别是金庸先生的小说更受人欢迎，是因为他的小说里有更多传统文化的含量、更多的历史知识的含量。

7. 异同

故事要写出特色来，无非八个字：同中求异，异中求同。故事，毕竟不是你们老总亲自写，知道这些要点，也就够用了。

新媒体也要好故事

回顾现代传播的改革，更多地停留在形式上。

从报纸出现，依靠文字传播，开始了纸媒时代。

然后，有了广播，多了声音的传播；有了电视，多了声色的传播；有了电话，多了声音的随时传播与互动；有了QQ和微博，多了声色的随时传播与互动；有了微信，特别是有了朋友圈，更多了紧密关系层的声色传播与互动。

有人说，微博是与一堆陌生人交流；QQ和朋友圈是熟悉人之间的互动，各有利弊。依我看，QQ、微博、微信、直播，乃至现在的"抖音"等等，更多地体现在传播手段更新而已。只不过，它传播更快，更新更快，更加生动，覆盖更广，接收更便捷，受众也更多。

但关键的变化在于，新媒体的信息是双向流动，再不是我说你听、我写你读、我播你看的单向传播渠道了，并形成了人人都是记者、人人都是评论员、人人都是发布者的局面。这才是一个传播新时代的特征。

大西洋彼岸一只蝴蝶的飞动，会引起另一岸的飓风。这蝴蝶效应，已经不再停留在书本上了。面对具有了主动性的受众，面对这主动性能不断放大的受众，你必须主动地影响受众，主动地引导受众。

现在，很多企业都办了自己的报纸、内部通讯或简报，这些都是老套路了。有的开了公众号等自媒体，还承包了新媒体的栏目等等。但一段时间下来，觉得效果不过尔尔。这就绕了回来，我们需要内容，需要精彩的内容，特别是精彩的故事！只有这样，才能吸睛与吸粉。同样是推特，为什么特朗普的有那么多人看？除了名人效应外，主要还是内容吸引人。

结语：

自强不息是第一位的，做好自己的牌子，讲好自己的故事。当然，故事不能讲得过头了，过犹不及，就会起反作用。

（2018年07月01日）

本书作者按： 前几天，应邀去一所中学，与高中的同学交流写作的体会。差不多天天写文章，但真正地要我讲出几条"道道"来，一下子还理不出头绪。于是，为了不误人子弟，也为了不给自己掉面子，好好地下了几天的工夫，综合以前的材料，又结合最近的思考，整理了一份有关写作的心得，以就教于大家。

作　文

听学校的老师说，每上作文课，就有许多学生皱眉头，对写作毫无兴趣。学生的作文题材陈旧，内容空洞，无病呻吟。既没有生活美，也缺乏语言美，致使作文了无趣味。

我读初中，是半个世纪前的事了。那个时代的老师教语文，先是熟读课文，然后分析段落大意，其次概括中心思想，再是欣赏佳句名言。用这一套方法来解读经典确实不错，但它很难教会你写文章，特别是很难教会你写出优秀的文章。

我不知道，现在语文是怎么教的，作文是怎么教的，但从学生们的情绪来看，如何调动和激发学生们的写作积极性，仍是个现实且迫切的课题。

愤怒出诗人，当然爱情也出诗人，可见写作是情绪的产物。

追溯文学的起源，汉民族最早的文学作品是诗歌，后人汇集成册，曰《诗》或称《诗三百》，后来尊称为《诗经》。

《诗经》的主要作品，特别是《风》中的作品，都是农奴、民工、低层文人有感而发的结晶。如："知我者谓我心忧，不知我者谓我何求？"

（语出《诗经·王风·黍离》），"风雨如晦，鸡鸣不已。既见君子，云胡不喜？"（语出《诗经·郑风·风雨》），"昔我往矣，杨柳依依。今我来思，雨雪霏霏。"（语出《诗经·小雅·采薇》）。

人，有生存的需求，有安全的需求，更有交流的需求，发而为声，写之成字，便成了诗歌与文章。《史记·李斯列传》："夫击瓮叩缶，弹筝搏髀，而歌呼呜呜快耳者，真秦之声也。"有感而发，出自内心，才是真文章，才会成为好文章。

现在，不是你要写，而是老师要你写。这硬写，逼着写，就很痛苦。同学们的生活太安逸，视野不宽广，或者说关注的东西太少太小，又没有得当的引导，所以局限了文章的内容与发挥。

一篇文章解构开来，是一堆词语和句子，以段落和章节，围绕中心思想所组成。但它是有机的组成，而不是简单的拼凑。就如我们的人体，由骨骼、肌肉、皮肤、血液等等组成，但这些不构成一个鲜活的生命，因为缺少了"气"。

三寸喉咙一口气，一呼一吸才有了生命。那么，文章首重的是它的灵气，注意不单单是主题，也不单单是文采。"言之无文，行之不远"，这里的"文"，指的是文章的精灵之所在，也是"气"之所在，而不是辞藻。

如何写好文章，讲到这里，答案也就有了：写真正感动自己也能感动别人的文章。

做人与作文，有密切的关联；功夫在诗外，功夫也在文章外。要写好文章——

一是要有人品。

古代，一位成功男士要三立：立德，立功，立言。其实，今天也应该这样。三立之中，以德为先。从久远看，一个人的德行修养不好，他文章的思想境界就不会高，或是文过饰非，流传不久。清人徐增在《而庵诗话》中说："人高则诗亦高，人俗则诗亦俗，一字不可掩饰。"

清代文学家刘熙载《诗概》中，更明确提出"人品"这一词。他认为"诗品处于人品"。人品有高下之分，所写诗文的思想境界，自然也有优劣之差。

屈原的《离骚》、司马迁的《史记》能千古流传，不单单是他们的文笔了得，更与他们忧国忧民的情怀、刚烈正直的品格分不开。

我们达不到这个高度，但我们可以提高自己的修养。你始终保持童心，始终有股正气，加上持续不断地努力，会发现这世界上很多美好的东西，把你的这种感悟完美地表达出来，就是很好的文章。清代文学家李渔在《闲情偶寄》中说："凡作传世之文者，必先有可以传世之心。""传非文字之传，一念之正气使传也。"

提高修养有多种途径。

一、养气。孔子说："吾日三省吾身。"孟子说："吾善养吾浩然之气。"

自我反省，反求诸己，对比先贤，检查不足，自我提升，从中养气。我的经验是写日记，这是自我修养、积累灵感的好方法，也是养气的好途径。

二、游历。行万里路，如读万卷书。在饱览河山中，熟悉人情，历练眼力，这就形成了阅历。司马迁在写《史记》前，差不多走遍了西汉疆土的所有大山名川。

什么是生活？我的解读是，生气勃勃地活着，有目标、有计划地活着。这样生活的人，自然会有跌宕起伏的人生，自然会有很多东西可写。苏东坡先生就是这样的人，而有很多人仅仅是活着。

二是要有积累。

博览群书，增加写作的底蕴，这如同煮火锅要有底料一样，否则巧妇难为无米之炊。

读书，熟悉前人作品，积累多种知识，这样的结果是：万卷山积，一篇吟成。写文章是信手拈来，不费吹灰之力。更重要的是：腹有诗书气自华。你的气质，在读书中不知不觉地改变了。你研究问题的立场，与前大不一样了；你观察事物的眼光，更敏锐、更细腻了。

《围炉诗话》一书引冯定远语："多读书则胸次自高，出语皆与古人相应，一也。博识多知，文章有根据，二也。所见既多，自知得失，下笔知取舍，三也。"

理学大师朱熹说："读书别无法，只管看，便是法。正如呆人相似，捱来捱去，自己却未先要立意见，且虚心，只管看。看来看去，自然晓得。"

这似乎是最笨的方法，但其实是最聪明的方法。很多的学问，要靠自己慢慢地悟；而很多的悟，却要阅历的累积。没有一定的历练，有的书你是看不出奥妙的。

清人方东树认为，读书蓄理，直接关系到文章的内容和表达。他在

《复罗月川太守书》一文中说:"盖昔贤平日读书考道,胸中蓄理至多,及临事临文举而书之,若泉之达,火之然,江河之决,沛然无所不注。所以义愈明,思愈密,而其文层见迭出而不可穷。使待题之至而后索之,乌有此妙哉!"

有人说,没有时间。其实,时间是靠挤出来的,鲁迅先生不是说,他把人家喝咖啡的时间用来写作了?对同学们来说,上课时间都是一样的;对上班的人来说,工作时间都是一样的。但课余时间或者说业余时间干什么,这决定了你人生的高度与质量。

博览之中与之外,做什么呢?我的诀窍是"三情"。

三情,是自创的组合词。第一"情",是社会情况,简称"社情";第二"情",是人情;第三"情",是风情。写文章,以内容为主。如何让内容精彩呢?这"三情"是支撑。

社情,即社会情况,是宏观数据与微观现象相结合后给人构成的印象。例如,到了一个城市,总要了解历史概况、地理环境、矿产资源、人口结构、主要行业等等。到了一个工厂,也要了解工厂的历史与沿革、企业员工的文化与特点、产品的品种与特色、销地分布与消费者结构。

人情,就是人情世故。只有熟知了人情世故,方能把握文章分寸。有两位记者,一同去采访,一同到现场,一同看材料,两个人写出来的文章则完全不一样,这就是各人对事物的分寸把握不同。好的文章如行云流水,行所当行,止所当止,增一分则多,减一分则少。

这里有眼光的问题,有谋篇的问题,更有笔力的问题。这笔力,就是文章的分寸感;而这分寸感,又得力于你对人情世故的了解。世事洞明皆学问,人情练达即文章,讲得就是这个道理。

风情,是个不易界定却又能神会的词,风采、意趣,似乎都不足以包含。"今宵酒醒何处?杨柳岸,晓风残月。此去经年,应是良辰好景虚设。便纵有千种风情,更与何人说?"在我的记忆中,柳永的《雨霖铃》大概是"风情"一词较早的出处了。有人呆头呆脑,会说他不解风情;有的文章观点正确,材料充实,用词到位,但读来味同嚼蜡,也是不解风情的缘故吧。

这"三情"如何积累,还要学会"三问":问禁,问俗,问变。

问禁,是问当地或当时有什么须禁忌的事与物。

问俗,是问当地或当时或此事上,有什么风俗。

问变,是问当地或当时或此事上,有什么沿革。

这"三问",是"三情"的延伸与细化。

把一地一时一事的禁忌、传统、发展与变化弄明白了,你才能看清自己所采写对象的内在与外界互相的联系(定性与定位),才能提纲挈领地抓住根本。社情,人情,风情,情情皆要知。真实,生动,去浮饰,文章才能立得住。

我有幸听过久负盛名的水利工程专家施求臧的发言,那是在国务院副总理谷牧同志在宁波召开的座谈会上。当时的宁波很想利用北仑深水良港的优势在宁波建立大型钢铁冶炼企业。但施先生坚决反对,理由是宁波缺水。语惊四座,都怀疑自己是否听错,宁波是江南水乡,怎会缺

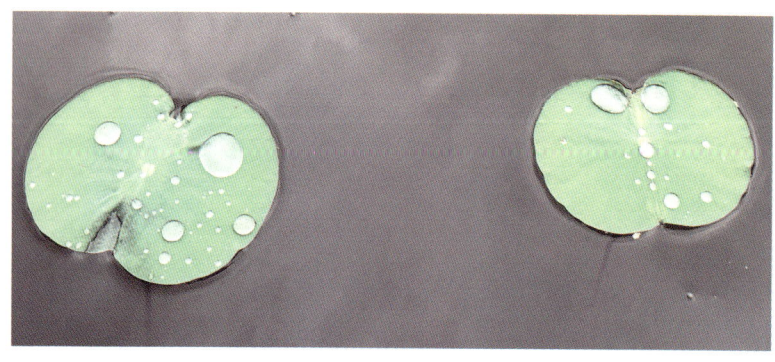

水?施先生那天讲话的信息量很大,会后我梳理了采访摘记,根据他的论述再搜集相关资料,终于比以前明白了宁波发展的脉络与局限。

施先生的话也启发我,驻地记者不能天天说当地好、当地如何好,你到底真正了解了当地情况多少?观察与思考问题,不能局限于一地与一时,而应站在国家的立场上、站在可持续发展的立场上。有了上述的知识积累,写宁波的港口发展,写宁波的城市建设,更有了底气。

三是要有思索。

思索,谁不会?而我说的是,有深度的思索。

偷懒,是人的天性,也是发明的动力,但它是写文章的天敌。抄"近路",人云亦云,甚至抄袭,就是偷懒的结果。

构思文章,要逼自己废掉前三次的想法,一定要想出与人不同的角度,哪怕只是一丁点儿的东西。"语不惊人死不休",这话有点过了,但也唯其"过",你才记住了。

四是要会运用。

运用之妙,存乎一心。我称之为"化"。

20世纪80年代初,与我差不多时候进《宁波报》的人,有在四明山游击队里办过报的老革命,有南下老干部中的秀才,有包括"文革"前、"文革"后的复旦大学新闻系的毕业生,有老三届的高中生。我的同事中,有人能把《长恨歌》《琵琶行》整篇地背下来;有的人出口成章,已著书数本。我初中二年级时就遇上了"文革",文化水平与旁人相差甚远,但我能把自己的思考、敏锐、观察,通通地调动并组合起来。这种合力,就超过了同事的某项特长。

说一下《设计明天的市场》这篇通讯的产生过程吧。"工业设计"这一题目或说这一范畴,在1980年春到1992年春这十二年的"宁波日报社工作时间段"中,原本与我不大搭界。起初当记者时,我跑的是财贸一条线;后来当了城市部主任,工交行业采访的这一块,虽属我管,但也有专门的记者在跑。

1991年时,我还骑自行车上下班。有天,在报社编辑部附近的街头突然发现了一块新招牌——"工业设计事务所"。这勾起了我的好奇心,于是走进去初步问了一下,似乎有点东西可挖。

回报社找记者去采访,似乎不感兴趣,说是刚办起来的单位,既没产值也没成效,有什么好写?讲得也有道理。对"工业设计"这事,2017年9月11日的《解放日报》还在大声疾呼"不该被忽视"!要20多年前的记者认识它的重要性也是勉为其难了。

当时记者工作的考核采用计分制,他们的工作量,要按稿件的类别、长短或刊出的位置重要与否打分评值,登不出的稿件是不算分的。我对这种考核虽很有意见,但也没办法,而这事能否出稿件,没多少把握。好在我不用考核计分,于是自己操刀去采访了。

不料,一脚踏进了一个全新的领域。

文章说:商品琳琅满目,仔细看去,依然是些"老面孔"。中老年顾客喟叹"称心货"难买;农村商店的经理则抱怨,柜中货难以打动农民心。其实,这怨不得消费者的挑剔。仍在商场中稳坐铁交椅的许多商品,翻开它们的档案,真是够老的了:展卖的各种牌号的自行车,主要还是1905年英国工程师雷利·赛克斯设计的模式;目前仍为农家姑娘嫁妆的缝纫机,其式样同1873年美国胜家牌缝纫机相差无几;德国康泰克斯S型单镜头反光照相机的设计,被我国照相机制造业沿袭至今;1927年的电吹风造型;1939年的"派克"笔型;1945年的牙膏包装……都可以在今日商场中找到它们的身影。

　　文章说：其实，产品要成为真正的商品，要卖上好价钱，就需要新的设计。遗憾的是，国内相当数量的企业并没有在引进国外技术的同时，有意识地分析、消化、吸收别人的设计特点，培养出自己的设计力量。在宁波市区，如今总算有了一家工业设计事务所。前些时候记者去采访他们时，只见两间简陋的房间，七八个工作人员，据称业务不多，收入仅够维持开支。听说有人还把他们看成是宣传产品的广告公司，闻之令人黯然。

　　这一次采访，不但学到了知识，还写出了好稿。这篇"采访摘记"先在《宁波日报》发表，评上了"浙江省好新闻"的二等奖。后被上海《文汇报》转载，也被评为报社年度好稿。这是自己运用综合能力的一次成功操练。

　　五是做有心人。

　　什么叫有心人？就是用心思索的人。有心人的第一项能力就是：观察。

　　随笔类文章，特别是游记，是用脚写出来的。但这类文章，更是用眼睛写出来的。诚然，写游记需要多跑。要深入别人没跑到或跑得不怎么多的地方去。但脚到了，眼不到，心不到，还是会与好文章失之交臂。

　　眼不到，就是作者的观察力有问题。有人形象地说，要用眼睛后面的眼睛看事物。意思是说，要比别人看得更深入一点。观察力的强弱，直接决定了文章的真实、生动、深刻与否。

　　观察，是一个词，但包含了"观"与"察"两件事。观，且要察。

　　"观"的本义："看"。"察"的本义："仔细看"；第二义："调查"。

　　观察，是仔细察看事物或现象。观察力，就是观察事物或现象后，将其反映出来的能力。

摄影，需要观察力；文字记录者更需要观察力，他只能用平面文字去描绘立体的事物。在现场，敏锐的观察力，才是作者手中唯一的武器。

那么，如何提高自己的观察力呢？

自我放松，这是必要前提。杂念的干扰，是对观察最大的障碍；过多的牵挂，必然妨碍对事物的感受。

抛开思维的局限（成见）。大多数人以推理进行思维，总有一个有意或无意确定的前提或主导思想，然后从这个前提或主导思想出发，进行逻辑推断，最终得出结论。也就是说，很少寻找其他的前提或新的起点。

抛开事物的标签。画家莫奈说："为了真正看清事物，必须忘掉我们所看到事物的名称。"

学会换位或替入，留意事物的细节，会发现平常看不到的事物另一面。用小孩的角度去看世界，有人调低了相机的位置，就发现了大不一样的风景。

法国作家福楼拜对莫泊桑说："才能就是持久的耐心。对你所要表现的东西，要长时间很注意去观察它，以便能发现别人没有发现和没有写过的特点。任何事物里，都有未曾被发现的东西，因为人们用眼看事物的时候，只习惯于回忆起前人对这事物的想法。最细微的事物里也会有一点点未被认识过的东西。让我们去发掘它。为了要描写一堆篝火和平原上的一枝树木，我们要面对着这堆火和这枝树，一直到我们发现了它们和其他的树、其他的火不相同的特点的时候。"（莫泊桑《谈小说创作》）

六是做有情人。

请读唐代杜甫写的《春望》："国破山河在，城春草木深。感时花溅泪，恨别鸟惊心。烽火连三月，家书抵万金。白头搔更短，浑欲不胜簪。"

花何曾溅泪，鸟也未必惊心。不过是作者托物言情。

看杜甫的《七律·登高》:"风急天高猿啸哀,渚清沙白鸟飞回。无边落木萧萧下,不尽长江滚滚来。万里悲秋常作客,百年多病独登台。艰难苦恨繁霜鬓,潦倒新停浊酒杯。"

再看唐刘禹锡的《酬乐天扬州初逢席上见赠》:"巴山楚水凄凉地,二十三年弃置身。怀旧空吟闻笛赋,到乡翻似烂柯人。沉舟侧畔千帆过,病树前头万木春。今日听君歌一曲,暂凭杯酒长精神。"

这猿,这鸟,这落木,这长江,这沉舟,这病树,写的是物,说的是人啊。

一切物语皆人语,亦是情语,请用心体味。

◎ [清] 李鱓《花卉》

清代况周颐的《蕙风词话》说:"吾观风雨,吾览江山,常觉风雨江山之外,别有动吾心者。"这"动吾心者",我想,就是人的情感之美吧。

七是聚焦(某一点)与放大(这一点的局部)。

专业与非专业为文者的区别就在这里。亦可谓攻其一点,不及其余。三峡蓄水报道后,自己回顾总结,写了一篇论文《用眼睛写新闻》,得了中国新闻奖。其要点如下:

前辈说,新闻是脚板"写"出来的。意思说,要多跑,多到事实发生的现场去。在这个前提下,新闻更是用眼睛"写"出来的。

用眼睛"写"新闻,就是把你在现场的亲眼所见,组合成一个个画面展示给读者,给人以身临其境的感觉。这样的新闻,一定会是灵动的、生气勃勃的。

2003年6月1日起,《人民日报》第2版《来自三峡的报道》专栏,连续刊用了我的12篇现场特写或通讯,这是一次用眼睛"写"新闻的成功实践。

1. 用眼睛"写"新闻,要精心选择题材和内容。

这一组报道的开篇是《行看三峡初涨水》,中间有《移民安居看潮起》《巫山旧城半入水》,结尾是《一条大河波浪宽》,使用了"记者的眼光看""他人的眼光看""变化的眼光看""宏观的眼睛看"这样数个角度,用一个动态的"看"贯穿于蓄水的始终。这样多角度切入点的选择,就使蓄水报道呈现出的不仅仅是每天水位上涨报告那么呆板的数字了。

2. 用眼睛"写"新闻,要学会积累和比较。

在现场采写这次蓄水报道前,我在三峡库区已上下跑了好几个来回,注意搜集与蓄水相关的一些资料,并专门坐慢船从重庆到巫山走了一趟,沿途拍下不少照片,以供以后对照参考。

在奉节，在巫山，我都到了拆迁和清库的现场，先看一眼，为今后写稿做铺垫。有了这样的准备，底气就比较足了。

3. 用眼睛"写"新闻，要用独到的眼光抓机会。

我在5月30日下午4时到达重庆万州区，原打算到巫山的碚石镇，等着看涨水后的情况。因为那边是重庆与湖北交界的地方，也是重庆范围内能最早感受涨水情况的标志性的地点。当天晚上10时半后，接到了北京蓄水报道的电话通知，有关计划的书面材料要在第二天上午9点钟才到手中。当时有几种选择：返回重庆采访面上的蓄水情况；原地不动，在万州或到云阳等地采访既定的移民或地质灾害防治等题目；到现场看蓄水情况。

我想，三峡蓄水，读者自然最关心的是三峡江流水情的变化，最关心的是三峡自然风貌的变化，最关心的是他曾经到过或听说过的名胜古迹受水淹的情况，最关心的是生活在三峡的人的变化。我应该在蓄水的现场，也就是说在三峡写水情。基于这一认识，我向上做了汇报，取得了领导支持，于是就有了这一组报道产生的前提条件。

4. 用眼睛"写"新闻，能否打动读者，关键在观察。

记得艺术大师罗丹说过，生活中并不缺少美，而是缺少发现。同理，要让现场新闻有新闻，也在于找出新闻的所在！虽然，在理论上已认识到三峡水情是读者关注的热点，但具体到要写哪一个点或哪一类人，也是颇费周折的事。

第一篇的报道是自己撞到"枪口"上的。31日从万州坐快船下三峡，到码头一看就觉得水已涨了。船越往下游开，水涨得越厉害。打电话汇报，领导提醒我看当天的本报，说这是自然蓄水（其实，三峡工程蓄水在此前已经开始了，6月1日某点某刻的下闸蓄水仅仅是一仪式而已）。

不管是什么蓄水，眼看水涨起来了，这就是事实，记者只对事实负责。一路上，我就抓住几个有特色的地方认真看、仔细看，如重庆门户的万州码头情况、雄称天下的夔门关情况、风光秀丽的小三峡入口处的情况、西陵峡名镇茅坪港的情况，都一一做了记录。沿途还采访了飞船的驾驶员、码头上的搬运工。一到住地，顾不得吃饭就写了起来。采访到位，新闻也就一气呵成，打响了头炮。

5. 用眼睛"写"新闻，要跳出来再看看。

蓄水第二天，我又坐船在三峡上看水情，边看边想这蓄水后的三峡同蓄水前究竟有什么大的改变呢？如果从空中俯瞰会有什么视觉效果呢？我试着将自己"拔高"了往下看，这就发现了"糖葫芦现象"。三峡蓄水后，水涨成湖，可它同别的水库不一样，它是一条江，一条在群山中穿行的江，这就有宽宽窄窄的变化，就有了大小不一的湖面。

在本组报道的最后一篇《一条大河波浪宽》中，就有了充满诗意的描绘："蓄水后的长江重庆段，横看，宽如平湖，烟波浩渺；纵看，白练飘逸，百里蜿蜒，串起了重庆、万州一个个大中城市。"

这"跳出来看看"的第二层意思是，涉笔要广，点到即止，不拘成法。由于在采写上下数百公里的蓄水现场，又由于每天只有几百字的篇幅，而蓄水期又是新闻的密集发生期，这就要求记者不局限于一事一时一地的报道，而应或以线（长江）串点，或以点（人文、风景、名胜）带面。《瞿塘波宁水清》是写长江瞿塘峡到巫峡这一段的水情，点到了奉节城外八阵图遗址的水情，夔门摩崖石刻的水淹情况，瞿塘峡中的水速、水质及巫山云雨的情况等等。用四五幅动态的画面组成了一篇报道，读来不觉枯燥。……

同学们比较关心的是高考作文，关心的是如何突破瓶颈，短时间内提高作文成绩。写作文的基本套路，我的心得是"起承转合"。有人批评，这是写八股文的老一套。我觉得，不能简单地否定，它总结了文章特别是议论文的写作规律,是常用的结构技巧之一。

"起"是起因,文章的开头。"承"是"起"的延续,要有意为之地去寻找既能承接"起",又能启下的元素。"承"中要写好事物的发展过程。"转"是事件结果的转折。"合"是对该事件做情绪、逻辑、意义上的揭示和升华。

"承"与"转"是文章的关键所在。我12月2日那晚在《秋实》一文中写道:"奉上2017年的作业本,请大家批阅……"这之后,一时竟无从下笔了。

我回忆当时的场景:"我说的时候,眼光缓缓地扫过会场,这里在座的每一位都熟悉我的一小段历史,就像我熟悉他们的一小段历史。小学和初中的同学来了,支边和插队的同学来了,一起在废旧物资公司工作过的同事来了,一起创办《宁波日报》时的领导与同人来了,一块块的历史碎片也开始在记忆中闪烁微光……"

好,这就转了过来。下文就如溪水一样汩汩流淌了。

前两天写《坚持》也卡过"壳"。那晚的餐桌很有气氛,交谈让我也很有感触,但如何联系起来?而且事情发展的顺序并不是我文章写的那样有次序。我就借了《北国之春》这首歌作转承,又借了《相信未来》一诗作"合",自认为能"自圆其说"了。

要强调审题与立意。这题,并不是指老师出的题目,而是你心中想写的题目。审题与立意的过程,也是"养气"的过程,养文章的气势,立片言以据要;也是"度势",审时度势的过程。

只有吃透题意,才能落笔为文。否则洋洋洒洒,就离题万里了。

立意之后,讲究谋篇布局。要注意这几点:

一是结构。不能前后颠倒(除非是倒叙),不能头轻脚重。

二是筋络。前后连贯,前后呼应。

三是曲折。文似看山不喜平。欲扬先抑，欲抑先扬，抑扬结合，这样文章才会生动。

四是详略。要密不透风，疏可跑马。司马迁写蔺相如，只写他两件事，一件就是大家熟知的"完璧归赵"。写廉颇，他是大将军，写他的八次胜仗，不到二十字，却极其细腻地写他与蔺如何吃醋怄气，如何负荆请罪；在国家有难时，他又如何挺身而出。所谓"廉颇老矣，尚能饭否"的典故就出于此。从这几件小事，塑造了一个富于个性的老将军形象，也使他名留史册了。（见《史记·廉颇蔺相如列传》）

近代史学家、政论家、文学家梁启超说："写个性，是记人之文的主脑。……描写个性的唯一原则是，'凡足以表有个性之言动虽小必叙，凡不足以表个性之言动虽大必弃'。"《史记·刺客列传》中荆轲行刺秦王的一段描写，使人如临其境。特别是写到荆轲刺秦王不中，自己身受重伤之后，用了"倚柱而笑，箕踞以骂"这样几个字。评者多认为"倚柱而笑"为"文眼"所在。这一句确实传神，既有形似又有神似，活生生地写出了荆轲把生死置之度外的英雄气概；那种泰然自若、临危不惧的神态，对秦王的蔑视和仇恨，全都从这四字传出，外形刻画与内情揭示达到高度的统一。

历来对好文章的定论是：豹头，猪肚，凤尾。

豹头，一是美，动人；二是利，锐利。猪肚，不是说庞杂，而是说要有丰富的内容，心、肝、腰俱全。凤尾，凤凰是传说中的百鸟之王，据说很美丽，尾巴更美丽，但我没有见过，可以想象比锦鸡的尾巴更美吧。意思是文章的结尾要漂亮。

唐代文学家欧阳修回答作文之法时说："作文无他术，唯勤读书多为之自工。"又说："为文之法，唯在熟耳；变化之态，皆从熟处生也。"

（2018年12月21日）

特别报道

用眼睛写新闻
——访人民日报社高级记者范伟国

□ 本报记者：俞珠飞　通讯员：史美章

从19岁插队落户写"豆腐干"文章起，范伟国手中的笔一直未放下，即使如今满头银发，依然笔耕不辍。

他是天一阁主人范钦的后人。从30岁成为地方媒体的一名财贸记者起，直到成为人民日报社高级记者，他一直用眼睛写新闻。

4月19日，接受本报记者采访时，68岁的范伟国还在为自己的第五本专著忙碌着。

"生活再苦再累，也要一直向上"
从老实巷少年到中国第一大报高级记者

"记得有这样一种说法，人的一生有七次大变的机遇。"范伟国说，他的一生就经历了七次大变。

范伟国是范钦的第15代孙，由于父母离婚，他从小生长在外公外婆家——老实巷24号。作为私立四明电话公司首批话务员的母亲算是捧了"银饭碗"，但家里吃饭的人多，外公还要扫街补贴家用。生活虽清苦，却也其乐融融，家族的文化基因，让范伟国从小就喜欢上了读书。

范伟国生活的第一次大变在他19岁时，插队落户到江北的洪塘公社李家大队。五谷不分的他，从此耕地、耙地、耘地、拉粪，什么都干。"双

上图：《浮生记趣》分享与签售会
下图：本书作者与外孙女悠悠合影
水贵仙摄

抢"时节每天 3 时起床，一直干到天黑，一担担湿稻谷压得肩膀火辣辣痛。瘦得像晾衣竿的他，每天挣的工分从连妇女劳力都不如的 3.5 级，一直干到 9.5 级。"连人生三苦之一的撑船都学会了，"范伟国说，"就是不会叠草篷，没能拿到最高的 10 级（10 级工分，干一天七角多点人民币）。"

25 岁回城，他进了市商业局，被分配到废旧物资公司，收鸡鹅鸭毛，还土法上马搞起杂交兔试验。这是两个依靠体力的脏活累活，但不管有多苦，范伟国都没有放弃求知求学，挑灯看书、熬夜写文章成为他最享受的时光，初中没毕业的他还拿到了大专文凭。

30 岁进宁波日报社工作，是范伟国人生的第三次大变。此后的 12 年中，他从财贸记者到版面编辑，从版面主编到部门主任，然后报社搞自办发行，他当起行政领导，后来弃"官"不做，回到采编岗位。

1992 年 10 月，是他的第四次大变，也是一生中最重要的转折。那一年，人民日报社在沿海开放城市设立记者站，以适应改革开放的新形势。此时，范伟国已调至宁波市委宣传部任新闻文艺处处长，并准备下海去宁波开发区经商。最终，他再次选择了新闻岗位。

之后，他历任人民日报社驻宁波记者站站长、驻重庆记者站站长。2005 年前往上海，先后任人民日报社华东分社副总编、国际金融报社社长、人民日报社上海分社副社长兼人民网上海频道主任。退休后，当了一家大型粮油集团的顾问。5 年前任副主编，修编《上海市志·报业卷》，又经历了三次大变。

"不变的是向前的脚步，"范伟国说，"生活再苦再累，也要一直向上。"这得益于他三方面的努力：一是善于管理自己；二是能够抓住机遇；三是有所坚持，不随波逐流。

"新闻工作苦,但我愿意为之付出一切"
他的多篇报道获省级以上新闻奖

"一名记者两部手机三餐不定只为四千工资弄得五脏俱伤虽已六神无主却还得七点起床八点上班找九个选题十分辛苦;十年编辑久坐案头八方约稿需要七窍玲珑忙得六亲不走即便五官老矣但仍要四体勤快三审校稿为两个铜钱一生清贫。"已是满头白发的范伟国用这样一副对联调侃自己的一生。

"新闻工作苦,但我愿意为之付出一切。"他说,记者是一种职业,更是一种事业;当一个人的职业与他想做的事业相结合的时候,是一种幸福。这是他在面临人生多次选择时不变的初心,也是推动他在新闻报道上不断求索的动力。

去人民日报社的那年他42岁了。有朋友劝他,年近半百,该安静下来了,还半路出去打拼,图个啥? "当时我想的是'每个单位都需要干活的人,我就是去干活的'。"范伟国深有感触地说。

从一个地方媒体到国家级媒体,有多难? "一半的稿子被毙了。"范伟国说。新的平台,在理论功底、思维能力、判断能力等方面,对范伟国提出了新的更高要求。"得站在田埂头,胸怀天安门。"范伟国说,他让自己成为一个独立的研究员,从全国看宁波,联系周边看宁波。

"难,并快乐着。"范伟国说,每每看到自己的稿件刊登后,精气神就提起来了,无论之前有多难,早已忘得一干二净,又会打起十二分的精神,投入到新一篇稿件的采写中。就这样,《东钱湖南宋石刻亟待保护》《深水良港盼重用》《"打农族"到水乡去》《一竹独秀四明山》等长篇报道相继见报,其中《白节岛上一愚公——访宁波海监局航标工叶中央》一稿以2000多字的篇幅发表于《人民日报》头版。任重庆记者站站长时，为了采写三峡蓄水报道，他吃方便面，走泥泞没脚的烂路，用陈伤未愈的双腿登500多级台阶，在15天内写下了12篇三峡蓄水的独家见闻，在《人民日报》第二版加框连续刊登，吸引了无数读者的目光。

范伟国说，看到自己的文字或多或少地影响着历史，很有一种自豪感与使命感。但是文字没有最好，只有更好，这逼着他不断总结，不断提高。

作为老报人，他十分乐意分享自己的心得体会。"最大问题是写人物，容易陷入'高大上'。"他说，要善于写缺点，有时候"缺点"恰恰是一种特点。

要学会抓问题。问题是矛盾交叉的地方，要学会从问题中抓住矛盾的症结，这样稿件写完了，你自己也提高了一步。要学会写评论，通过写评论理清思路，抓住了要点，新闻写作水平自然提高了。要用眼睛写新闻。"新闻是鲜活的，常常像一幅幅画展示给你看，学会用眼睛'写'新闻，就是把你在现场的亲眼所见，用'蒙太奇'的手法组成更精锐的画面展示给读者，给人以身临其境的感觉，这样的新闻一定是灵动的、生气满满的。"

"范钦墓在鄞州，要做好这篇文章"
他呼吁鄞州加强文化资源的挖掘、保护和开发

"范钦墓在鄞州，这是鄞州的一大文化资源，要做好这篇文章。"作为鄞州人和范氏后人，退休后的范伟国将目光更多地投向了鄞州这块土地。

去年下半年，他前去拜瞻范钦墓。可是，目的地在手机导航上无法显示，好不容易找到了，却见墓园杂草封路、荒凉不堪，他心里很不是滋味。"范钦是宁波的文化代表人物，其墓在家乡是这样的境况，不要

说范氏后人，就是一名普通市民也会感到痛心。"

他又一连提出了几个问题："目前范钦墓只是区级文物保护单位，对比作为全国重点文物保护单位的天一阁，天一阁主人墓的文物等级是不是有点低？能不能打破地域限制，与天一阁打包进行保护与利用规划的编制？天一阁在外的知名度很高，但外地人包括很大一部分宁波本地人仍然不知道茅山有范钦墓，是否可以在宣传推广上再加把力？"

他提出，是不是可以开通天一阁—范钦墓—走马塘的公交线、旅游线，保护和宣传好范钦墓，并带动茅山、走马塘等地的旅游。"身边这么好的文化旅游资源，应该好好利用。"他表示要再好好调研一下。

对于范伟国来说，退休之后的这几年，他一直没有停下手中的笔。"身处急剧变革的时代里，要写的东西太多！而写作，不但是我生活的需要，也是我一生的陪伴。"

2017年6月，范伟国新书——散文随笔集《海上语丝》签售活动在宁波书城举行。2018年12月，范伟国做客开明书院，现场分享并签售新书《浮生记趣》。这两本书饱含了作者深厚的家国情怀。宁波出版社总编辑袁志坚这样评价：他是一位有担当的新闻人，字里行间可见士子之心；他又是一位有趣味的生活家，日用常行不失诗人之志。

人物感言：

掌握自己的命运，看清生活的真相，然后勇敢去面对。遇到困难时，接受它，驾驭它，战胜它，并享受这过程中的快乐，你就是对的。

（载2019年06月04日《鄞州日报》第1版）

跋

　　"天地孤旅"公众号上的文章，自开办到2017年底，除个别与《海上语丝》重复的篇章剔除外，都收集在《浮生记趣》一书中出版了。

　　写作，是会上瘾的事；生活在继续，也就依然陆续地写些杂感与朋友们分享。虽然放慢了节奏，从2018年初至今，也有一百五十多篇文章了。

　　遂以2019年2月6日（"天地孤旅"公众号开办两周年）为下限，将上述这些文章结集出版，名为《浮生记闲》。

　　书中文章的编排，以其在公众号发表的日期先后为序，尽量保留发表时的图片。为阅读方便计，有两篇长文放到了本书的最后。

　　鄞州日报社为本书的出版发行提供了有力的支持，特在此表示衷心的感谢！

　　感谢贺圣思先生两次题写拙著的书名，感谢300余位订阅者的关注与支持，感谢朋友圈中各位的点赞、点评、唱和，感谢至爱亲友始终不渝的支持与理解！

　　敬请指正！

范伟国于宁波日湖东畔

2019年05月19日